甘肃科技新闻作品集

GANSU KEJI XINWEN ZUOPIN JI

秦娜 杜英 李峰 著

甘肃科学技术出版社

图书在版编目(CIP)数据

甘肃科技新闻作品集 / 秦娜，杜英，李峰著. -- 兰州 : 甘肃科学技术出版社，2021.12
ISBN 978-7-5424-2901-8

Ⅰ. ①甘… Ⅱ. ①秦… ②杜… ③李… Ⅲ. ①科学技术—新闻—作品集—中国—当代 Ⅳ. ①I253.6

中国版本图书馆CIP数据核字(2021)第259981号

甘肃科技新闻作品集
秦 娜 杜 英 李 峰 著

责任编辑 何晓东
编　　辑 贺彦龙
封面设计 孟孜铭

出　版 甘肃科学技术出版社
社　址 兰州市城关区曹家巷1号 730030
电　话 0931-2131570(编辑部) 0931-8773237(发行部)

发　行 甘肃科学技术出版社 印 刷 兰州人民印刷厂
开　本 880毫米×1230毫米 1/16 印 张 18.5 插 页 2 字 数 280千
版　次 2021年12月第1版
印　次 2021年12月第1次印刷
印　数 1~1 000
书　号 ISBN 978-7-5424-2901-8 定 价 58.00元

前　言

受杜英和秦娜两位同仁的委托,聊述几句,作为三位作者在此书出版之际的一个纪念。

甘肃科技事业在全国的排名,相对来说,是高于经济社会发展在全国排名位次的,而且高得不是一小截。这里面的原因,在于甘肃科技工作者的实力较强,尤其是中国科学院、中国农业科学院在甘肃的科研机构,以及兰州大学的科技工作者,其中不乏在中国乃至世界有影响力的专家学者。本书中对此情况有一定反映。

在这里,想说些题外话。作为联系科技行业十多年的科技记者,我一直有个疑惑,就是科技是干什么的。在大多数人的眼里,科技的作用似乎是带来更多的收入,使人们生活得更舒服,为此,人们提出加大科技成果转化力度,提出解决科技与经济“两张皮”问题,等等。可我认为,这只是科技的一方面作用。科技不仅仅是为了提升目前的生产水平,提升人们的生活质量,以固化目前的社会发展阶段。科技还有一个更重要的作用,就是探索未知,开辟更广阔、更精彩的领域。当然,这或许又回到了应用科学与基础科学关系的老生常谈了。老生常谈也罢,只不过希望人们,包括科技工作者,在埋头改善自己的生活之时,若能抬起头望望星空,也是不错的。

本书的出版,得到了甘肃省科学技术厅的大力支持,在此一并致谢。

李　峰

2021 年 8 月

前　言

[illegible]

目　录

研制“独家秘方”的“国家队”

——兰州润滑油研发中心四年获得三个国家科技大奖

秦 娜

2012年1月18日，人民大会堂，庄严肃穆。来自兰州润滑油研发中心的汤仲平、李桂云与全国各个领域的科技工作者齐聚一堂，参加国家科技奖励大会，感受着科技带来的力量和荣耀。

此次，他们团队完成的“高档系列内燃机油复合剂研制及工业化应用”项目获得了2012年国家科技进步二等奖。这项技术首次基于自主添加剂复配体系研发了全系列高档内燃机油产品，迫使国际添加剂公司复合剂价格降低20%左右。

1月21日，位于兰州市西固区玉门街的兰州润滑油研发中心，平静如常，研发人员顾不上庆祝，早已投入到新一轮的工作中，只有办公楼电子屏上默默地显示着这次获奖的信息。

很难想象，就是这样一个地处西北、占地不足百亩、实验室条件也并非一流的研发中心竟聚集了国内润滑油研发领域80%的专家级人才，在近四年的时间里，连获三个国家科技大奖，让“中国创造”一次次在国际发声。

来之不易的“中国造”

润滑油，被誉为机械传动设备的“血液”，在工业应用非常广泛。通俗地说，只要动的地方，就需要润滑油。所以，在一定程度上，润滑油的水平代表着一个国家民族工业的水平。特别是军事领域，没有具有自主知识产权的润滑油，就只能被动挨打。

从20世纪50年代开始，中国第一代润滑油科技工作者，在当时的石油部兰炼炼制研究所(兰州润滑油研发中心前身)，就开始了中国的润滑油技术研发。改革开放后，受“洋油”冲击，国内一些研发机构纷纷撤销，只有兰州研发中心等为数不多的几个研发机构仍在艰难中坚持。

此后多年，国外润滑油一统天下，国内润滑油企业不论是技术还是市场占有率，都远远落后于国外品牌。不仅如此，国外对润滑油的核心技术也一直实行全面封锁，要想冲破这种封锁，只能靠坚持不懈地自主研发。

从“七五”开始，国家把齿轮油添加剂的研发列入科技攻关中。1987年，现任研发中心主任伏喜胜，大学毕业就被分配到匡奕九担任组长的攻关组做助手。到“八五”时，伏喜胜接任课题组组长，一同接过来的还有前辈们从1万多个化学分子结构中筛选出的最有希望的200个分子。最终，课题组攻克了一道道难关，合成了含磷、硫磷、硫磷氮、硫磷氮硼四类不同化学组成结构的极压抗磨添加剂。这一技术一经问世，打破了长期以来“洋油”的垄断，使润滑油添加剂国际品牌无一例外出现价格跳水。从此，这支堪称“国家队”的润滑油研发队伍登上了国际舞台。2009年，这项技术获得国家技术发明二等奖。

奇迹还在延续。2011年，“环烷基稠油生产高端产品技术”获得了国家科技进步一等奖，实现了我国稠油深加工技术从空白到国际先进的历史性跨越。目前，应用该技术生产的产品在14个国家和地区销售。

50年来，兰州润滑油研发中心坚持自主创新，实现了从单剂到油品的自主研发，形成了独有的配方体系，冲破国外技术壁垒，自建了一整套筛选、分析和评定方法体系，并成功创立了自主品牌——“昆仑”。这个“中国制造”品牌，已经在国际润滑油市场上占有了一席之地。

面对这一项项开创性的成就，研发人员不约而同地说：“这些成绩，都是站在前人的肩膀上取得的。”

能打硬仗的“国家队”

科研科科长汤仲平有一个形象的比喻，他说润滑油就像中药汤剂，尽管都能治病，但每个配方都不一样，他们要研究的就是属于中国自己的“独家秘方”。但是,想要研制出“独家秘方”,必须耐得住寂寞和煎熬。

从事约30年研发工作的内燃机油所所长李桂云说,通常每个大项目里都包含了很多子项目,每个子项目的研发都要经过实验室模拟、台架验证等环节。特别是目前国内的基础油和添加剂与国外的水平有一定差距,要把这些做到配方里,还要达到国际标准,困难可想而知。

一提到台架试验,每个研发人员都是既兴奋又紧张。通过了,就离最后的目标近了一大步;失败了,就意味着五六十万元的科研经费打了水漂。所以,科研人员总是要经历无数次的模拟试验,才能筛选出最好的配方上台架。内燃机油所汽油机油课题组组长汪利平说,有一次,他们把配方送去美国西南研究院进行台架验证,竟然出现了一个连这个有着50年验证历史的国际权威机构都无法解释的现象。没有现成案例,更没有文献资料,怎么办?团队只能没日没夜地待在实验室里,凭经验一遍遍重新调整配方,最后问题得到了解决,国际专家们连声赞叹。

“搞科研就像攀登高峰,成功与失败往往只差一步,坚持住就能到达顶峰。”研发中心副主任徐小红说。在这个漫漫爬坡的过程中,研发人员付出的艰辛是常人难以想象的。工业用油所所长续景回忆说,科研项目刚起步时,整天都要和苯、甲苯等上百种有毒的化学试剂打交道,对身体危害极大;200升的基础油桶,女同志照样搬进搬出;冬天还要在零下十几摄氏度的室外清洗烧杯、玻璃瓶。但是大家琢磨最多的是怎么创新、怎么出成果,很少考虑个人利益。

这或许就是“国家队”情怀,坚韧、团结和协作,支撑他们打赢一场场硬仗。

科研人员的“理想国”

在兰州润滑油研发中心,有一个公开的秘密,那就是几乎所有研发人员都曾收到过国际大公司的高薪邀约。但是,大家都跟商量好似的,都选择留下来。原因只有一个,这里是科研人员的“理想国”。

“当初来这儿就是想干一番事业。”年轻的科研人员金鹏说。开放自由的科研环境,让每个人都能充分发挥潜能,实现理想,这种成就感是多少金钱都无法衡量和替代的。

奖励优秀科研人员继续深造、支持研发人员参加国际大型交流活动、引进国际一流水平的成套润滑油评价设备……在这里，研发人员基本上可以“想做什么就做什么”。近年来，研发中心还先后与万里扬集团、浙江大学、解放军总装备部、上海交通大学、北京交通大学联合建立五大实验室，展开更广泛的合作，提升科研水平。

如今，越来越多的年轻人怀揣着梦想加入这个团队，扎根西部，在传承与接力中，实现自我，再续传奇。

从“十分神秘”到“万分激动”

——助力“嫦娥奔月”的极高压氧气阀兰州诞生记

秦　娜

2013年12月2日，“嫦娥三号”携“玉兔号”月球车顺利升空。15日，“嫦娥三号”和“玉兔号”顺利完成互拍成像。“嫦娥三号”以一系列完美表现再次震惊世界。但是，很多人可能不知道，兰州高压阀门有限公司研制的极高压氧气阀，在其中发挥了至关重要的作用。

在12月15日召开的有关鉴定会上，极高压氧气阀被鉴定为国际先进水平，填补了世界极高压力、高纯氧气工况阀门的技术空白。

神秘任务突然降临

2010年8月的一天，兰州高压阀门有限公司总工程师乐精华像往常一样来到办公室。一个十分神秘的陌生电话打进来了。电话来自某航天研究所，对方称由于试验需要，希望能为他们设计、制造一款在极高压氧气环境下工作的阀门。

仔细打听才知道，此前，某航空研究所在做航空动力试验时，氧气系统阀门曾出现过各种各样的质量问题及事故，导致试验无法正常进行。之后，他们通过网络搜索，了解到兰州高压阀门有限公司是中国最早开发、制造氧气工况阀门的厂家，并对阀门用特殊材料有深入地研究和冶炼，所以就打来电话试一试。

航天军工类极高压氧气阀，这是乐精华从来没有涉及过的领域。在一番讨论后，公司成立了以乐精华、张琳、康世屏、盖广平、陈秀彦、张娜、李晓刚、马晓栋等为主要成员的设计团队，决定对此产品进行技术攻关。

随后，主任设计师盖广平带队参加了招标会，在经过技术审查、技术答疑和澄清等环节，最终凭借在国内做氧气阀的技术和优秀业绩，从众多竞标单位中脱颖而出。

与中标的兴奋一同而来的还有巨大的压力，一方面，设计团队没有任何航天领域装备制造的经验；另一方面，使用方反复强调这个阀门极其重要，直接关系到整个试验的成败。摆在设计团队面前的路只有一条：只许成功，不许失败。公司董事长陈清流态度更加坚定："要做，一定要做，一定要做成功。"

公司各个团队都做好了迎接挑战的准备，而此时，大家对阀门的具体用途、为什么而试验一无所知，只有乐精华隐约感觉到这应该是国家的一个大项目。

千难万险闯设计关

工期紧，要求高，任务重。这大概是盖广平从业 30 年来遇到的最大考验。"对我们来说，就是创造一个全新的产品，不但没有任何依据，而且涉及航天军工领域，国外对所有信息都是全面封锁和保密的。"盖广平说。

没有现成案例，更没有文献资料，甚至在向很多航天研究所咨询后，也是无果而归；选择什么材料，结构怎么做……所有都是未知数。设计团队清醒地意识到，他们正在做一件填补世界空白的事情，而这一切都在秘密中进行。

对于装备制造业来说，确定产品方案是所有工作中最关键也是最艰难的环节。在对现有资料反复研究讨论并与用户单位深入交流探讨后，设计团队最终敲定了阀门的结构和材料。

在各类阀门中，氧气阀的设计生产要求是最高的。技术部部长康世屏解释说，由于氧气压力高、流速快，与金属碰撞时极易产生燃烧爆炸，这就要求阀门内通道所有氧气经过的地方必须是完全光滑的，不能有任何尖角，要形成流线型过渡。在综合各种因素后，大家决定采用进口低、出口高的"Z"字形截止阀结构。又根据工况，对阀门内部结构进行了针对性设计，在后期加工时还对一些部位采取了特殊工艺。

材料方面，不锈钢不能选用，铜强度不够，最后选用了镍铜合金，因为这种材料具有高阻燃性，着火不会燃烧，而且此前团队已经有多年镍铜合金的使用经验，并取得了不错的效果。用盖广平的话说，这也是他们能找到的最好的材料了。

数据一点一点地算,设计一次一次地改,方案一遍一遍地调。这套极高压氧气阀的设计方案到底修改了多少次,现在谁也记不清了。

副总工程师张琳介绍,最初团队设计采用另焊法兰结构,但被使用方否定了;再改成栽丝式的,又被否定了。后来,加了透镜垫,并在氧气进出口端加配了阻燃段,这回方案终于通过了。可是在试制过程中,问题又来了,之前的方案并没有给阀瓣做防转设计,一旦产生高速旋转,极易产生火花发生爆炸。添加防转设计、改进密封面形式、更换填料和螺栓材料,整个设计方案在不断完善中。

一次、两次、三次……就这样,在否定—改进—再否定—再改进的过程中,设计团队度过了最煎熬的日子。在经历了数次调试之后,单台重达 1.4 吨的 6 台极高压氧气阀终于按时出货了。

惊心动魄的最后试验

出货并不等于真正的成功。

极高压氧气阀被运到使用方后,接下来等待它的是无数次的试验。

2012 年 3 月,康世屏来到某航天研究所,全程参与最后的试验,那是她人生中最漫长的半个月。

每天 6 时,所有调试人员乘大巴来到试验基地。试验区域是不能进入的,半个月中,康世屏亲眼看着自家的阀门工作过程也不过三五分钟,其余时间都在待命。一旦有问题,就要分析原因,提出解决方案,如果当天试验做不完还要住在基地。那些天,康世屏的心每天都悬着,生怕阀门在关键时刻“掉链子”。

与前面模拟试验不同的是,最后一天的试验全都是“真刀真枪”。纯度 99.99% 的氧气压力加到了 25 兆帕。试验区周围拉上了警戒线,旁边停满了消防车、救护车,所有人严阵以待。生产各类装备的厂家技术代表被集中在离试验室很远的监控室里,大家表情严肃,没有一个人说话,紧张的空气在整个监控室里弥漫开来。

“说惊心动魄那是一点不假。”康世屏回忆说。随着 5,4,3,2……的倒计时声,她的心已经提到了嗓子眼。接下来,1 号阀门打开、2 号阀门打开、1 号阀门关闭……随着一系列的口令,各种数据在旁边的显示屏上快速变化。这时的康世屏,已经两手是汗。

“成功了！”直到旁边有人欢呼起来，康世屏才反应过来，她终于松了口气。后来，现场专家告诉康世屏：数据还不错。虽说只有简单的几个字，却是对设计团队莫大的肯定。从那以后，这样的试验，研发团队再也没有参加过。从使用方反馈的信息来看，整套阀门已经经历了上百次的试验，没有任何问题。

这回，是真的成功了，设计团队可以自豪地说：极高压氧气阀诞生了。

2013 年 12 月 16 日，直到某航天研究所发来贺电，大家才知道，原来这个最初的神秘任务是为了“嫦娥奔月”。每个人都沉浸在喜悦中，康世屏说：“听到这个消息，我真的是万分激动。”

奏响创新创业“变奏曲”

——渭源县科技特派员工作改革示范二三事

秦 娜

盛夏时节，走进定西市渭源县，在田间地头、羊圈牛舍、企业厂房……活跃着一支科技特派员队伍，他们入户、进村、驻企、创业，积极投身于精准扶贫、产业转型升级的主战场。

科技特派员制度最早发端于福建南平，2002 年，甘肃省作为全国首批试点省份，全面推进这项工作。经过十几年的发展，甘肃省农村社会化科技服务体系日趋成熟。2015 年，随着打造科技特派员“升级版”工作的全面推进，渭源县作为全省试点，奏响了科技特派员创新创业“变奏曲”，探索出了一些好做法，积累了一些好经验。

从“单打独斗”到组团服务

过去，单个科技特派员点对点的服务，难免受到专业限制而影响到帮扶质量，同时也存在科技特派员数量不足等问题。

如今，“单打独斗”变为组团服务，就意味着科技特派员数量的增加，结构更加合理，配对更加精准，服务质量更优。

李永成是峡城乡康家村的科技特派员服务团组长，他带领的 5 名服务团成员单位不同、专业也不同。服务期间，他们与驻村工作队等积极联系，共确定了完善基础设施、提升发展能力、发展富民产业等五方面发展重点，通过科技培训、实地指导等方式发挥科技支撑作用，推动全村 68 户 303 人于 2015 年底实现脱贫，达到了全村整体脱贫目标。

今年,渭源县已从全县35个部门和12个乡(镇)抽调各类专业技术和市场经济管理人才520名,长期脱离工作单位,组成了109个特派团,分别指定1名组长,派驻到全县109个贫困村,长期蹲点开展科技扶贫工作,迅速成为全县脱贫攻坚行动中的一支生力军。

在增加派驻贫困村科技特派员服务团数量的同时,派驻企业和合作社的特派员数量也较上年增长45%,重点企业派驻特派员最多的达到5名。

毛晓军是渭源县园艺站站长,2015年他被派往定西首家规模食用菌发展企业——源顺生物科技有限责任公司。在他的帮助下,公司改进了香菇栽培技术和管理方式,香菇的品质和产量明显提升,以前只产黑面菇的菌丝棒产出了花菇,批发价翻了近一番。之后,毛晓军又成功从四川绵阳引进了羊肚菌栽培技术,产品上市后供不应求,进而探索出"羊肚菌+香菇"一年两茬的高效栽培模式,在两个棚进行试验后,每公顷纯收入达到150万元。依托这一技术,今年渭源县还将启动食用菌光伏精准扶贫产业园建设一期工程,建成食用菌光伏大棚300座,经济效益不言而喻。

正在大棚里采摘香菇的郭新梅就是当地村民,她告诉记者,过去她常年在兰州打工,离家远不说收入也不高。去年她家的土地流转建了大棚,她开始在大棚上班,每月采菇收入近2 000元,真正实现了家门口就业。

"这一年多,我们跟着毛站长学了很多香菇栽培技术,今年我还打算自己承包大棚种香菇呢。"郭新梅对未来充满希望。

在渭源县科学技术局局长李海峰看来,由点对点的服务,转变为点面结合,有利于充分发挥科技特派员的专业特长和潜力,提高服务效率。

从技术推广到创新创业

科技特派员工作启动之初,大多停留在为农民进行农技培训推广等层面。2009年国家出台相关意见,鼓励科技特派员整合各类资源创业,领办创办企业。

在打造"升级版"过程中,渭源县将支持科技特派员领办创办企业,增加法人科技特派员数量作为一项重要内容。

渭源县农业农村局技术干部张卫东是派驻元古堆村的科技特派员服务团组

长,从去年开始他又多了一个身份:元古堆良种羊繁育专业合作社法人代表。

元古堆村是渭源县出了名的贫困村。此前,在扶贫过程中,酒泉钢铁(集团)有限责任公司帮村里62户移民安置户每家盖了一间羊舍。可当时羊价持续走低,村民们都不愿意养,时间长了,羊舍就闲置了。

2015年,张卫东首开县上技术干部养羊先例,带领4名科技特派员办起了合作社。以1个羊舍600元的租金把闲置的羊舍租下来,通过容纳扶贫资金引进基础母羊334只,将216户农户以羊只入股,每只羊每年可以分红160元,实现了农户"零风险"。

张卫东向记者介绍,除去出租羊舍和羊只分红的收入,农户还能得到精准扶贫贷款入股的分红。借助精准扶贫贷款,合作社融资75万元,每借贷5万元发展一户精准扶贫户,共帮扶15户,这样一来每户每年直接收益3 750元。此外,合作社与农户签订饲草收购合同,农户无形中又增加了一份收入,真正让当地农户不养羊也能发"羊财"。

在专业团队的管理下,张卫东的合作社很快就显示出了优势:一年多时间,合作社共产羔630只,成活率达到92%,目前饲养量达到1 200只,出栏约400只。张卫东也因此在当地赢得了"攒劲人养攒劲羊"的口碑。

更让张卫东欣慰的是,经过一年的运行,证明了这种"圈舍返租+羊只入股+资金入股"的模式是行得通的。"要让农户们看到这种养羊模式的前景和希望,比眼下农户初步获益还要重要得多。"张卫东激动地说。

今年以来,109个科技特派团在全县精准扶贫工作领域,共牵头组建各类合作社32个。"多培养法人科技特派员,充分发挥示范带动作用,真正把扶贫由授人以鱼变成了授人以渔,提高了精准扶贫的实效性。"定西市科学技术局局长高占彪深有感触地说。

从公益服务到产业升级

随着科技特派员制度的日益成熟,除了公益性服务外,科技特派员的服务领域也逐渐拓展,越来越多地承担起了助推支柱产业转型升级、提质增效的重任。

成立于2005年的甘肃田地农业科技有限公司,是一家集马铃薯育种研发、种薯繁育、推广应用及精深加工为一体的农业产业化省级重点龙头企业。

2012年以来,为了帮助公司将产业做大做强,渭源县先后选派杜宏辉等3名科技特派员驻企服务。去年,作为市级科技特派员,定西市农业科学院高级农艺师罗有中也进驻企业。市、县两级科技特派员共同负责公司马铃薯脱毒薯、原原薯的研发与生产。

"这一片是今年4月份开始加营养液的。"在偌大的智能温室里,顺着罗有中手指的方向,记者发现那一片马铃薯脱毒苗长势明显比周围的好。罗有中所说的营养液正是由他研发成功的"田地1号"营养液,今年初,为了进一步提升马铃薯种薯质量,罗有中经过多次配比试验,选出了最佳营养配方。使用后,马铃薯脱毒苗在株高、结薯等方面均表现出色。

在另一间温室里,只见一排排脱毒苗郁郁葱葱,却看不见一丁点儿土,揭开栽培槽下的帘布,才看到脱毒苗的根系就悬挂在空气中,上面挂满了"小土豆",原来这就是在国际马铃薯中心的指导下,公司成功引进的马铃薯原种雾培技术。

"它的最大优点是不需要基质,完全可以避免土传性病害对马铃薯的侵害。"负责这一项目的杜宏辉向记者介绍。与传统基质栽培相比,雾培技术平均单株结薯率达到30~50粒,是传统基质栽培的20倍以上。在提高产量的同时,由于可以像番茄等蔬菜一样"现熟现摘",省去了以往脱毒种薯分级的程序,为企业节约了大量人力成本。

"科技特派员直接派驻企业,可以很好地将理论与实际相结合,直接解决企业面临的问题,既实现企业效益最大化,也实现了技术人员价值最大化。"罗有中说。另一方面,科技特派员进企业,从源头上提高种子质量,再辅之以科学精准的入户技术培训,农户仍是最终受益者。可以说,在推进全市乃至全省马铃薯种薯产业转型升级过程中,科技特派员在品种升级、产量提升等方面发挥着重要作用。

目前,渭源县围绕马铃薯良种繁育、现代中医药产业、设施畜牧业和文化旅游等四大支柱产业,在科技特派员领域,已经全面推行"科研单位+企业+合作社+农户"的转化推广模式和"企业+特派员+项目+基地+科技示范户+科技明白人"的创业推动模式。

高占彪介绍,在打造科技特派员"升级版"的过程中,定西市将科技特派员工作作为"一把手"工程,不断壮大科技特派员队伍,进一步完善了科技特派员管理机制,推进服务模式多样化,实现了社会效益和经济效益的多元化,打造了可复制、可推广的"升级版"示范样板。

向改革要动力 向创新要活力

——甘肃省省属科研院所创新发展路径扫描

秦 娜

科研院所,由于集聚了大量科研人才和科技成果,承担着主要科技创新和技术研发的工作,因此在科技产业化过程中扮演着重要角色,是创新体系中的关键一环。

近年来,甘肃省公益类科研院所不断升级,转制院所创新能力持续提升,民营科研院所活力迸发,新型研发组织异军突起,在迈向产业化方面取得了诸多成效。同时,为适应行业发展,企业牵头创办的科研院所应运而生,更是将科研与市场更加紧密地结合起来,实现了科研成果的加速转化。甘肃省省属科研院所呈现出“百花齐放”的态势,在服务区域经济方面发挥着越来越重要的作用。

日前,记者走访了甘肃省部分典型科研院所,探究这些院所的创新发展路径,以期为众多甘肃省省属科研院所发展提供可循之法。

升级:全面提升科技服务能力

新年伊始,甘肃省科学技术情报研究所的科研人员就分赴各大企业,为编制产业创新图谱进行调研。2014 年,甘肃省科学技术情报研究所首次启动甘肃省企业技术路线图编制，由于对科技项目选择和创新集群建设具有明显的前驱意义,技术路线图备受甘肃省骨干企业关注,而这也成为甘肃省科学情报研究所创新科技服务的一项重要举措。

成立于 1958 年的甘肃省科学技术情报研究所，是中华人民共和国成立后甘肃省建立的首个地方科研机构。作为一家老牌的公益性科研院所,如何不断适应新形势、新要求,提升科技服务水平就成了院所发展的关键。

“近年来,研究所得到了甘肃省科技计划的持续支持,提升了科研实力和服务能力,通过创新手段和强化服务,进一步优化了科技信息服务,增强了科技决策的信息化水平。”甘肃省科学技术情报研究所党总支书记张兴堂介绍。

在创新驱动发展战略实施背景下,甘肃省科学技术情报研究所主动“出击”,围绕科技成果转化、科技体制改革、区域创新体系、创新人才团队、创新产业培育、创新集群建设等方面开展了一系列政策研究和科学评估,将战略研究作为政府与企业对接的桥梁。陆续发布了《科技发展蓝皮书》《甘肃省科技进步统计监测报告》等研究报告,为政府决策、企业发展提供了科学支撑。同时,与国家科技评估创新中心联合建设甘肃省科技评价监测重点实验室,开展了大量综合评价理论及动态监测关键技术的创新性研究,有效提升了甘肃省科技评价监测水平。

“大数据时代的来临,也对我们提出了新要求,单一的科技服务已不能满足决策主体和创新主体的要求,科技服务必须集成化和职业化。”张兴堂分析道。对此,甘肃省科学技术情报研究所打造了超市化的“科聚网”电子商务平台,将国家科技图书文献中心服务站、科技文献与档案、科学仪器与设施、科技项目与成果、科技报告与专利等服务全部商品化,构建起了“分散持有、集中管理、统一服务”的运行管理机制,建成了科技资源大数据中心。

目前,进驻科研机构已达到 708 家,上架服务产品 314 项,入网科学仪器 2 209 台(套),入库科技专家 9 366 名,发布科技成果约 1 万项,已累计为 300 多个用户提供科技服务约 2 万项,初具电商规模。甘肃省科学技术情报研究所也已成为全省的科技情报信息服务中心、科技战略研究中心和科技评价评估中心。

转制:激发科技创新活力

甘肃省化工研究院是一家专门从事化工和民爆技术研究与开发的科研院所,在苯酚衍生物、光引发剂、聚合物单体、化工中间体等领域拥有一系列特色产品。2016 年,甘肃省化工研究院实现收入 3 278 万元,而在 2011 年,这个数字还只是约 1 000 万元。

甘肃省化工研究院院长梁锐把近几年院所收入的持续增长归结于“转制”。2011年，甘肃省化工研究院与省内其他几家科研院所陆续由事业单位转制为企业。

转制后，甘肃省化工研究院着手干了几件“大事儿”。在管理方面，优化了机构设置，强化了内部管理；加大基础设施建设，五年来共投入约3 200万元提升基础设施条件，大大改善了科研环境。在科研方面，加快科技平台建设，目前拥有的甘肃省精细化学品中试基地、甘肃省精细化工重点实验室等16个科技平台中，2011年以后建立的就有12个；加强资质建设，在民用爆破行业、分析检测、工程咨询等领域取得了多项资质。产业方面，为三家全资子公司实行简政放权，支持下属公司依托法人独立经营，并建立形成了适合公司经营模式的运行管理体系。

很快，改制带来的变化就显现出来。首先是科研人员的思想观念发生了转变，由过去事业编制思想转为企业运营思维；其次是目标责任和绩效奖励的直接挂钩，使得员工工作作风大为转变，工作效率明显提高。更重要的是，院所创新氛围发生了变化。“过去科研人员只注重研究，不注重技术的转移转化，纯粹是为了科研而科研，转制后，逼迫大家认清产业发展的核心在于技术创新的定位，在于技术成果的转化。”梁锐告诉记者。

为了激发科研人员的创新活力，甘肃省化工研究院还出台了技术创新奖励办法，制订并完善科技奖励制度，制度涉及专利申请、论文发表、成果奖励、项目申报及实施等，并且不断提高奖励基数。“以前是‘干与不干一个样，干好干坏一个样’，改制后‘干与不干，表象干完与深入干完’之间的不同都直接体现在奖励结果上。”梁锐说。

转制带来的红利持续放大，院所创新体系建设日趋完善，实现了创新平台建设和科研成果的“双丰收”。近五年，甘肃省化工研究院获科研立项64项，获批项目资金约4 700万元；申请专利45件，获得专利授权21件，占建院以来总数的76.7%；获得甘肃省科技进步奖等各类奖励13项，占建院以来获奖总数的72%。与此同时，产业也得到了快速发展，兰金公司每年产值超过3 000万元，已在甘肃民爆行业占有重要地位，其他两个公司也都进入规模化生产阶段。

从事业到企业的身份转变，使转制院所管理体制和运行机制发生了根本性变化，同时激发了科研人员面向市场研发、转化科技成果的积极性，技术开发的市场导向从本质上得以确立。目前，甘肃省转制科研机构均已实现企业化转制，以技术经济效益为主，生产经营活动收入占主体。

创新:实现优势资源高值利用

最近,有一件事儿令兰州分离科学研究所执行所长常青很高兴,研究所作为西部唯一一家科研院所,参与到上海科创中心创新功能平台的建设中,这对于民营科研院所来说实属不易。

兰州分离科学研究所的“声名远扬”,是源于它在专业领域的建树。2004 年,兰州大学原校长、分析化学家胡之德教授带领团队,创办了兰州分离科学研究所,成为甘肃省科研人员领办创办科研院所的代表,并逐渐走出了一条创新发展之路。

“将技术优势和西部资源优势充分结合,实现优势资源的高值利用就是我们的特色。”常青介绍。根据兰州大学化学专业的功能和分类,兰州分离科学研究所将科研方向分成三大板块:依托分析化学优势,成立甘肃国信润达分析测试中心,专门从事食品药品、环境等领域的第三方检测,取得了十余项实用新型专利,2012 年成为全国首个国家食品企业质量安全检测技术示范中心;在有机化学领域,组建了中科安泰股份有限公司,具备年生产约 12 000 根各种类型色谱柱的能力,成为目前国内最大的色谱柱生产基地;在物理化学领域,成立甘肃中科药源生物工程股份有限公司,围绕石化产业、有色金属等优势资源的综合利用及产业链延伸,开展稀贵金属萃取与利用等科研攻关,已取得填补国家空白的多项产业化成果。

可以说,在兰州分离科学研究所,每一项技术都有相应的产业化方向,而且与甘肃省传统产业紧密结合,在金川集团股份有限公司等企业升级过程中都有兰州分离科学研究所的身影。近年来,兰州分离科学研究所三大板块都保持着年均 50%的增速,并成功孵化了多个项目,已经由孵化器转变为加速器。

2015 年,利用多年积累的人脉,兰州分离科学研究所邀请何鸣元等 33 位两院院士,发起组建了“中国绿色催化专家智库”。这一堪称“豪华阵容”的智库团队,成立之初就着眼于服务“一带一路”建设,把西部的资源优势转化为经济优势,构建新能源体系,延伸产业链并助力传统产业转型升级。通过举办“院士西部行”活动,已经成功对接青海海盐利用等新能源项目。

“利用科研院所的资源引智到西部,与企业对接,形成技术、产业后再进行输出,这种新模式对甘肃乃至西部创新发展是最为有效的。”常青说。

开放:加速科研成果转化

在甘肃省中药现代制药工程研究院副院长张樱山的办公室里,记者品尝到了研究院的最新研发成果——当归茶。这种以甘肃道地药材为主要成分的饮品,除了有较好的保健功能外,由于在研发中很好地中和了中药味道,使口感、色泽等更加符合现代人饮用习惯。目前,当归茶正在陇西一家企业进行转化。

除了当归茶,甘肃省中药现代制药工程研究院成立两年多来,已经有枸杞软糖、厥麻系列食品、排铅保健品等十余项成果成功转化。这对于转化周期相对较长的医药领域来说,已经是一个不错的成绩。

2014 年,在甘肃省发展和改革委员会的组织下,甘肃奇正藏药有限公司、甘肃中医药大学联合成立了甘肃省中药现代制药工程研究院,成为甘肃省为数不多的由企业牵头成立的科研院所。由于有了企业的背景,甘肃省中药现代制药工程研究院成立之初,就将目光更多地投向了广阔的市场。

“与其他科研院所相比,我们最大地创新在于搭建了一个集科研院所、研究院和企业于一体的科研创新平台。”张樱山介绍。一方面,甘肃省中药现代制药工程研究院面向全省医药类科研院所,征集可以转化或者有一定科研基础的项目,给予 10 万~100 万元的中试科研经费支持,研发成功后,再对接企业进行转化;另一方面,甘肃省中药现代制药工程研究院主动联系企业,了解企业需求,根据企业需求组织相关科研力量,研发成熟后再交给企业进行转化。“这样一来,相当于打通了科研成果转化的两端,实现了无缝对接。”张樱山说。

至于到底研发什么、转化什么?也是通过科研院所、企业、甘肃省中药现代制药工程研究院三方共同招标决定。从市场需求、企业需求等方面进行判断,并请业内专家进行把关,以评审方式进行筛选立项,保证了项目的可行性。目前,甘肃省中药现代制药工程研究院共征集项目约 60 项,其中约 40 项已在平台上进行推进。

在张樱山的这张项目表上,记者发现,甘肃中医药大学张晓刚教授的“消肿定痛贴”、武权生教授的“固本止血颗粒”等甘肃省名中医、名专家的“名方”都在其中。“以往,由于缺乏与企业对接,这些‘名医名方’、医院制剂往往压在‘箱底’,受益人群有限,现在通过甘肃省中药现代制药工程研究院平台,这些‘名方’有机会实现产业化。”张樱山说。针对药品开发时间较长的特点，目前甘肃省中药现代制药工程研究院已形成了转化一批、研发一批、储备一批的项目梯队。

除了新药开发、科技成果转化中试，甘肃省中药现代制药工程研究院还在中药材种质资源研究、中药质量标准研究、生产关键共性技术开发等领域展开攻关。“现在国家大力倡导发展大健康产业，甘肃又有这么丰富的中医药资源，甘肃省中药现代制药工程研究院未来大有可为。”张樱山说。

据统计，截至2015年，甘肃省132家研究机构收入总额81.5亿元，较2011年增长35.73%，其中科技活动收入增长66.26%；共申请专利1 127件，较2011年增长152.1%；授权专利838件，增长216.2%。“十二五”期间，甘肃省科研机构在人才队伍、科技基础建设有了长足发展，院所收入、科技课题和科技创新成果产出实现了快速增长。

草药芬芳沁人心

——记甘肃省科技功臣贾正平

秦 娜

“科技功臣奖是对我30多年科研工作的一个小结,更是一个新起点。”2016年度甘肃省科技功臣奖获得者、解放军兰州总医院药剂科主任贾正平动情地说。

1985年,28岁的贾正平从内蒙古医学院考入兰州医学院,成为一名药学专业研究生。读研期间,他跟随导师第一次走入了中藏药的世界,从此便与中藏药结下了不解之缘。

30多年来,贾正平默默耕耘在西北高原药学工作第一线,走遍了西北高原边防哨所、藏族村庄,为高原军民送医送药,全心全意守护着高原军民的健康;30多年来,他潜心于甘肃道地中藏药的开发利用与高原病的防治研究,在甘肃药学研究和转化方面做了大量有效的创新性工作,取得了一系列丰硕成果。

变草原“害草”为藏药新药

贾正平的高原药学研究始于名为独一味的一种植物。

独一味生长在海拔3 000米以上,由于本身具有毒性,牛羊都不吃,因此被当地藏族群众称为“害草”。可偏偏就是这种“害草”,却具有止血、镇痛和抗炎的功效。千百年来,独一味的药效为藏族群众所熟知,藏族群众平时有磕伤碰伤的,就把独一味碾碎了抹在伤口上,很快就好了。

贾正平介绍,独一味药效独特,又尤以甘南玛曲、碌曲一带的独一味产量高、质量上乘,因此甘肃省科研工作者很早就开始了对独一味的研究。早在兰州医学院读研究生时,贾正平就跟随导师对独一味进行了基础研究和临床研究。进入解放军兰州总医院工作后,贾正平对独一味的药学研究并没有停止,他和团队对独一味的作用机制、作用靶点以及有效成分等展开了深入持久研究,并与兰州大学、甘肃独一味生物制药有限责任公司共同将独一味研制成首个藏药国家新药,并建立了首个藏药国家标准,真正将草原"害草"变成了新药。

独一味药学研究的成功带动了独一味制药产业的迅速发展, 独一味草药的需求量也随之大幅增长,在2010年前后就出现了资源短缺的问题。当时,国家标准是带根全草入药,因此藏族群众在采挖独一味时,通常都是连根拔起,一段时期草原上到处都是采挖独一味留下的坑,破坏环境不说,还直接影响了原料供给。要知道,高原植物生长期短、生长缓慢,从一个小芽长成能入药的草药需要5年的时间。

贾正平看在眼里,急在心上。这一次他又用科学的方法给出了答案。贾正平对独一味的叶、茎、根所含的有效成分进行研究,结果发现,独一味叶茎中的有效成分含量远高于根部。研究成果发表后,在修订2010版《中国药典》中,《中国药典》委员会根据贾正平团队的研究成果和建议将独一味药材标准由原来的"干燥全草"改为"地上部分"。此后,藏族群众在采挖独一味时,只取其叶茎,保留了根部,既解决了独一味的野生资源危机,又有效地保护了高原生态环境。

贾正平团队先后与兰州大学医学院药学系及甘肃独一味生物制药有限公司合作研制出独一味片剂、胶囊、软胶囊和颗粒剂四种新药, 制订藏药国家标准8个,申报国家发明专利28项。新药作为国家基本药物在全国推广应用,近五年来治疗患者约4 000万例,累计产值33亿元,实现利税5.8亿元。与此同时,采挖独一味也成为藏族地区精准脱贫的一个重要渠道,仅此一项五年来累计为藏族地区牧民增收2亿元。

从药效基础研究到作用机制、物质基础研究,再到推广应用、资源保护研究……用贾正平的话说,几十年来他们把独一味研究透了。其中更为深远的意义在于,首次将现代医学科学技术引入藏药现代化研究,建立了藏药现代化新模式,推动了藏药的科学发展与进步,因此贾正平团队对独一味的研究也被誉为藏药现代化研究的典范。

2015年,"藏药现代化与独一味新药创制、资源保护及产业化示范"研究成果获得国家科技进步二等奖,这是对贾正平30多年坚守的最大肯定。

用科研守护高原军民健康

部队科研机构不但要为部队和官兵服务,也要为军民融合发展服务。贾正平是一位科研工作者,更是一名军人。在他的科研生涯中,研究高原药物、守护高原军民健康就成了一个不变的主题。

“中国西部边疆有漫长的高原边防线,这些地区自然条件非常恶劣,官兵们常年生活在缺氧环境中,对身体损伤极大。”贾正平回忆说。他曾经去过海拔最高的哨所是位于新疆南部的喀喇昆仑高原神仙湾哨所,那里海拔 5 380 米,氧气含量只有海平面的 50%,长期缺氧使哨所官兵的指甲凹陷、脱发严重。

这些画面深深地触动着贾正平。他带领团队连续攻关,先后研制出立舒康胶囊、三康胶囊、雪莲黄酮胶囊等系列抗高原缺氧药物,成为继红景天后为数不多的抗高原缺氧药物。这些高原新药在广大高原官兵中取得显著疗效,同时在高原当地居民以及进入藏族地区群众中广泛应用。其中,立舒康胶囊已上市,年销售额达到 1 亿元。

一次,贾正平在海拔约 5 000 米处发现了一种叫作镰形棘豆的植物。普通人身处海拔 5 000 米的地方,如果将皮肤暴露在阳光下,10 分钟就会被晒“爆皮”,可为什么这种植物不但能生存,还“完好无损”?带着科研人员的敏感,贾正平将采摘的样品拿回实验室进行分析,发现镰形棘豆黄酮抗紫外线功能非常强。后来,贾正平团队提取镰形棘豆中的有效成分研制成了高原天然防晒霜,不但防晒效果好,对晒伤后康复、抗炎还有独特疗效,深受高原军民欢迎。

在多年的高原药物研究中,贾正平团队首次发现,人类从平原地区到高原地区后,随着身体各种功能的改变,药物的代谢速率和半衰期等也会改变,如果还按照正常药量用药会出现两种情况:要么达不到效果,要么引发药物中毒。

怎样才能实现高原安全用药?贾正平率领团队开始对高原常见药品进行高原机体药物代谢动力学影响的系列研究,同时还研究了高原缺氧对药物代谢相关酶系统的影响。在此基础上,贾正平团队从 2004 年开始,陆续完成了 106 种药物高原用药剂量调整方案,并制订了《高原用药指南》,在部队官兵和居民中广为宣传,为提高高原部队战斗力及保障高原民众身体健康提供了科学基础。

不忘初心，方得始终

一项国家科技进步二等奖，十余项甘肃省科技奖……这些奖项的背后是大量的汗水与付出。“搞科研就要耐得住性子、耐得住寂寞，无数‘无用’的铺垫才能换来一个成功的成果。”贾正平感慨。

在实验室的年轻人眼里，贾正平对科研简直到了“痴迷”的地步。为了完成课题，他经常加班做实验到凌晨，累了就把椅子拼起来凑合睡一会儿，天亮后擦把脸又接着做实验；有时候做实验太投入，以至于别人晚上离开实验室时经常把贾正平反锁在里面……

做高原动物实验，调查草药分布情况，指导牧民采挖药材……上高原对贾正平来说是“家常便饭”，一年中有好几个月都在高原度过。

王荣 1999 年进入实验室跟随贾正平学习，如今是解放军兰州总医院药剂科副主任。他告诉记者，在高原做实验不容易。以药代动力实验为例，通常在上海完成动物平原基础数据采集后，要在 12 小时内将动物运到玛曲进行高原实验，用药后再进行血样采集、对比分析，观察用药 1 天到 1 周后的变化，一个实验其实相当于几十次、上百次实验。

贾正平自己也记不清在玛曲海拔约 4 000 米的“帐篷实验室”里完成了多少次实验。每当困难来临，他总是冲在最前面，用实际行动鼓励大家。贾正平认真踏实的科研精神感染着团队里的每一位科研人员。在他的带领下，团队瞄准高原药学研究，建立了国内首个高原药物研究平台和关键技术体系，并在青海玉树建成了国际首家高原动物实验室，同时培养了 4 个层次的科研梯队。“更重要的是，背靠这棵科研‘大树’，年轻人形成了清晰而规范的科研思路，每一棵‘小树’都有了成长为‘参天大树’的可能。”王荣说。

不忘初心，方得始终。贾正平用 30 多年的坚守，践行着军民融合促进科技创新的研究思路，为甘肃乃至西部地区军地药学的长足发展做出了重要贡献。站在新的起点上，贾正平仍在砥砺前行。

众创空间:小空间成就大梦想

秦　娜

近两年,随着大众创业、万众创新的新趋势,众创空间这一新型孵化器平台应运而生,并呈现出遍地开花的态势。

众创空间就是为初创团队提供办公场地、创业服务,通过市场化机制、专业化服务以及资本化途径,构建起的低成本、便利化、全要素、开放式的创业孵化平台。

在甘肃省,经过两年多的探索实践,诸多众创空间日益走向成熟,在运行、服务及运营、投融资服务、创业团队和企业等方面均取得了良好发展,为推动全省“双创”健康快速发展发挥了重要作用。

新平台驱动创业潮

2015 年 9 月开始运营的西部创客,是甘肃省最早一批民营资本投资的众创空间。创立之初,就以灵活的形式、多元的服务吸引了众多“草根”创业者,并逐渐发展成为省内知名度较高的众创空间运营机构,成为甘肃省首批省级众创空间。目前已入驻创新创业团队和中小微企业 65 家,涉及文化创意、互联网科技、农业科技等领域。

“现在国家把创新创业提到了前所未有的高度,从国家到甘肃省出台了一系列扶持政策,可以说创新创业到了最好的时候。”西部创客 CEO 杨建斌说。从外部环境看,随着“一带一路”倡议的深入实施,资金、人才等各类创新资源正在向西部省份转移;就甘肃省而言,甘肃科技资源丰富、科技实力雄厚,特别是航天科技、生物制药等领域具有明显优势,具备创新创业的先天条件。

成立之初,西部创客就先后与相关部门联合举办了兰州市城关区首届创新创业(创客)大赛、“携手北大光华、寻找西部创客”大型公益评选活动等创新创业赛事,通过这些形式多样的创客活动,一方面掌握了创新创业团队和项目资源,另一方面营造了创新创业氛围。

在杨建斌看来,运营众创空间更应该看重创新创业理念的植入。依托公司的资源优势,西部创客将选拔出来的优秀人才、团队送到北京光华学院等地进行学习培训,希望把全新的创新理念、创业观念带回甘肃。

基于对甘肃创新创业发展的信心,目前西部创客正在打造西部首个以文化创意为主题的大型创业生态综合体 C-Work,依托线上智能空间,以线下创新空间为载体,将创业者与创新创业各要素连接起来,打造开放和可持续的创业人生态圈,而以科技为主题的创业生态综合体 T-Work 也正在谋划中, 后期还将在创新创业投资方面有一系列动作。“只有将创新理念与创新创业资源有效嫁接,才能达到高效孵化的目的。”杨建斌说。

西部创客是甘肃省众创空间发展的一个缩影。为了扶持众创空间发展,甘肃省于 2016 年认定了首批 61 家省级众创空间。甘肃省科学技术厅、甘肃省发展和改革委员会对评估优秀及良好等级的众创空间给予 2 880 万元财政资金扶持。同时,甘肃省科学技术厅对入驻省级众创空间的 80家科技型小微企业及创新团队,通过中小企业创新基金给予 400 万元的支持。

目前,甘肃省各类众创空间已达 213 家,服务创业团队和初创企业数量 11 045 家,其中常驻团队和企业数量为 5 536 家,吸纳社会就业约 3.8 万人,其中吸纳应届大学毕业生超过 1.3 万名。

无疑,众创空间的兴起和快速发展,为创业者搭建了一个更为开放、便捷和高效的全新平台,加速了创新创业理念的“发酵”,催生了新一轮创业潮。

新模式助力创业梦

走进兰州高新区“创客汇”众创空间,浓浓的 LOFT 风扑面而来。图书角、路演区、咖啡厅……各种“标配”齐全。一楼的公共区里,一些创业者正在交流讨论,周末这里还会放映创业电影。

走上二楼的办公区,兰州一航工程科技有限公司门前上方悬挂的一架无人机格外显眼,黑色的机身上印着大大的“Octobersky”。原来这架飞机正是公司创始人杨启帆制造的第一架无人机,他希望以这种方式提醒自己不忘梦想。办公室里摆放着许多零件和正在组装的无人机,不难看出这里既是办公室也是组装车间。

毕业于华北电力大学的杨启帆,大学期间就崭露头角,多次参加各类创新创业大赛并取得不俗战绩,还成功申请了相关发明专利。2014 年,杨启帆毕业后回到兰州成立了公司,租了一处居民楼开始了创业。2015 年,公司正式入驻创客汇。

由于在飞行控制系统等方面有诸多核心技术,特别是在无人机植保作业领域攻克了多项技术难关,并在大型长航时电动多旋翼无人机领域取得领先技术成果,公司逐渐被认可,在业内打开局面。两年来,公司业务范围不断拓展,已从最初的艰难维持发展到目前约 200 架定制无人机的不错业绩。

在公司副总经理董仕伟看来,众创空间这种“拎包式”入驻的模式,为众多初创企业降低了成本,带来了便利。“外面一个月几千元的房租,对初创企业来说,确实是一笔不小的开支。”董仕伟说。

而更具吸引力的是众创空间良好的创业环境和浓厚的创业氛围。与兰州一航工程科技有限公司一墙之隔的甘肃天影视和文化传媒有限公司,总经理金俊飞与杨启帆有着相似的创业经历。经过两年的摸索,公司逐渐明确了方向——虚拟现实,眼下正在 VR 旅游、O2O 虚拟建筑等方面尝试突破。

“这种大家一起创业的‘众创’氛围给我们很大动力,逼着自己努力往前走,与其他创业者的交流也能带来更多创业灵感。”金俊飞说。更为实际的是大家能够互相扶持,比如公司需要航拍采集素材,兰州一航工程科技有限公司就能提供优质的服务,有包装广告类的需求也可以在众创空间找到其他企业。

兰州高新区创业服务中心副主任刘世杰介绍,除了提供免费的办公资源,创客汇还为团队指定了联络员和辅导员,搭建了项目申报、创业导师等综合性平台。仅项目申报一项,目前已帮助企业共获得各类科技计划项目立项 25 项,获资金支持 557 万元。在刘世杰看来,众创空间就像是一座加速创业的“温室”,为的是让创业团队和企业少走弯路。

不难看出,如今在这样的创业“温室”里,年轻的创业者们“抱团取暖”,除了业务上的往来、思想上的碰撞,还能在精神上互相鼓励支持,让创业路充满力量。

全链条服务加速成果转化

2015年的一次偶然机会,从事智能控制的贺成柱从网上看到一段国外最新饲喂机器人的视频,这段视频给贺成柱带来了启发:能不能研发一款我们自己的饲喂机器人?

很快,贺成柱注册成立了甘肃金科峰农业装备工程有限责任公司,正式入驻甘肃省机械科学研究院科脉创新工场。经过近一年的研发,目前这款饲喂机器人已进入调试阶段,预计年底第一代样机将下线。贺成柱介绍,饲喂机器人主要针对大型养殖场,可以自动完成饲喂槽清扫、整理等工作,更符合养殖场对环境的高要求,不但能提高效率,还可以大大降低养殖场的人工成本。在加快研发的同时,公司已经与玉门等地大型养殖场达成采购协议,为今后的推广铺好了路。

贺成柱的快速进展得益于科脉创新工场的专业力量。作为科脉创新工场背后的"大树",甘肃省机械科学研究院拥有西北首家国家级工业设计中心,在全国农机制造行业具有一定影响力。拿这款饲喂机器人来说,贺成柱团队完成智能控制这一核心后,从编程到软件开发,再到外观设计等全部研发环节,都得到了院里专业人员的帮助,有的甚至直接代为完成。到后期,还能在中试车间进行加工试生产,产品出来后还可以申请检验检测等全链条服务。也就是说,足不出户,贺成柱的想法就可以从图纸变成产品。

记者在科脉创新工场看到,手板加工实验室、虚拟现实实验室等专业实验室一应俱全,一些团队正在这里进行性能测试、结构验证实验。甘肃省机械科学研究院科技管理部部长李贵子介绍,目前依托院内资源,科脉创新工场可以为团队和企业提供研发制造、创新服务和检验检测一揽子产品创新服务。

在李贵子的朋友圈里,有一个工作群,几乎囊括了全国同行业的重点实验室,别看这小小的微信群,却是一个巨大的"能量库"。"只要有好点子,需要什么设备、人才,在创新工场都能得到满足,而且我们还可以把这个'空间'放大到全国。"李贵子说。

甘肃省机械科学研究院党委书记焦光联告诉记者，在免费开放所有科研资源、仪器设备的基础上，院里还将一些项目课题面向创业团队和企业开放，在形成“技术引领”的同时，能够有效对接团队和企业的个性化需求。

科研院所作为运营众创空间的一支重要力量，因为拥有更加雄厚的科研力量，提供的科技服务也更为专业，从而加速了成果转化，帮助团队和企业快速成长，可以说实现了资源利用的最大化。

专业化推动科技型创新创业

在西北师范大学计算机科学与工程学院3D打印工作室里，3D打印工艺品、医疗模型、工业零件……学生们的作品琳琅满目。还有学生自己设计制作的3D蛋糕打印机，曾在多个公开场合亮相，已成为“明星设计”。除此之外，医学图像处理、“溯源无线田间检测站”“甘肃智能交通舆情在线分析平台”等已经应用，这些成果都出自学院的创新创业团队。

从2014年起，学院陆续组建了约20个创新团队，其中既有走理论研究的“学霸”团队，又有面向实际应用的人气团队，内容涉及智能软件、物联网应用、人机语言交互等方面。

事实上，学院的创新创业培养无处不在。西北师范大学计算机科学与工程学院院长党小超介绍，在日常教学中，老师们大量融入创新理念；在培养模式上，学院采取“3+1+小学期”的方式，学生本科期间在校学习三年，最后一年到中关村软件园实习；在团队建设中逐渐形成了“导师+研究生+本科生”的有效模式。

这种全方位的创新教育带来的结果令人欣喜，学生在本科期间就能在核心期刊发表论文，就业率和就业质量逐年提高，位列全校前三，科研项目和水平也在不断提升。更重要的是，逐渐形成了良性循环，激励更多的老师投入创新创业教育，形成了一支稳定的导师团队。

2016年，响应国家和甘肃省“双创”政策，西北师范大学依托在人才培养、技术研发、专业建设等方面的综合优势，成立了面向全省、以聚焦智能感知与大数据处理专业领域的“智能感知与数据分析专业化众创空间”，并于去年底成功入选甘肃省首批省级专业化众创空间。

党小超介绍，这一专业化众创空间聚焦生态保护、质量溯源、行为感知等产业细分领域，通过强化技术攻关，融合高校、企业、政府、社会力量，实现创新创业资源的共享和有效利用，以此推动科技型创新创业。

发展专业化众创空间是促进众创空间向纵深发展的必由之路。2016 年底，甘肃省科学技术厅在装备制造、新材料、绿色建筑、中藏药等领域认定了首批 15 家专业化众创空间，运营单位包括龙头骨干企业、高校、科研院所等类型。可以预见，未来通过协同创新，聚焦细分产业领域的专业化众创空间，将成为推动科技型创新创业、服务于实体经济的重要载体。

杜志恒:诗和远方在南极

秦 娜

眼前的杜志恒,内敛、耿直,典型的“理工男”一名。

1986 年出生天水的杜志恒,是中国科学院西北生态环境资源研究院冰冻圈科学国家重点实验室的助理研究员。2016 年 11 月 2 日,他作为甘肃省唯一一名入选队员,随中国第 33 次南极科考队出征南极。

2017 年 4 月 11 日,在结束了 161 天的行程后,杜志恒乘“雪龙号”返回上海。4 月 13 日,他在兰州接受了记者采访,分享了他的南极科考故事。

诗和远方

南极,对于大多数人来说,是一个充满神秘、又令人向往的地方,而对杜志恒来说,更有着特殊意义。

2013 年,原本杜志恒被确定为当年的南极科考队员,可是那一年他要硕士毕业,为了准备答辩,只能放弃;2015 年,杜志恒再次进入南极科考“大名单”,但又因为博士毕业而未能成行。

两次与南极“失之交臂”,让杜志恒对南极愈发憧憬,南极就像一个约定已久的“老朋友”等着他去“探望”。

这一次,他终于“赴约”了。虽然行前查看过众多有关南极的资料,在脑海中无数次“勾勒”南极的形象,可当杜志恒真正置身于南极大地时,那种震撼仍然无以名状。

“真的感觉世界那么大,眼前是一眼望不到边的冰雪,人是那么的渺小。”南极给杜志恒留下了难以忘怀的第一印象。在南极内陆时世界只有一种白色,当返回出发基地中山站时,看到的景象除了冰雪还有大海。“对我来说,南极内陆就是远方,出发基地中山站就是诗。”杜志恒动情地说。原来,“理工男”也有一颗“文艺心”。

憨萌的企鹅、绚丽的极光……在杜志恒的镜头下,南极的美令人沉静。

风雪科考路

当然,南极不光有“诗和远方”,还有风和雪。

从上海出发,要经历一个月的漫长航行。尽管这次航行已经算“风平浪静”,但杜志恒仍逃不过晕船的折磨,经常晕得一阵阵犯恶心,还有的队员一晕船就只能躺倒在床,难受得一两天都吃不下饭。

如果说在海上最难熬的是晕船,到了南极内陆,最大的困难就是寒冷了。南极内陆平均温度-40℃,最冷时达到-80℃。正是因为这个原因,每年的南极科考任务都选择在南极最暖和的夏季,但平均温度也是-30℃。在这种低温环境下,皮肤裸露在外一个多小时就会冻伤。

更可怕的还有南大洋“疯狂”的海陆风。到达南极内陆的第二天,杜志恒驾驶雪地车执行任务,出发前大风刮来,一下把手打在车门上,当时一阵剧痛,那一瞬间杜志恒以为手断了,缓了很久,手才慢慢恢复知觉。

“最辛苦还是在南极内陆的那 20 多天。”杜志恒说。为了尽快完成采样任务,在极昼环境下他们“连轴转”,白天在路上奔波约 100 千米,晚上“安营扎寨”后,20 时左右开始挖坑采样,一直要忙到第二天凌晨两点多,休息几小时后又要继续出发。

与身体的辛苦相比,心理上更需要调整适应。100 多天置身于茫茫大海、莽莽雪原,以至于重回喧闹的都市后,杜志恒多少有些不适应,他笑称回来后脑子一直处于“短路”状态。

当别人感叹于个中艰苦时,杜志恒却总是说:“也还好、也还好。”

不负使命

这次南极科考,杜志恒的主要任务是协助中国南极冰穹 A 冰芯钻取,以及中山站地区大气气溶胶采集、环南大洋海水样品采集、大气臭氧仪数据更新，同时还承担着在南极内陆断面200千米、1 100千米与1 200千米处三套气象站的架设任务。

时间定格到2017年1月21日。这一天，杜志恒所在内陆队在中国南极冰穹A深冰芯钻取长度显示为146.21米，至此，钻井总深度首次突破800米。

“深冰芯就像树的年轮一样，是记录地球气候变化的‘黑匣子’，800米就意味着中国科学家可以据此分析出8万~12万年前的地球气候变化信息和演化历史。”杜志恒解释说。因此，能参与并见证这一重要历史时刻，杜志恒深感幸运。更与以往不同的是，今年的深冰芯钻取推进到600~800米，这段复杂冰层被称为“碎冰层”，冰在这个层位由于气泡与压力不同于其他深度，极易破碎，冰芯提取非常困难。虽然这一次钻取深度较往年短，但为明年深冰芯钻取积累了宝贵经验。

除了与队员们合力完成规定“动作”，杜志恒还在自己的工作上花了点“小心思”。以往雪冰样品采集后都是直接从上海集中运回兰州，今年杜志恒发现样品量很大，就利用晚上的闲余时间，把部分样品进行融化过滤等处理，转变为便于携带的样品形式。

作为西部科研工作者，杜志恒深知参与南极科考机会难得，他总想多干点、多学点。“当年，秦大河院士徒步横穿南极大陆，极大地提升了中国极地冰冻圈研究在国际上的地位，为中国极地研究争取了话语权，今天我们更要珍惜来之不易的科研环境，努力成为一名优秀的极地科技工作者。”杜志恒说。

历时161天，跨越3.1万海里航程，每一帧、每一秒都印刻在杜志恒的记忆中；北极、珠峰、南极，世界“三极”都留下了杜志恒的身影。

下一站，不知他又会去哪里。

因为热爱，所以坚守

——中国科学院西北生态环境资源研究院科研工作者群像素描

秦 娜

题记：或许有一天，人们终将忘却他们，但西北的冰川、风沙会记得，记得有这么一群人，来过、苦过、笑过。

在中国西北，有这样一个科研院所，它紧盯国家重大战略、聚焦西部生态环境，这就是中国科学院西北生态环境资源研究院，业内人士简称其为西北研究院。

在西北研究院，有这样一批科研工作者，他们常年穿行在西北地区的山山水水、沟沟壑壑间，戈壁、荒漠是他们最亲密的“朋友”。

几十年来，一代代科研工作者犹如西北的冰川，坚忍、持久，耐得住寂寞，甘坐“冷板凳”，为西北地区生态环境保护和可持续发展做出了重要贡献。

百人计划、百千万人才工程、国家杰出青年……头顶的光环足以让他们有更好的选择，可是面对百万年薪邀约，他们最终选择了坚守。没有高大上的理由，说起来很简单：因为热爱，所以坚守。

苦不苦？苦！但心里总有个声音说，再坚持坚持。

冰冻圈科学国家重点实验室副主任吴通华是地道的湖南人，如今甘肃成了他的第二故乡。

2000年，吴通华从湖南师范大学本科毕业后，在导师的推荐下考入中国科学院寒区旱区环境与工程研究所读研究生。第一次来兰州时的情形，吴通华至今难忘。当时正值3月，火车一路向西，他的心却一路变“凉”。一过陕西，车窗外不再是青山绿水，取而代之的是荒山秃岭。

从小看惯了绿色的吴通华没有想到，大西北就这样猝不及防地给他来了个

“下马威”。

“当时心里真是‘哇凉哇凉’的。”吴通华笑着回忆说。那一刻他甚至开始抱怨导师怎么把他推荐到这里。此后的日子,吴通华渐入佳境,开始越来越喜欢这里。“在西北,生活环境可能艰苦一些,可是常常与大自然接触也让人觉得比在其他地方心情好很多。”吴通华深有感触地说。

出野外对西北研究院的科研工作者来说,就是家常便饭。一进到无人区,通常没两个月根本出不来。饿了,土豆沙丁鱼罐头,用喷灯一加热,就是一顿“美味”的野外大餐;遇到熊和野狼,因为“人多势众”倒也不那么害怕……在科研人员的讲述中,艰辛反倒多了几分“诗意”。但是,有时真的要冒生命危险。

2012 年 4 月,吴通华经历了一次科研生涯中最惊险的野外考察。考察队一行赴新疆若羌等地开展科技部“青藏高原多年冻土调查项目”。途中突降大雨,在通过一个路口时,路中间有一个水坑,原以为汽车能冲过去,没想到却陷在里面。雨越下越大,暴雨引发的洪水连泥带水喷涌过来,汽车被洪水掀翻,斜扎在泥水里,车上 5 名队员被困。

尚处在安全位置的队员立刻组织营救,大家用绳子牵引着转移受困人员,当最后一名队员安全救出的那一刻,吴通华如释重负,后来汽车打捞上来时已经完全报废。“谁都没遇到过那种情况,当时很多队员都写下了遗书。”说到这里,吴通华眼圈一红。

做科研不易,在西北做科研更不易,而对于女科研工作者来说,个中艰辛恐怕只有自己知道。

“70 后”的高艳红是中国科学院寒旱区陆面过程与气候变化重点实验室主任,也是西北研究院为数不多的女研究员之一。当年,为了不影响科研事业,结婚多年不敢要孩子,直到博士毕业才生了孩子。“搞科研不是抢第一就是抢最高,可以说是跟生命抢时间,对西北科研人员而言这种紧迫感更强。”高艳红说。当大多数时间奉献给实验室的时候,就不得不放弃陪伴孩子成长的机会。

当然也有坚持不下去的时候。2009 年,高艳红的研究工作进入“空窗期”,一时有些彷徨。一次偶然的机会,受美国方面邀请,高艳红去华盛顿大学做了 3 年项目。项目结束后,导师希望她留在美国,她考虑之后还是婉言拒绝。“那 3 年对我的帮助很大,科研上豁然开朗,但还是想回来继续做下去。”高艳红说。

苦不苦?苦!但是再苦也得有人干。怎么干?高艳红笑着给出答案:苦中作乐。

如今看来,苦中作乐既是西北研究院科研工作者的一种科研状态,更是他们的一种人生哲学,不妄自菲薄、自怨自艾,乐观向上,心中自有一份对科研、对西部的坚守。

难不难?难!但是总在问自己,能不能迎难而上、做得更好。

没有豪言壮语,说起自己来也只是寥寥几句,眼前的科学家质朴、平实,可一说到研究却个个侃侃而谈,风采照人。

在普通人眼里,青藏铁路也许仅仅是一条海拔最高的铁路线,可对冻土与寒区工程研究室主任、冻土工程国家重点实验室主任吴青柏来说,却有着特殊的牵挂。

多年冻土、高海拔、生态环境脆弱堪称青藏铁路三大世界级难题。当年国家组建了以西北研究院前身机构为核心的攻关团队,专门解决青藏铁路修建中冻土路基及寒区隧道问题。团队整合了中国科学院知识创新工程等项目资金约 8 000 万元,聚集了国内冻土领域的所有专家力量。"能参与这么重大的项目,对很多人来说是一生难得的机会,所有人都铆足了劲。"在冻土研究领域奋斗了 30 年的吴青柏激动地说。

到底有多难?"冻土就是温度在 0℃或以下、含有冰的各种岩石和土壤,青藏铁路有一半路程都经过多年冻土段,受工程施工的影响,冻土极易融化下沉,会直接影响路基稳定。"吴青柏进而解释。科研攻关要做的就是在青藏铁路穿越约 500 千米连续多年冻土区时,提供技术保证冻土不融沉、路基始终稳定。当时有西方学者断言:根本无法攻克。

基于多年研究,以及对未来青藏高原气候变化趋势的判断,研究团队竭力主张"冷却路基"的方法,也就是通过工程手段给路基降温,最终这一方案被采用。没有先例、更没有规范,一切都得边实验、边创新、边应用。"最后我们做到了,不但实现了预期目标,还能在未来 50 年青藏高原气温上升 2.6℃情况下,仍然保持冻土热稳定。"吴青柏满脸自豪。

2006 年 7 月 1 日,青藏铁路正式通车,西北研究院科研团队成为首批乘客。虽然过去几年间坐着轨道车频繁穿梭在这条线上,但那一刻吴青柏仍然激动得难以自持。当讲解员说到"冷却路基"的办法解决了多年冻土的世界级难题时,现场很多人瞬间"泪崩"。四年间,几百次实验,艰难困苦终究化作喜悦的泪水。

如今,程国栋、赖远明、马巍、吴青柏……已成为冻土圈研究的扛鼎人物,也正是由于他们的坚守和努力,使"冻土"这门在 20 世纪 80 年代还是冷门的研究,变成了现在响当当的热门课题。

缺资金、缺人才、环境差，与东部发达地区相比，在西北从事科研事业可谓难上加难。可就是在这种条件下，西北研究院啃下了一个又一个“硬骨头”，创造了一个又一个奇迹，这一切靠的是百折不挠的科研精神、奉献西部的不变情怀。

爱不爱？爱！所以一切都值得，所以还要走下去。

今年51岁的赵文智是寒旱区水土资源研究室主任，12年间他8次申请国家自然科学基金的故事在院里“广为流传”。

1987年，赵文智本科毕业于西北林学院，1999年在职攻读中国科学院寒区旱区环境与工程研究所博士，此后一直从事干旱区生态水文学研究。1994—2005年，赵文智与国家自然科学基金“死磕”，可是年年申请，次次失败，后来连他的助手都申请到了，他还是没成功，同事也时常为此“打趣”他，赵文智倒也不急不躁。

功到自然成。2006年，赵文智申请的“荒漠生态河岸林生态格局与过程水文学机制”项目获批国家自然科学基金。此后，杰出青年科学基金等一系列项目“接踵而至”，赵文智也被同事们赞为“写一个中一个”。

从最初的水资源利用到绿洲生态水文，再到近几年的绿洲生态系统对水文过程的响应与适应研究，在开展项目的过程中，赵文智不停梳理着学科科学问题，结出了丰硕的成果。由他主持的降水对生态系统的影响和响应研究成果发表后，获得国际学术界大量引用；自2002年接手临泽内陆河流域研究国家站后，使团队在荒漠绿洲生态水文研究领域具有了一定影响力。

回过头看，正是那些年的“煎熬”成就了今天的赵文智。踏实严谨、耐得住寂寞，已经成为西北研究院科研工作者的鲜明标签，并且一代代传下来。

这几年，赵文智每年都要给青年科研工作者开讲座，专门讲如何申请国家自然科学基金。院里也形成了一个传统，每年1~3月的项目申请季，由科学家亲自把关，帮助手、学生逐字逐句地“抠”报告。在团队协作下，西北研究院的项目从最初的每年个位数逐渐增加，2006年项目经费首次突破1 000万元，2016年全院共申请各类自然科学基金项目103项，项目直接经费达到约8 600万元。科研水平不断提高，在冰川、冻土、沙漠等主要研究领域均处于国内引领地位。

因为热爱，所以坚守；也正因为热爱，所以管理要让大家更安心地搞科研。

西北研究院副院长张怀刚说，今年中国科学院已拨付2 000万元，用于部分研究所骨干人员分档增加津贴和绩效奖励，以缩小与本地以及其他地区院属单位骨干人员的收入差距，未来还将通过实行骨干研究员延聘到65岁退休、高层次人才协议年薪制度等政策,提高科研人员待遇,创造更好的科研环境。张怀刚同时也呼吁从国家层面上出台制止地区间高校和科研院所间恶性竞争的措施,均衡人才布局,让热爱科研事业的科研人员安心扎根西部,创造更多成果。

从小企业到装备研制大基地

——酒泉奥凯种机公司科技创新的实践与启示

秦 娜

一

2017年4月下旬,记者走进位于酒泉工业园区的酒泉奥凯种子机械股份有限公司,工作人员正驾驶玉米抽雄喷雾一体机进行现场演示,只见这台“大家伙”一会儿“摩拳擦掌”准备为玉米抽雄,一会儿伸展“臂膀”进行喷灌。这一研发成果被大家形象地称为“变形金刚”,由于大大提高了玉米抽雄效率,可以完全替代人工,去年一经推出就受到了用户好评,订单不断,并获得国际专利。

偌大的生产车间,也是一派繁忙景象。今年一开春,公司订单就接到“手软”,一季度共签订销售合同订单1.2亿元,比上年同期增长65%。目前公司上下正开足马力,加班加点赶进度。

很难想象,今天的奥凯种机起步于一家濒临破产的小厂。经过几十年的发展,奥凯种机逐渐成长为亚洲最大的种子加工装备研发制造基地,国内市场占有率达到80%,产品出口法国、荷兰、以色列等30多个国家,2016年产值超过2亿元。国家高新技术企业、国家技术创新示范企业……如今奥凯种机的“头衔”也越来越多。地处西北一隅却做着国际市场的大生意,这一切都源自企业对科技创新的不懈追求。

“1998年通过改制,公司实现了快速发展,近年来,公司每年投资2 000万元,相当于拿出销售收入的5%用于技术研发,先后取得312项专利,科技投入成效显著。”公司董事长贾生活介绍。

二

在贾生活看来,持续不断的科技投入为企业创新发展奠定了基础,引进高端人才、进行产学研协同创新则为企业创新发展插上了“翅膀”。一方面,公司联合中国农业大学、华南农业大学等15家国内知名大学、科研院所和种业上市公司,成立了国家种业装备技术创新产业战略联盟,面向产业前沿,研究种业装备领域的共性问题。另一方面,成立了由罗锡文、任继周、陈学庚等院士牵头,28名专家组成的种业装备院士专家工作站,为公司技术创新发展出谋划策,解决了多项技术难点,培养了科技人才。

目前,公司在酒泉、北京、成都、无锡建立了4个技术研发中心,在兰州建立了甘肃省农产品干燥技术装备工程研究院,形成了一支约120人的研发团队。此外,公司还承担建设了国家种子加工装备工程技术研究中心、种子加工成套装备国家地方联合工程实验室、农业农村部种子加工技术装备重点实验室等4个国家级科技创新研发平台,成功跻身种业装备工程技术研发的“国家队”。

有了人才做支撑,公司适时进行了产业调整。“我们将研发生产重点转向了种业全程机械化和智能化的中高端产品,在加大自主创新的同时,通过引进吸收技术专利转化生产,近几年平均每年都有约10个新产品上市。”贾生活说。无疑,这一转型,为公司在以中低端产品为主的市场中开辟了一条新路,拓展了海外市场。2016年,公司研制种子、粮食和农产品干燥装备十多个机型。其中,玉米抽雄喷雾一体机、智能化种子包衣机、组装式方形钢板仓储设备、智能化组装式钢结构玉米果穗干燥系统等9项国内首台(套)种业全程机械化装备新产品替代了进口,新产品销售占当年销售总额的60%以上。

三

为什么新产品能够快速落地?这还得归功于完善的科技创新奖励机制。公司副总经理刘国春告诉记者,在每个项目立项之初,公司就设立了专门的奖励基金,在项目进行过程中,每解决一个技术难题都会根据难易程度给予研发团队相应的奖励。从去年开始,公司针对一部分畅销机型,确定了每个机型的销售奖励金额,对新机型进行连续5年的奖励,奖励金额逐年递减。“也就是说每销售一台机器,科研人员就会获得一笔固定的奖金,销售得越多,奖金也就越多。”刘国春说,仅今年一季度,公司就发放各类科技奖金近80万元,部分科研骨干的薪酬远高于企业管理层。

“这样一来,充分调动了科研人员的积极性,激励科研骨干挑头承担项目,促使研发人员主动提升自身科研水平,努力解决技术难题,从而加速了科研成果转化。”公司技术开发中心副主任张亮说。现在,在科研人员中形成了你追我赶的创新氛围,企业发展后劲十足。

植根于企业内部的创新精神、持续不断的科技创新投入、高效的产学研协同创新机制,以及行之有效的科技奖励制度,使酒泉奥凯种子机械股份有限公司走上了科技创新发展之路。

机制创新带来“连锁效应”

——甘肃省地方科研院所创新机制体制的实践探索

秦　娜

在科技创新的时代背景下，科研院所作为科技创新体系的重要一环，如何才能充分发挥科研优势，更好地服务产业转型升级、支撑经济社会可持续发展，成为摆在科研院所面前的一道必答题。

在甘肃省科学技术厅的倡导下，酒泉市和张掖市先后成立了酒泉新能源研究院、甘肃张掖生态科学研究院。不同于大多数科研院所，这两家研究院采用理事联盟模式，在不增加人员、编制的前提下，化“虚”为“实”，以项目为纽带，实现了高校、院所、企业协同创新。通过体制机制创新，聚焦科技资源和创新要素，推动了相关产业科研水平快速提升，由此带来诸多连锁反应，可以说为科研院所更好地服务创新发展提供了一套可复制、可推广的运行模式。

助力新能源产业发展

走进酒泉职业技术学院图书馆，整个图书馆实现了光伏建筑一体化。通过在图书馆楼顶架设的太阳能光伏板，将太阳能转化为电能，在满足图书馆自身用电需求的同时，还可以进行储能。在智能微电网系统显示屏上，可以清楚地看到图书馆负载用电、储能等情况。有了光伏建筑一体化，可以为图书馆节能50%以上。

这样一座“高大上”的校园图书馆，其实是酒泉新能源研究院的智能微电网科技示范项目，主要用于进行微电网智能控制与能量管理的研究。

2013年底，为进一步推进新能源领域科技创新、推动全省新能源产业发展，酒泉市人民政府设立了酒泉新能源研究院,研究院实行理事会管理制,酒泉职业技术学院为理事长单位。目前,研究院已发展理事单位23家,涵盖了区域新能源行业的教育、科研、企业、技术服务等资源。

酒泉新能源研究院建成后,研究院先后申请承担建设了甘肃省太阳能发电系统工程重点实验室、甘肃省新能源科技创新服务平台、甘肃省太阳能光电应用行业技术中心等3个省级平台,面向太阳能薄膜材料、光伏发电系统优化控制、智能微电网方向成立了3个研究室,建成智能微电网、电解水制氢及氢燃料电池发电、太阳能集热供暖等科技示范项目。

甘肃省太阳能发电系统工程重点实验室副主任陈维铅介绍,两年多来,研究院重点开展了光伏积尘对发电效率影响、光伏材料全生命周期性能变化等研究,在薄膜材料方面取得了6项专利。其中,太阳能光伏表面积尘清洁装置,由于实现了定时自清洁,在减少劳动力的同时,一定程度上提高了发电效率,目前已在青岛一家企业进行转化。

在集中攻关新能源产业发展关键技术难题的同时,酒泉新能源研究院依托酒泉职业技术学院的新能源专业群优势,为国内新能源产业人才培养发挥着重要作用。酒泉职业技术学院新能源工程系风电工程技术教研室主任程明杰告诉记者,酒泉新能源研究院牵头制订了国家风力发电技术和光伏发电技术教学设备一级规范,主持建设了国家职业教育新能源类专业教学资源库,自主研发了国内首套新能源教学实训设备,由此辐射带动了全国职业院校新能源类专业发展。截至目前,酒泉职业技术学院已累计培养约2 000名新能源专业毕业生,成为新能源企业急需的专业人才。随着"一带一路"倡议的实施,越来越多的毕业生走出国门开展新能源技术服务。

2013年入驻酒泉工业园区的北京京城新能源(酒泉)装备有限公司是北京京城新能源有限公司的下属企业,主要从事风机产品的装配及大型电动机的制造。公司总经理赵立文介绍,2014年,公司与酒泉新能源研究院联合建立甘肃省新能源创新服务平台风力发电检测服务中心,课题执行过程中先后取得3项科研成果,促进了企业电机类产品的研发。目前,企业技术人员中70%来自酒泉职业技术学院,实现了企业与酒泉新能源研究院的双赢。

"我们把理事长这种比较虚的管理模式给做'实'了。"说到酒泉新能源研究院得以快速发展的原因,酒泉新能源研究院副院长、酒泉职业技术学院副院长薛仰全一语中的。酒泉新能源研究院每年召开两次会议,年初研究确定工作重点,给每个理事单位“下任务”,年底还要对任务落实情况进行考核验收。

在薛仰全看来,过去企业都是单打独斗,彼此间因为技术壁垒互不交流,现在通过理事联盟这种体制机制的创新,联合了新能源领域最优秀的研发队伍,紧贴酒泉新能源产业发展实际, 跟踪国内和国际新能源产业发展的核心问题进行集中攻坚,显著提升了新能源行业的技术创新和研发能力,实现了创新资源的高效利用。

服务祁连山生态保护

最近接连几件大事,让甘肃张掖生态科学研究院院长刘贤德倍感兴奋。由国家财政支持的张掖市祁连山(黑河流域)山水林田湖草沙生态环境修复项目正式启动,研究院承担起专业团队联络任务,已经开展了相关技术培训工作;高分辨率对地观测系统甘肃数据与应用中心张掖分中心在研究院挂牌成立,成为全国第二家设在地(州、市)一级的分中心;与河西学院共建祁连山生态研究院,将在人才培养、项目支撑、联合攻关等方面展开全方位合作……

国家级任务应接不暇,这对于成立短短两年多的甘肃张掖生态科学研究院来说,是最大的肯定。

2014 年 8 月,甘肃省科学技术厅、中国科学院西北生态环境资源研究院和张掖市政府联合成立了甘肃张掖生态科学研究院。这一民办公助性的非企业单位,汇集了甘肃省水利科学研究院、甘肃省环境科学设计研究院等 17 家理事单位,共联合 34 家平台单位。

“在实施国家安全屏障战略的大背景下,甘肃张掖生态科学研究院的成立是甘肃省通过科技创新加强生态保护的有益尝试和有效举措, 经过两年多的运行,甘肃张掖生态科学研究院科研水平上了一个大台阶, 项目资金也较过去大幅增多。”甘肃张掖生态科学研究院院长刘贤德介绍,研究院成立后,首先承担了甘肃省科学技术厅平台专项——甘肃省祁连山生态科技创新服务平台的建设任务。依托这一平台项目,甘肃张掖生态科学研究院研发了一套科技创新服务平台,实现了祁连山生态科研观测数据联网,国内外专家学者可以通过网络,随时随地获取祁连山及黑河中游生态研究的各种监测数据。

甘肃张掖生态科学研究院高级工程师牛赟主要负责平台的建设和运行。他告诉记者，围绕冻土冻融、荒漠化监测、旅游对祁连山生态的影响等方向，甘肃张掖生态科学研究院组成了多个课题组，完成了8个子专题的研究，发表论文41篇，其中国家核心期刊论文约20篇，为社会提供了数据服务和技术支撑。近三年来，甘肃张掖生态科学研究院共申报课题16项，获得各类奖项6项。其中，联合肃南县林业和草原局等单位申报的《黑河中游荒漠区典型植被变化与环境水分关系研究》获得2016年度中国产学研合作创新成果奖，独立申报的《祁连山典型流域青海云杉林水文特征与生态因子关系研究》获国家林业和草原局梁希科技奖。同时，取得了"一种土壤蒸发器""一种冻土厚度测量装置"等10项专利。

刘贤德认为，甘肃张掖生态科学研究院之所以能在短时间内取得这么多成果，主要得益于运行模式的创新。"这种松散的管理模式，一方面发挥了政府的引导作用；另一方面以项目为纽带，通过平台和项目聚集多个单位的科技人才进行联合攻关。"刘贤德说，过去一提到设置新机构就牵扯到增加人员的问题，现在通过机制创新，不需要增加编制、人员，就能够动员大部分科研力量。

在祁连山生态保护全面纳入国家顶层设计的今天，国家"山水林田湖草沙修复项目"正式启动，祁连山国家公园体制试点方案正在抓紧编制……无疑，在主动融入国家生态安全战略中，甘肃张掖生态科学研究院的路将越走越宽。

“双创”热潮带来的连锁效应

——张掖小微企业创业创新基地示范城市建设掠影

秦 娜

“90后”的董振禄是土生土长的张掖人，去年年初他从陕西宝鸡一家国企辞职回到张掖，在张掖经济技术开发区万盛创客空间“扎营”，办起了“张掖头条”公众号。一年多来，董振禄的团队已经从最初的两个人壮大到近10人，业务增长迅速，眼下他已在兰州等地着手启动更多项目。

这两年，和董振禄一样返乡创业的张掖人越来越多，究其原因，是因为如今张掖市创业创新的土壤越来越肥沃，氛围越来越浓厚。

2015年6月，张掖市被确定为全国首批15个小微企业创业创新基地示范城市之一。两年来，在省、市两级多部门共同推动下，一系列利好政策“落地有声”，各类孵化基地如雨后春笋般涌现出来，让草根创客的创业创新梦想“照进”现实。

创业创新蔚然成风

走进位于甘州区的张掖经济技术开发区万盛创客空间，咖啡区、路演区、图书角等“标配”齐全，文艺类的装修风格、宽松舒适的办公环境让每一位创客都能舒心创业，而拎包式入驻的创业服务让创客们倍感贴心。

张掖经济技术开发区办公室主任梁志军介绍，创客空间由开发区配套基础设施和办公设备，而且免收房租、物业费等费用，创客只需要带着思路来就能创业。截至去年底，共入驻创业团队152个，当年实现产值3 000万元。目前，经济开发区已形成从苗圃—加速器—孵化园的一条龙孵化链条，从创客空间毕业的企业可以直接进入中小微企业孵化中心进行扩大生产。

万盛创客空间只是张掖市创业创新基地建设的一个缩影。经过两年的建设，张掖市一改“双创示范”之初创业创新基地少、质量参差不齐的面貌，基地建设速度和质量都取得了长足发展。与此同时，在政府的引导下，越来越多民间资本的注入为基地发展带来了活力，进一步拓展了张掖市创业创新的范围和领域。

在高台县，原本从事餐饮行业的张智勇，在“双创”的鼓舞下，2015 年投资办起了丝路新世纪创客家园。由于在企业运营方面有着丰富经验，同时拥有较为成熟的网络平台资源，创客家园能够为入孵团队和企业提供商标代理、知识产权、工商注册、财税代理、宣传推广等一站式创业服务，让初创团队少走弯路。目前，张智勇已经瞄准了返乡农民群体，启动建设新型职业农民众创空间，为返乡农民搭建创业平台。

在推进双创基地建设过程中，一些众创空间、孵化园逐渐摸索出了一套加速孵化的好办法，形成了鲜明的特色。

地处山丹县的沃谷创业孵化园，在提供常规性创业服务的基础上，更加注重以投资为核心的孵化服务。孵化园总经理高国乾介绍，去年孵化园建成以来充分运用政府引导资金和沃谷合资创投公司，目前创投公司投资基金已达 3 000 万元，同时加强联合引入外地投资、开发本地投资。截至去年底，共入驻团队 110 个，先后孵化成功了“小朱瓜子”“树懒科技”“祁连润雪”等本土企业，其中，“小朱瓜子”去年销售额达到约 700 万元。目前正在对 13 家企业进行投资，今年随着“小工坊、大产业”项目的推进，到年底投资企业数量将超过 20 家，将有更多“新概念”的当地特产推向市场。

来自张掖市科学技术局的数据显示，“双创”工作开展以来，依托已有的园区、市场及其他公用设施，通过盘活利用和改造提升，张掖市共建成科技孵化器、众创空间、小微企业创业创新孵化园等各类双创基地 35 家，面积达到 140 万平方米，入孵企业 1 243 户，带动就业近 1.7 万人，创业创新蔚然成风。

传统行业焕发生机

更让人欣喜的是，在张掖市的这场创业创新“革命”中，一些传统行业也走上了创新发展之路。

初夏季节，记者来到张掖物流中心，到处一派繁忙景象。工作人员把来自全国各地的快件分类装车，这些快件将跟随通往乡村的班车送达农村客户手中。

张掖物流中心由甘肃西运运输实业集团有限责任公司运营，这几年交通运输业发展遇到了瓶颈，企业也一直在寻求新的发展路径。“我们发现在电子商务加速向农村挺进的过程中，很多快递公司由于没有配送网络，业务无法向县、乡、村级拓展，而我们运营着146条客运班线，覆盖了张掖市两县(区)的18个乡(镇)、300个自然村，却没有充分利用起来。”公司副总经理李鹏介绍。

有需求，就有商机。

2015年，甘肃西运运输实业集团有限责任公司成立了西运联承创客孵化园，成为省内首家以交通运输为主要方向的众创空间。去年初，甘肃西运运输实业集团有限责任公司与入驻团队、企业共同启动实施了“班车快递”项目。“我们以客运班车为载体，同时嫁接各县乡的资源，形成了覆盖全市的物流配送网络，打通了快递从张掖城区到乡村的‘最后一公里’，实现了‘农产品进城、工业品下乡’的双向高效流通。”李鹏说。在经历了一段时间的亏损后，目前业务量较最初增长了90%，每天达到约600件，已经开始盈利。去年，“班车快递”项目在“中国(小谷围)互联网+交通运输创业创新大赛”中获得最具投资价值奖。

在大物流领域，甘肃西运运输实业集团有限责任公司抢抓国家“互联网+”创新驱动战略实施机遇，取得了全国无车承运人试点企业资质，目前已与交通运输部的监测平台成功对接，平台签订的长期合同额每年达到500万吨以上，更重要的是通过这个平台，实现了货源企业和承运人的直接对接，节省了时间和人力成本，有效提高单车运行效率，为企业“降本增效”。2016年，甘肃西运运输实业集团有限责任公司副总经理李鹏还被交通运输部指定为“全国道路客运联程运输试点企业”，未来将在推进乘客航空、铁路、公路等“零距离”转乘联运进程中，获得更多发展机会。

在张掖市科学技术局局长甄广波看来，甘肃西运运输实业集团有限责任公司这一运营模式的创新，将传统运输企业变成了一个创业创新大平台，有效聚集各种创新要素，不但实现了自身的转型升级，还为快递、物流等相关行业开拓了发展空间。

科技成果加速转化

位于民乐县生态工业园的张掖市众智众创科技有限责任公司，厂区的展示区就像一个微缩版农场，土墙立柱式日光温室、高标准玻璃育苗温室等一应俱全。在这里，创业创新让设施农业变得更“智慧”。

在工作人员现场演示下，安装了“智能温室管家”设备的温室大棚，就像有了高科技“保姆”，只需一键操作，系统就能实时收集棚内及土壤温湿度，根据电脑程序指令，完成卷帘自动升降、风口自动开合、卷帘机精准定位、智能补光、滴灌等操作，而与总控制系统的联动甚至可以实现灾害天气预警、农业大数据管理。

“在蔬菜生长季，菜农每天都要重复卷帘、放帘这一动作，现在有了智能系统，仅自动卷帘这一项就能大大节省人力。”公司董事长韩程鹏介绍。全面推广后，可以显著降低人工成本，提升农业作业效率。

韩程鹏大学时期学的是机电工程专业，毕业后一直从事教育培训工作。2014年，他在家乡看到日光温室都是人工操作，就萌生了研发人工智能控制设备的想法，并很快和几个同学启动了研发项目。慢慢地，科研成果越来越成熟，但苦于手头资金有限无法转化。后来，搭上张掖市“双创”快车，韩程鹏和团队搬进了工业园提供的现代化厂房，研发条件大为改善，同时减免3年房租的优惠政策，使团队得以轻松“上阵”。

三年来，公司自主研发了“智能温室管家”系列控制设备、移动式喷灌设备智控系统、城市智能绿化灌溉系统等产品。其中，“智能温室管家”系列控制设备已取得3项国家专利，卷帘机的位置控制技术更是国内首创。

目前，在多方推动下，公司已接到约2 000套订单，今年5月已全面投产，预计全年将推广5 000套。整个项目建成后，可以年产1万台智能控制设备及2万套农业传感器，实现年销售收入4 000万元，利润750万元。“未来大数据平台运行后，不仅可以为种植户对接销售渠道，还能为农业部门提供真实准确的农作物统计数据，对促进设施农业领域物联网技术发展和大数据信息服务具有示范作用。”韩程鹏充满信心地说。

据统计，两年来张掖市累计向企业发放专项奖励、创新奖励和专利扶持资金约1 600万元，减免新入驻企业租金7 720万元。在创业创新政策支持下，一批科技成果得以加速转化，已经培育出炎天炕暖炉、志荣科技等科技型企业。

扶贫插上创新翅膀

对甘肃省这样一个欠发达省份来说，将创业创新与精准扶贫有机地结合起来就显得尤为重要。在张掖市推进“双创示范”工作过程中，也为精准扶贫精准脱贫插上了创新的“翅膀”。

在高台县九发妇女展示厅里，彩岩画、剪纸、刺绣饰品……各种手工艺品琳琅满目，另一边，“巧姐们”正在现场创作，精湛的技艺引来众多参观者驻足。如今，这里已经是贫困妇女学习手工艺品制作技术、谋求脱贫致富的“大本营”。

几年前，甘肃九发文化传媒有限公司董事长姚艳玲去农村探望贫困儿童，发现孩子奶奶手工制作的鞋垫、荷包非常精美，后来她把这些宝贝带到高台大湖湾旅游节上，没想到很快就被抢购一空。看准了这条路子，2014 年，公司牵头成立了高台县九发妇女民间手工制品专业合作社。

“合作社成立以来一直坚持创新，在传承原汁原味传统技艺的基础上，不断研发新产品，增加了产品的实用性和艺术性。”合作社工作人员杨雪花介绍。目前，合作社取得商标 2 个、专利 20 项，其中自主设计制作的张掖丹霞竹碳盘系列旅游产品已成为明星产品。几年来，合作社累计制作工艺品约 5 万件，培训妇女约 1 200 人，带动特色技能家庭 201 户，每户月均增收 800 元以上。2016 年，合作社培训“陇原巧手”精准扶贫妇女近 400 名，并与各乡(镇)签订了订单加工合同，通过培训、解决销售难题，帮助贫困妇女实现了自主创业，全年订单销售达到 260 万元。

创新还不止这些。在销售成品手工艺品的同时，合作社开发出传统手工 DIY 材料包，实现了传统手工体验进校园。去年底，合作社与武汉一家工艺品公司签订了 DIY 手工制品订单直供协议，真正通过新思路、创意研发，为妇女手工艺品开辟出省外稳定销售市场。

“今年 60 套创业公寓即将落成，到时候将免费提供给农村妇女，让更多贫困妇女在创业创新中受益。”杨雪花说。

两年来，张掖市涌现出甘肃天润汇丰等 20 个具有一定规模、创新示范性强的典型企业，目前高新技术企业达到 28 家，是“双创”前总数的 4 倍。科技进步对经济的贡献率达到 51%，科技进步综合指数从全省的第 8 位提升到第 6 位，张掖市正在努力走出一条欠发达地区推进大众创业、万众创新的新路子。

杨发荣:小杂粮做出大文章

秦 娜

提到藜麦,也许很多人并不熟悉。这种原产于南美洲的作物已经有 7 000 多年的历史,由于营养价值极高,被联合国粮农组织列为全球十大健康营养食品之一。但由于藜麦对气候要求较为特殊,在南美洲以外区域种植只有 30 多年,中国也只在西藏、山西、青海有少量种植,尚处于驯化栽培起始阶段。

2015 年,历经 5 年攻关,甘肃省农业科学院研究员杨发荣团队成功选育出国内首个藜麦品种"陇藜 1 号"。几年来,在团队的推动下,藜麦种植在甘肃从无到有、从少到多,真正让"洋品种"在甘肃大地上生根发芽,在小杂粮里做出了大文章。

试水:为甘肃引种藜麦

1964 年,杨发荣出生在宁县的一个农民家庭,家里弟兄五个,他排行老三。从小家里日子过得紧巴,受过苦,也挨过饿,可即便如此,大字不识的父母依旧咬着牙供他念书,希望他能跳出"农门"。

1983 年,杨发荣考入甘肃农业大学植物保护专业,成为弟兄里唯一的大学生。大学毕业后,他进入甘肃省农业科学院植物保护研究所工作。从那时起,杨发荣立志通过自己的科学研究,为像父母一样的农民摆脱贫困做出一些贡献。

此后,杨发荣先后从事小麦条锈病流行规律及综合防治、农田杂草防除、豌豆抗病育种等研究工作。经过十多年的积淀,由他主持的"秦王川灌区无公害蔬菜基地建设与高新技术应用研究"项目获得 2007 年度甘肃省科技进步三等奖,其他的荣誉也接踵而至。正当一切驾轻就熟的时候,他接到一个新任务——为甘肃引种藜麦。

“说实话，在院领导把一份有关藜麦的介绍资料给我之前，我压根没听说过藜麦。”杨发荣说。上网查资料、找国外朋友打听……认真做“功课”后，杨发荣觉得这事儿能干。

事实上，在杨发荣“试水”之前，甘肃省曾经试种过藜麦。2007年初，在国家外国专家局的帮助下，从玻利维亚引进藜麦种子在陇东试种。可是结果却令人失望，出苗率和产量的“双低”宣告了第一次试种藜麦的失败，此后藜麦在甘肃的引种也归于沉寂。

因此，重启引种藜麦项目对杨发荣和甘肃省农业科学院来说都是压力巨大。

2011年初，杨发荣和他的研发团队在甘肃省外国专家局的支持下，引进23个藜麦品种和100余份资源材料，踏上了藜麦研究这片处女地。

突破：“陇藜1号”问世

经过反复论证比较，杨发荣把藜麦的试验基地选在了临夏州永靖县三塬镇。整地、施肥、灌溉一系列的基础工作，他都自己上阵。

不掌握种植技术、没有同类型气候条件下的种植参考……一切都得边试验边摸索。

在经历了焦急的等待后，终于出苗了。“还真没见过那么娇弱的苗子，就像丝线那么细，而且出苗率极差，还不到50%。”杨发荣回忆。有时一场风一吹，幼苗就慢慢枯萎了，眼看着苗子一株株死去，杨发荣更加珍惜顽强活下来的每一株藜麦苗，像呵护婴儿一样小心侍候着。他仔细地记录着藜麦的生长变化过程，有时晚上睡不着，就到试验地里转悠，蹲在田里感受每一丝细微的变化。可是当真叶慢慢舒展开来时，藜麦的“原型”又给了他“当头一击”。“简直就是老家野地里疯长的灰条菜，这真能长出藜麦来？”杨发荣心里打鼓。

直到过了那年端午节，藜麦开始加速生长，一米五、一米六……越长越高。立秋一过，果穗和叶子慢慢变红，藜麦开始成熟了，杨发荣总算松了一口气。虽说第一次试种长成的不多，但还是让团队看到了一丝希望。

此后一年，杨发荣和团队对藜麦进行了形态、农艺性状、生物多样性等初步试验研究，努力选育适应国内种植的藜麦新品种，丰富藜麦的品系资源。2013—2014年，杨发荣带着从所有试验材料中优选出的14个资源材料，在民乐、康乐等地建立了十几个示范点，针对藜麦的适种区域、品种引选、栽培技术、品种选育及副产品饲料化利用等方面进行了系统研究。

2015 年，杨发荣团队在全省各地成功试种约 2 010 公顷藜麦，并掌握了藜麦保苗矮化栽培、病虫害防治、副产品饲料化利用等技术。同时，成功选育出国内首个藜麦新品种——“陇藜 1 号”。试验表明，“陇藜 1 号”具有耐寒、耐旱、耐盐碱、耐瘠薄等优良特性，每公顷产量达到约 134 千克，且在甘肃大部分地区都适合种植。至此，甘肃藜麦研究达到了国内领先水平。

5 年，成百上千次的试验，几十万千米的奔波，最终换来了“陇藜 1 号”，杨发荣百感交集。

转机：大面积推广种植

“甘肃省定西市、张掖市、临夏州、甘南州等高海拔的贫困山区和少数民族地区是发展藜麦产业的优势产区，规模化发展藜麦生产对发展区域经济、推动全省精品特色农业以及精准扶贫都有独特作用。”杨发荣介绍。基于这样的结论，又有好品种，杨发荣迫切地想让更多的甘肃农户种上藜麦。

转机出现在 2016 年。首届中国西部藜麦产业高峰论坛的举办，让越来越多的人知道了藜麦，也成就了甘肃省首次大面积的藜麦种植——在永昌县推广万亩藜麦。

第一次种植这么大面积，杨发荣格外上心，生怕有任何闪失。从播种开始，他和团队每两周就要下去一次。可问题还是来了，当同期种植的其他品种已经灌浆，可“陇藜 1 号”迟迟不灌浆，杨发荣急得整夜睡不着觉。还真应了“贵人语迟”那句话，后来顺利灌浆，“陇藜 1 号”的长势很快超过了其他品种。首次大面积种植获得成功，为农户带来了可观的经济效益。

几年来，全省累计推广种植藜麦 6.03 万公顷，藜麦加工后收益突破 7.4 亿元。今年，藜麦在全省的种植总面积近 6.7 万公顷，更有陕西、四川等地的种植户慕名而来，希望在当地推广藜麦。

种植藜麦的农户越来越多，杨发荣也越来越忙。整个种植季，他的电话就成了 24 小时热线。每次接到各地合作社负责人和农户的咨询电话，杨发荣总是事无巨细、耐心解答，再不行就直奔现场。“农户信任我是我的福气，不能辜负他们。”杨发荣说。

农忙时节全省各地跑,农闲时候还要在实验室做实验。说是科研工作者,其实也和农民差不多,甚至还更辛苦。可是杨发荣总说,每当藜麦成熟季节,望着一片片赤色麦浪,心里畅快得很,什么都忘了。

认准了藜麦这条路,杨发荣还将继续走下去。眼下,团队正与中国农业科学院合作选育高品质的饲用藜麦草品种,前景看好。今年,他还将赴吉尔吉斯斯坦等“一带一路”沿线国家开展深入合作,“陇藜1号”也将走出国门。

“作为一名科研工作者,一辈子能在一个领域做点儿事,挺好。”杨发荣动情地说。

兰白基金养成记

秦　娜

去年经历了资金链断裂危机的甘肃健顺生物科技有限公司,今年上半年销售额达到2 000万元,超过去年全年销售额的45%。谈及公司的这一“华丽”转身,董事长罗顺说,多亏了兰白基金的“雪中送炭”。

2014年,甘肃省获批建设兰白科技创新改革试验区。2015年,为助推兰白试验区发展,由省级财政和兰州市、白银市、兰州新区共同出资,设立23亿元的兰白科技创新改革试验区技术创新驱动基金,成为甘肃省历史上最大的一笔科技投入。

兰白基金运行两年来,以开放的管理理念、创新的管理模式,逐渐形成了多元化的投资渠道,帮助甘肃省多家科技型企业快速成长,为兰白科技创新改革试验区建设注入了强大动力。在快速发展的背后,这支“科”字头的省级基金到底有哪些奥秘呢?

后发优势引来“金凤凰”

“要支撑兰白试验区的发展,光靠兰白基金本身的力量是远远不够的。”兰白基金管理机构负责人、甘肃省科投公司总经理徐前坦言。因此,在兰白基金成立之初,就将目光投向全国,以期发挥财政资金的引导和集聚放大作用,引导民间资本、金融资本共同参与兰白试验区内创新创业。

在母基金层面,成功引入上海东方汇富创业投资管理公司(简称“东方汇富”),与甘肃省科投公司一同作为兰白基金的管理机构。东方汇富有着多年的基金管理经验,在其他省份也有着诸多成功案例。东方汇富的加盟,为兰白基金带来了先进的管理理念。“在基金运行过程中,我们始终保持着一种更为开放的态度,只要国内其他地区行之有效的模式都可以‘拿’来为我所用，同时在管理制度上也实现了创新。”上海东方汇富创业投资管理公司总经理王帅介绍。

而在子基金层面，兰白基金成立后，甘肃的后发优势和科技资源优势迅速吸引了众多民间资本进入。2016 年初成功设立首批 4 支子基金后，一年内兰白基金共发起设立 11 支子基金，这些子基金已成为兰白试验区科技型企业直接融资的重要渠道。

甘肃中睿泰德新兴农业投资基金是兰白基金首批设立的 4 支子基金之一。基金执行合伙人杨宝龙坦言，当初一方面是看中了在国家“一带一路”建设中，甘肃拥有的独特区位优势和政策优势，随着国家经济转型和战略布局调整，甘肃未来发展空间很大；另一方面，从甘肃整体来看，资本运作尚处于起步阶段，反而更具潜力。

甘肃普高创业投资基金设立规模 1 亿元，基金总经理张华向记者介绍，由于基金运行更为灵活，一旦发现好项目，投资速度也更快。目前已在农业科技、新材料等领域投放 6 500 万元，其中最大的一笔投资是 1 500 万元的节水项目，预期回报率将达 5 倍。由于前景看好，目前张华正谋划着进一步扩大基金规模。

截至目前，兰白基金 11 支子基金总规模已超过 50 亿元，其中兰白基金出资 13.5 亿元，吸引和撬动社会资本出资 36.5 亿元，包括省外资本 13.3 亿元。

创出“政府+银行+担保”新模式

2011 年，有着近 30 年海外工作背景的罗顺以特聘专家的身份回国创业，在兰州创办了甘肃健顺生物科技有限公司，跟他一起回来的还有一支有着国际一流细胞培养基研发技术和管理经验的团队。2011—2014 年，罗顺团队投入 1.1 亿元，顺利完成了基础建设、人才培养、产品开发等第一阶段任务，此后企业进入市场培育期。

“生物制药行业是一个投资大、周期长、回报慢的行业，先期的持续投入至关重要。”罗顺告诉记者。2016 年，正当公司业务快速发展的时候，却陷入了资金链断裂危机，企业无力添置新的仪器设备以及原材料。而对于科技型企业来说，没有抵押物也让企业想从金融机构贷款变得难上加难。

正在罗顺一筹莫展的时候，2016 年下半年企业通过科技贷款增信基金帮助，获得了兰州银行1 300万元的贷款。这笔贷款有如一场“及时雨”，让正处于平台期的公司实现了连续增长。

事实上，对于兰白试验区的众多科技型中小企业来说，“轻资产”是制约发展的最大瓶颈。徐前介绍，针对这一普遍问题，兰白基金成立后，专门设立了科技贷款增信基金。截至目前，科技贷款增信基金已在兰州银行、甘肃银行等5家银行设立了总规模3亿元的科技贷款风险池，实现撬动银行金融机构10倍放大投入科技创新授信贷款30亿元。通过科技贷款增信基金，甘肃省科投公司共帮助443家(笔)科技型中小企业完成融资贷款25.9亿元。

经过两年的运行，甘肃省科投公司通过建立“增信基金、银行、担保”三方共同尽职调查和独立分别审核的风险防控机制，在严格防控科技贷款风险的基础上，科技贷款增信基金实现良性循环运营，有效缓解了甘肃省科技型中小企业融资难的问题。

据介绍，兰白基金主要用于科技贷款增信基金、科技投资基金、科技创新创业引导基金、科技孵化器专项基金以及兰白试验区张江基金五方面。截至目前，兰白基金子基金和张江基金共对19家科技型企业投资5.3亿元；科技孵化器专项基金已对全省37家科技企业孵化器(众创空间)拨付后补助资金2 890万元，参股投资5家科技企业孵化器，投资总额1.5亿元。

更令人兴奋的是，兰白基金的成功投资还引导带动国内优质投资机构跟投甘肃省优秀的科技企业，为甘肃省科技型中小企业拓宽了直接融资的新渠道。今年初，甘肃皓天化学科技有限公司在获得了兰白基金子基金白银科键创新创业投资基金的第一笔3 000万元参股投资后，今年7月又吸引到了中留联创(北京)投资管理有限公司2 750万元的跟进投资。

让企业走自己的路

在兰白基金的帮助下，众多科技型中小企业由“孵化”转向“加速”，实现了快速增长。更重要的是，兰白基金让这些企业有了“走自己路”的可能。

甘肃大象能源科技有限公司是一家专门做锂电池正极材料的高科技企业。公司总经理诸葛福长介绍，兰白基金连续两次增信贷款让公司在2016年发生了重大变化：一是由以前的两条生产线满负荷生产变成了4条生产线满负荷生产，产能翻了一番；二是研发了3年的新产品终于上市了。

在诸葛福长看来，兰白基金对公司更为深远的影响是，他们可以坚定地按自己的想法走下去。事实上，从2015年下半年开始，先后有5家上市公司联系到大象能源，希望通过增发、控股等形式兼并企业。“我们辛辛苦苦干了7年，不甘心拿钱走人，而且这个行业进入爆发式增长期，最好的时间更不能撤出，但如果规模做不起来，还是会被淘汰。”当时的诸葛福长陷入了两难境地。

正在企业举棋不定时，兰白基金介入，承诺不当大股东、不干涉公司正常经营，给大家吃了颗“定心丸”。公司上下达成一致：谁来收购、谁来控股都不干，争取2018年底“冲刺”3亿元的销售额。

“在与兰白基金的不断接触过程中，我们开始学习和认识资本，正在从‘土老板’向‘正规军’转变。”诸葛福长感慨道。

甘肃省科投公司董事长冯治库说，兰白基金的成立和运行，为兰白试验区内科技型企业带来的不仅仅是资金支持，更多的是搭建了开放的平台，引入了各类资源和专业资本运作理念，为企业提供了更多科技成果转化的路径，让本土科技型企业走上了更大的“舞台”。

为科技企业撑起一片天

——甘肃科技企业孵化器从探索到升级的历程

秦 娜

科技企业孵化器是培育和扶植科技型中小企业的服务机构。1987 年，中国第一家科技企业孵化器在武汉成立。经过 30 年的发展和积累，孵化器已成为培育高水平创新创业人才和战略性新兴产业企业的重要基地，也成为促进经济发展，加快高新技术成果转化和产业化的重要抓手。

相较于东部地区，甘肃孵化器起步较晚。1991 年，甘肃省有了第一家科技企业孵化器——甘肃省高科技创业服务中心。20 多年来，甘肃科技企业孵化器从无到有、从小到大、从"懵懂"到专业……逐渐在实践中探索出一条欠发达地区孵化器可持续发展之路。

与创业者比肩同行

如果说孵化器讲的是创业者的故事，那么对于甘肃孵化器人来说，推动孵化器发展也是一部艰难的创业史。

甘肃省高科技创业服务有限责任公司董事长冯治库回忆，服务中心成立之初只有位于科技街的一栋总面积约 3 000 平方米的小楼，远远达不到申请国家级孵化器的条件。没有场地怎么办？那就"联建共建"，把别人的地方租过来，再引进企业。这个办法逐渐演变成后来的"大孵化"理念，通过这种办法，2006 年甘肃省高科技创业服务中心成功获批国家级创业孵化器，实现了甘肃省零的突破。

兰州市城关区雁南路 18 号，兰州高新技术创新园所在地。这里是甘肃省第一家上规模的孵化器。如今,这里入驻约 400 家企业,吸纳就业约 6 000 人,每天上下班时间,人群熙熙攘攘,一派繁忙景象。而十几年前,这里还是一片荒滩。

2004 年,甘肃省高科技创业服务中心与兰州高新区创业服务中心等单位以市场化的方式开始筹建兰州高新技术创新园。“当时资本金只有 1 000 万元,共向银行贷款 3 亿元。”冯治库回忆。当时很多人都不看好那次“冒险”,因为那时兰州雁滩一带尚未开发,谁也不知道以后能不能发展起来。整个工程进展也不顺利,最困难的时候,资金链几近断裂,冯治库和合伙人四处举债,周围的同学、朋友都借遍了。历经重重困难,2006 年总面积为 11 万平方米的兰州高新技术创新园终于建成。

经过几年的运行,兰州高新技术创新园逐渐发展成为甘肃省孵化器的“龙头”。基于已有的成功经验,同时为满足部分企业产业化发展的需求,2012 年甘肃省科学技术厅与白银市人民政府共建了白银科技企业孵化器。相对于兰州高新技术创新园综合性孵化器的定位,白银科技企业孵化器则更倾向于专业性,目前入孵企业 138 家,在孵企业拥有专利 176 项,带动就业约 2 100 人。2014 年白银科技企业孵化器被认定为国家级孵化器,2015 年跨入全国“百强国家级孵化器”行列。

从甘肃省高科技创新服务中心到兰州高新技术创新园,再到如今的白银科技企业孵化器,大体代表了甘肃省孵化器的发展轨迹,即从最初的探索阶段到加速发展阶段再到现在的升级阶段。

在冯治库看来,甘肃孵化器之所以能由小到大发展起来,主要是选择了市场化的建设方式。他说,在孵化器起步阶段,发达地区大多通过政府投入建设孵化器、搭建起物理空间,而在欠发达地区,政府投入不足的情况下,通过市场化手段建设孵化器就是一条可行而有效的路径。

数据显示,截至 2016 年底,甘肃省已建成各类科技企业孵化器 81 家,孵化场地面积约 310 万平方米,入孵科技企业 4 033 家,为全省经济建设和新经济增长点的形成输送了一批极具成长性和市场竞争力的高新技术企业。目前,企业化管理、产业化发展的科技企业孵化器建设和发展的趋势日益明显,一个发展形式多样化、投资主体多元化、管理服务信息化的科技企业孵化器体系正在形成。

培育扶植创新创业文化

如今,说起创新创业已不是新鲜词。可在20多年前,创新创业就如“下海”一样是个十足的“时髦”词,而对于地处西北的甘肃而言,更是鲜有人知、少有涉足。从这个意义上讲,正是孵化器的兴起和发展,推动着创新创业文化在陇原大地生发孕育,并不断深入人心。

兰州高新技术创新园建成后,环境虽好,但入孵团队企业却不多,“谁来创业”就成了首先要解决的问题。

一次偶然的机会,冯治库得知几名兰州大学化工院的毕业生创办了几家小企业,就主动找到这几位年轻人,邀请他们一起座谈,告诉他们如果想申请国家创新基金、想入驻孵化器都可以来找他咨询。原以为这几位年轻人一定会积极主动和他对接,没想到到了约定时间,竟然一个人也没来,而一个小时后只来了一个人。冯治库很纳闷,详细了解后才知道,原来几位年轻人觉得自己的企业举步维艰,怎么会有人愿意主动给钱呢,一定是遇到了骗子。

后来,冯治库耐心给几个年轻人讲解国家政策,帮助他们申请国家创新基金。当年,两家企业分别拿到了70万元和100万元。第二年,另外两家企业也申请到了扶持资金。

这件事深深地触动了冯治库,他意识到孵化科技企业远不止搭建好物理空间这么简单,要做的事还有很多。“甘肃整体创新创业氛围不足,本土创业者数量少,而这些有限的创业者对国家政策知道甚少,更别提经营管理企业了,一切都处于懵懂状态。”冯治库说。

此后的六七年间,冯治库带领团队做得最多的就是深入全省各地宣传创业政策,教创业者如何申请国家资金和项目,鼓励年轻人创新创业。经过漫长的培育,从最初的主动联系创业者为他们提供帮助,到后来申请项目的团队企业络绎不绝。据统计,2007—2014年,甘肃省高科技创业服务中心累计帮助创业者申请国家创新基金1.6亿元。

为进一步引导创新创业文化,发现、挖掘更多优秀创新团队和项目,从2009年起,在甘肃省科学技术厅的支持下,甘肃省高科技创业服务中心牵头连续举办七届甘肃省大学生创新创业大赛，每届大赛覆盖了省内80%以上的高校，累计约有8 000支大学生团队、近7万名大学生参与大赛，有效培育了甘肃省大学生的创业意识，营造了良好的创新创业氛围。通过大赛及各类相关配套活动引领带动，累计培育大学生创业企业约1 000家，实现产值约2亿元。

在孵化器层面，每个孵化器都有各自的创新创业培训计划，定期对入孵团队、企业进行团队建设、市场开发、财务管理、技术创新等方面的培训。甘肃省还建立了创业导师认定机制，每年认定一批省级创业导师，为创业团队和企业提供企业诊断、投融资等专业服务，“手把手”地教创业者创新创业。

通过解决“谁来创业”“如何创业”等难题，创新创业文化渐成风尚，同时以孵化器为核心，创业者的集聚又形成了独特的创新创业文化环境和生态。

培育新业态　释放新动能

初冬时节，位于白银市的银西生物医药园内，甘肃皓天原料药生产项目建设工地热火朝天，研发中心、现代化厂房正在拔地而起。甘肃皓天化学科技有限公司总经理薛吉军介绍，2018年8月项目一期投产后，企业年产值将达到3亿元，可解决260人就业。能把企业做到现在这种规模，是创业之初薛吉军不曾想过的。

2006年薛吉军博士毕业后，几经辗转在兰州成立了研发中心，主要从事医药中间体的研发和生产。当时团队只有几个人，由于办公场所不固定，创业一度陷入困境。2009年薛吉军团队入驻兰州高新技术创新园，享受到硬件设施等一系列创业优惠政策，没有了后顾之忧的薛吉军正式注册公司，并获得100万元的国家创新基金，此后企业稳定发展。2015年，皓天公司成为白银科技企业孵化器首批入驻企业，由孵化器牵线，公司先后获得兰白基金和中留联创(北京)投资管理有限公司共5 750万元的投资，解决了规模化生产的资金难题。同时经孵化器协调，白银市将生物医药企业作为重点支持对象，在资金、土地、环保设施等方面进行了配套。

“过去企业只停留在生产医药中间体阶段，现在研发生产条件的改善和提升，为今后生产原料药、成品药打下了基础，产业链得以延伸。”薛吉军说。孵化器就好比“避风港”，通过提供物理空间、搭建各类平台、开展增值服务，大大降低了创业风险和成本，提高了创业成功率。

在孵化器人眼中,孵化器有两个重要功能:一是孵化科技企业,二是培养现代企业家。对此,薛吉军深有感触:“孵化器对我个人理念上的改变至关重要。”过去他和大多数科研人员一样,一心埋头做研发,别人要什么就提供什么,没有想过自己要做什么、企业要发展成什么样,进入孵化器后,通过各种培训、外出考察交流,眼界越来越宽的薛吉军开始更多地关注企业的核心价值和品牌影响力,以及产业整体发展环境。现在,他正在由一名科研人员向真正的企业家转变。

和薛吉军一样,在孵化器的一路呵护和扶持下,很多创业者实现了“自行车进来、奥迪车出去”的华丽转身,企业实现了从“幼苗”到“大树”的蜕变。而对地方经济而言,孵化器培育新业态、释放新动能、打造新引擎的作用则不断凸显。

“2016 年入驻企业完成产值 3.78 亿元,上缴税收 1 193 万元。”白银科技企业孵化器有限公司总经理王琪介绍。白银科技企业孵化器建立之前,白银市只有一家生物制药企业,而且停产多年;孵化器建成后,形成了“众创空间—孵化器—加速器—产业园”四级孵化架构,目前已引入生物医药类企业约 50 家,通过企业间产能、商业机会、技术等共享,不但所有企业都快速发展起来,而且随着聚集效应持续放大,产业层次也将大幅提升,最终实现打造原料药基地的目标。“对于白银这种典型的资源枯竭型城市,亟待转型升级,孵化器的引入相当于为白银新造了一个生物医药产业,未来将形成新的增长极。”王琪说。

26 年来,甘肃科技企业孵化器以一种“润物细无声”的方式,带动创业者创业成功、企业发展、产业升级,孵化器也日益成为拉动甘肃经济发展和转型升级的新引擎之一。时至今日,这一切仍在持续发展。

走出一条欠发达地区孵化器发展之路

26 年,一路摸索、一路成长。面对经济发展相对滞后,各类创新服务资源不丰富、活跃度不高,社会创业意识普遍比较淡薄等诸多不利因素,甘肃孵化器逐渐壮大,发展速度虽赶不上发达省份,但却从甘肃实际出发,做特色文章,为欠发达地区孵化器的可持续发展贡献了经验。

甘肃省综合科技进步水平位居全国第 18 位,科研力量较为雄厚,把这些创新资源与孵化器完美结合就是甘肃省的一条成功经验。白银科技企业孵化器先后成立兰州大学白银产业技术研究院、兰州理工大学新材料研究院等新型研究机构，支持科研人员的最新科研成果在企业转移转化，并组织科研人员为企业解决技术难题、进行联合攻关；兰州科技大市场成立了瑞士洛桑大学技术转移中心、新加坡南洋理工大学技术转移中心等一批技术转移机构，带动更多适合在甘肃发展的科技成果和团队落地。

甘肃省科投公司总经理徐前有着多年的参与孵化器建设经历，在他看来，创新创业离不开资金支持，建立完善的创新创业融资体系对欠发达地区孵化器健康发展尤为重要。他介绍，2015年甘肃省设立了23亿元的兰白基金，其中，3亿元科技孵化器专项基金用于支持兰白试验区及省内各类孵化器的建设和运营，并对符合条件的科技企业孵化器、在孵企业，以及与孵化器相结合的投资机构等给予资金支持，同时设立的4亿元科技贷款增信基金，主要用于对创业信贷的支持。此外，甘肃省还建立了政府、投资基金、银行、担保公司等多方参与的风险共担机制，引导银行进一步加大对科技企业的信贷支持，有效地将基金投资和企业服务结合起来，实现了“投资+孵化”的发展模式。

他山之石，可以攻玉。在孵化器建设过程中，甘肃省加强与外省科技型企业、科研院所间的合作，引进先进管理机制和运营模式，形成了诸多发展新思路。在白银，白银科技企业孵化器相继与上海张江高新区企业、上海产业技术研究院签订战略合作协议；在兰州，由兰州高新区提供5 000平方米场地，在兰州高新区科技孵化大厦建设由上海久有股权投资基金管理有限公司运营的张江兰州久有科技金融创新战略平台，为企业提供金融、科技等方面的咨询服务，吸引省外团队来甘肃落地创业。这些合作都表明甘肃孵化器在不断探索新的合作模式，形成新的增长态势。

26年，只是一个小结。当前，在加快建设创新型国家的进程中，中国创业孵化行业站在了新的历史起点上，可以想见，甘肃科技企业孵化器仍将在机遇与挑战中大步前行。

在祖国的高寒大地放飞梦想

——记中科院寒旱所冻土与寒区工程研究创新团队

秦 娜

鸟儿展翅高飞,直上云霄/广阔的天空有鸟儿的梦想……研究冻土的科学家爱上了冻土/有冻土的地方就会有冻土团队的梦想……

2018 年 1 月 8 日,2017 年度国家科技奖在北京揭晓, 中国科学院寒区旱区环境与工程研究所(简称"中科院寒旱所")冻土与寒区工程研究团队荣获国家科技进步创新团队奖,成为甘肃省首个问鼎这一奖项的创新团队。消息传来,中科院寒旱所上下为之振奋,冻土团队成员陈怀琴怀着激动的心情写下了这首《冻土之恋》。

半个多世纪以来,冻土创新团队老中青三代怀揣着梦想,扎根西部,潜心于冻土研究,攻克了一个个世界性难题,完成了一项项重大建设工程,用青春和热血把论文写在了祖国的高寒大地上。

中国科学院院士程国栋、赖远明,"973 计划"首席科学家马巍、冻土工程国家实验室主任吴青柏……从这支团队走出来的科学家可谓"星光熠熠",正是他们的努力,让中国冻土研究走在了世界前列。

三代接力 一朝梦圆

这,是一个关于梦想的故事。

冻土是含有地下冰的各种岩石和土壤,土冻结时会发生冻胀,融化时就成了一团稀泥,完全丧失了承载力,会造成建筑物变形、破坏。在全球变暖的情况下,寒区工程至今仍是一个世界性难题。

中国是世界上第三冻土大国,多年冻土占国土面积的五分之一。中国的多年冻土主要为高海拔冻土,其特点是温度相对较高、极不稳定。因此,冻土研究在西部大开发和东北振兴重大工程建设中具有重要意义。

早在20世纪50年代末,国家决定修建青藏铁路,并组建了冻土研究队,开始对冻土展开系统研究。1965年,程国栋从北京地质学院(现中国地质大学)毕业后被分配到当时的中国科学院兰州冰川冻土研究所工作, 开始在青藏高原做调研。在程国栋看来,从一开始他们所有的研究都和青藏铁路紧密相连,这也让冻土研究有了实践的动力和基础。

后来,由于修建青藏铁路各方面条件尚不成熟,项目暂时搁浅,但老一辈科研工作者对冻土的研究却从未中断过。1976年,青藏铁路建设项目重启,当时铁路部门制订了两个方案:一个是穿越无人区的东线方案,另一个是沿着青藏公路走的西线方案。程国栋选择了条件艰苦的东线,带队进行了大量研究。1978年,青藏铁路项目虽然再次暂停,但作为项目负责人之一的程国栋出色地完成了联合攻关项目——青藏铁路建设中的冻土问题研究。此后,他创造性地提出了"厚层地下冰形成的重复分凝机制",在国际上引起很大反响。1989年,冻土工程国家重点实验室成立,冻土研究作为国家战略的重要科技支撑被提到了更高的位置。

2001年,青藏铁路工程第三次"上马"。当时国家成立了以中科院寒旱所为核心的攻关团队,主要解决青藏铁路修建中冻土路基及寒区隧道问题。

面对多年冻土、高寒缺氧、生态环境脆弱这三大世界级难题,科研攻关首先要做的是在青藏铁路穿越约500千米多年冻土区时, 提供技术保证冻土不融沉、路基始终稳定。当时有西方专家断言:根本无法攻克。

面对这样的"断言",程国栋带领团队一路攻坚克难,首次提出了"主动冷却"路基的理论和技术。"'主动冷却'就是改'保冷'为'制冷'的思路,通过改变路基的填料和结构,创造一种'热半导体',使路基在冬季加强放热,在夏季减少吸热,这样年循环的结果是净放热,路基就会冷却下来。"赖远明解释。团队找到了通过调控辐射、调控传导和调控对流的成套"冷却路基"的筑路技术和设计参数,并进一步发展了综合多种措施的降温路基。

最终,这一方案被采用。没有先例、更没有规范,一切都得边试验、边创新、边应用。2006年青藏铁路顺利通车,科研团队不但实现了预期目标,还能确保在未来50年青藏高原气温上升2.6℃的情况下,仍然保持冻土热稳定。截至目前,青藏铁路已安全运营12年,时速达到100千米,是世界上多年冻土区列车跑得最快的铁路。

青藏铁路的成功在国际冻土学界轰动一时。《Nature》杂志曾大篇幅报道了青藏铁路并指出：以环境友好方式解决了气候变暖条件下冻土区筑路的世界性难题,具有重要的里程碑意义。

三代接力,一朝梦圆。“青藏铁路是每个冻土人的梦想,一辈子能遇到并参与这样伟大的工程,是我们这代人的幸运,更是整个团队的幸福。”马巍动情地说。

牦牛精神 代代相传

曾几何时/在海拔四千多米的青藏高原寻找梦想/刨雪作被，谈笑风生/曾几何时/在惊心动魄的野外考察中追逐梦想/命悬一线,生死攸关……

这,也是一个关于奋斗的故事。

不同于一般的科研工作,冻土团队的科研人员常年都要出野外,上高原、进无人区更是家常便饭。海拔3 000米以上的高原,人烟稀少、空气稀薄,见得最多的“活物”就是牦牛。终日与牦牛相伴,冻土团队把牦牛视作“朋友”,更当作团队的精神象征。

赖远明说:“牦牛身上的憨直、坚韧、尽责大概是对冻土科研工作者的最好诠释。”半个多世纪以来,特别能吃苦、特别能奉献、特别能忍耐的“牦牛精神”就这样一代代传下来,影响并鼓舞着冻土团队的每一个人。

“在青藏高原,第一个问题就是缺氧,头痛欲裂、睡不好觉是常态。”马巍说。有时遇到危险路况,车辆下陷抛锚,所有设备与物资就要靠人扛马驮;有时遇到极端天气,有可能就要经受生死的考验。

青藏铁路项目建设之初,经费等各方面条件都有限,团队在海拔约4 000米驻扎,深冬时节还用的是单帐篷,晚上睡觉都得戴着棉帽子,常常睡一晚上被窝都暖不热,整晚处于似睡非睡的“迷糊”状态。后来铁道部门得知这一情况,特意给团队送来几顶棉帐篷。

洗脸、剃须、理发……在高原上也都是能省则省。常常几个月下来,大家都变得认不出来了,黑红的脸庞,长长的头发和胡子,还经常被误认为是藏族同胞,被夸汉话说得真好。

吴青柏清楚地记得,2001 年新年第二天, 他和团队成员还有铁道第一勘测设计院的同行一行 18 人,开始进入无人区开展青藏铁路首次冬季调查工作。“那 20 多天真是太难熬了。”吴青柏感叹道。当时最低温度达到-28℃,即便大家把能穿的衣服都穿上,仍然抵不住寒冷,冬季高原的风刮在脸上就像刀子,人站在冰面上被刮得到处乱“飞”。就连吃饭也成了一件艰难的事,大家携带的鸡蛋、罐头全被冻成了冰疙瘩,只能稍微解冻一下将就着吃。

“青藏铁路项目时间紧、任务重,建设部门的所有施工参数都要由我们来提供,因此大家都拼着一股劲,‘玩儿了命’地干,一心只想快点儿出成果。”马巍说。

在青藏铁路攻坚阶段,被大家称为“老黄牛”的刘永智一年中有 9 个月在高原做试验、搞监测,后来下山体检时,由于长期缺氧,血液浓稠到抽都抽不出来;张建明带领团队在路基下工作,眼瞅着前方一辆大车从小车上碾过去,逃过一劫的张建明从那以后再也不敢学车,更不敢碰车……

冻土团队常把自己比作“游牧民族”,科研搞到哪儿,帐篷就扎到哪儿。直到 2002 年 8 月,青藏铁路第一个冻土试验站——北麓河试验站落成,冻土团队总算在高原上有了“家”,大家直言,搬进试验站那一刻的幸福是常人无法体会的。

在冻土团队,从来不缺少这样的故事。但当被问到后悔过吗?大家都笑着摇摇头,多年的高原历练沉淀下来的自是一份从容、淡定和乐观。

“既然选择了冻土这个专业,就是选择了这份寂寞,就得吃这份苦,因为高原就是我们的‘战场’。”吴青柏说。

服务国家　再攀高峰

一个个寒区重大工程的科技攻关/一次次勇敢奋力拼搏地并肩作战/一项项苦尽甘来的国家级奖励/是难得的机遇/是继续前进的集结/更是不辱使命的担当……

这,还是一个关于未来的故事。

事实上,青藏铁路建设的一举成功,让中科院寒旱所冻土团队从默默无闻到声名鹊起,正是由于他们多年来的坚守和努力,让冻土这门十足的“冷学科”变成了“热学科”,使这片“冻土”真正成为科研的“热土”。

冻土团队趁势而上,陆续在重大项目中崭露头角,迎来了冻土事业的高峰。

比如,“主动冷却”理论很快就被应用在青藏高原高速公路建设中。高速公路宽幅路基,有大尺度效应,同时沥青路面吸热,有强吸热效应,加之高速公路对防止变形的要求更高。因此,冻土团队进一步发展了“冷却路基”技术,通过试验研究优选出了四种调控技术供高速公路采用。目前,青藏高速公路即将上马,这些调控技术对保证高速公路稳定将起到重要作用。

2007年,世界第一条深季节冻土区的高速铁路——哈大高铁项目启动。青藏铁路的主要病害是融沉,而哈大高铁的主要问题是冻胀,而且高速铁路路基的冻胀变形必须小于15毫米,这就提出了微冻胀的新问题。冻土团队通过攻关,阐明了微冻胀的发育机理,提出了相应的防治措施和关键设计参数,保证了哈大高铁的正常运营。

2010年,被称为“电力天路”的青藏直流联网工程开建,工程的一大难点是塔基要大开挖,会破坏冻土。团队解决了大开挖冻土融沉防治和塔基长期稳定问题,并为工程提前一年投入运营提供了科学依据。

而在中俄输油管道建设中,由于输送的是热油,提出了有热源的多年冻土区工程设计理论和技术的新挑战。为此,团队提出了埋地式管道保温和冷却相结合的建造技术,确保了中俄输油管道的建设。

青藏高原、祁连山和东北的几项重大工程的完成,可以说构建了中国冻土工程监测网络,成为工程安全运营管理、重大工程规划以及发展冻土工程理论不可或缺的重要基础。

目前,团队整体研究水平及影响力都处于国际冻土工程研究前列。在国际上,发表冻土工程文章最多的前20名作者中,有5位是团队成员。截至目前,团队已荣获各类国家科技奖6项,各类省部级奖约30项。2014年,程国栋获得国际冻土协会的终身成就奖,成为世界上获得这一奖项的第三人。

新的成就,新的起点。马巍介绍,目前围绕国家“一带一路”建设,冻土团队结合西部和东北地区重大基础工程建设及能源环境科学问题,正在开展包括中巴走廊带冻土灾害、青藏高速公路、莫斯科—喀山高铁、三江源生态环境建设等相关科研工作,服务国家战略需求。未来,团队将更多地走向国际,力争科研成果在国际工程中得到更多应用,提升团队的国际显示度。

正如赖远明所说,作为冻土研究的“国家队”,为国家建设贡献毕生力量,大家从感情上是自愿、从行动上更是自觉。

新机制让科研成果“接地气”

——兰州大学白银产业技术研究院助力兰白国家自创区建设纪实

秦　娜

日前，由兰州大学白银产业技术研究院牵头申报的仿制药研发项目“抗肿瘤药物依维莫司”完成了实验室小试研发工作。依维莫司的开发生产将在降低同类药品价格和增加药品供给方面打破进口垄断，为晚期肾癌患者带来福音。

这项科研成果只是兰州大学白银产业技术研究院转化成果中的一项。几年间，得益于兰州大学白银产业技术研究院的体制机制创新，一批科研成果实现了快速转化。

2016年，兰州大学、白银市人民政府、甘肃省科投公司白银科技企业孵化器共同成立了民间非企业机构——兰州大学白银产业技术研究院。既不像事业单位，也不像科研机构，也不像企业，更不像大学，因此这类研究平台也被称为“四不像”研发机构。

作为创新产物的“四不像”研发机构，从成立之初就与市场建立了天然联系的兰州大学白银产业技术研究院，经过3年运行，逐渐探索出“四不像”运行模式，走出了技术成果转化的新路径，为兰州白银国家自主创新示范区注入创新活力。

建平台：共享科技创新资源

走进位于白银科技企业孵化器内的兰州大学白银产业技术研究院，分析检测中心内各种检测设备设施应有尽有，技术人员正忙着为各种企业“订单”进行检验检测。

“兰州大学白银产业技术研究院成立之初,我们依托兰州大学的分析检验仪器设备优势,同时整合入驻企业以及白银科技企业孵化器的设备力量,搭建了分析检测公共服务平台。”兰州大学白银产业技术研究院副院长肖明兴介绍,从最初的只为入驻团队和企业服务,到后来服务范围逐渐扩展到整个白银地区。3年来,平台共为白银地区企业提供检测服务约5万次。

事实上,分析检测公共服务平台只是兰州大学白银产业技术研究院搭建的多种平台中的一个。肖明兴介绍,结合兰州大学学科特色和甘肃产业发展需求,围绕兰州大学白银产业技术研究院确定的医药、材料、环保3个优势科研方向,兰州大学白银产业技术研究院先后建立了国家-地方联合工程实验室、国家级国际联合研究中心-绿色催化与合成、高分子材料合成与性能测试公共服务平台等专业化的公共技术服务平台,涵盖了药物合成、高分子材料、污水处理、天然产物开发和金属催化剂开发5个方面,同时也覆盖了基础研究、应用研究、中试放大和产品生产全链条。

“这些服务平台的建立和运行,在很大程度上弥补了白银地区相关科技创新资源匮乏的短板。”肖明兴说。团队和企业通过共享平台上的科研仪器设备、技术等创新资源,减少了初创企业的固定资产投入规模,降低了研发成本,更重要的是通过这些平台,很多团队和企业进行对接合作,在相关领域的关键技术上实现了突破。

做中介:技术与市场“面对面”

今年以来,兰州大学化学化工学院副教授周林成接连接下几个“大单”,他变得更忙了。

经过多年攻关,周林成研发出“非均相 Fenton 耦合固定化微生物技术处理高浓度有机化工废水工艺”。技术针对化工废水行业水质特点及生物难降解共性,采用特殊工艺,破坏了有机污染物结构、降低了毒性,同时提高了可生化性。相比于传统工艺,这项技术操作更简单、处理效率更高,而且全程绿色环保。

起初,周林成靠自己“单打独斗”,陆续拿到一些小项目。兰州大学白银产业技术研究院成立后,周林成成为第一批入驻老师。兰州大学白银产业技术研究院很快就为他建起了处理能力为5吨的中试放大平台,后来又帮他在白银科技企业孵化器内建起了50吨处理能力的污水处理系统。目前,在兰州大学白银产业技术研究院的推介对接下,这项技术已在白银、兰州新区等地的多家化工、制药企业落地应用。

不仅帮助老师对接项目,兰州大学白银产业技术研究院还帮助企业对接科研机构和成果、客户和市场,甚至对接资本。白银图微新材料科技有限公司是一家新材料企业,核心产品是一种新型的聚硫酸酯高分子材料,这种新材料在高端领域可以替代传统的工程塑料,有着广阔的市场前景。2018年,在兰州大学白银产业技术研究院的对接下,甘肃省科投公司为企业投资1 000万元。目前,占地近33.5公顷的中试车间正在白银筹建。

截至目前,已有约20位老师入驻兰州大学白银产业技术研究院,在兰州大学白银产业技术研究院的对接服务下,入驻老师共开发项目30项,获得各类经费约1 500万元。同时,近三年兰州大学白银产业技术研究院帮助入驻企业共获得投资约6 000万元。

“在这个过程中,兰州大学白银产业技术研究院既是孵化器、也是中介机构,撮合各方需求。”肖明兴解释说。过去,老师与企业“不见面”,技术与市场“两张皮”;现在我们打造一个汇集技术、企业、政策、资本等信息的集散地,帮老师的技术找好“婆家”,帮入驻企业找钱、找市场,老师、企业得以抱团发展。

手牵手:科研成果转化加速

从实验室到市场,“四不像”研发机构如何突破创新“最后一公里”,让成果转化跑出“加速度”?兰州大学白银产业技术研究院给出的答案是,以市场需求开展成果转化,发挥兰州大学白银产业技术研究院信息汇集的长处,通过政产学研联动,打破固有的科研体制,实现科研产出和成果转化的效率与效益。

以“依维莫司”为例,整个项目由兰州大学、兰州大学白银产业技术研究院、甘肃皓天医药科技有限责任公司和北京新领先医药科技有限公司共同合作完成。在项目研发过程中,有效地将兰州大学功能有机分子化学国家重点实验室开发的“依维莫司类大环内酯药物合成和纯化”等应用技术进行转化运用,实现了在合成和纯化工艺方面的重大突破。今年底,项目将在甘肃皓天医药有限责任公司工厂进行工艺验证研究;2020年底,将完成依维莫司原料药的备案申报,将实现近年来甘肃化学药物申报领域的突破。预计该项目在白银投产后,年产值将在2 000万元以上。

“这一项目能在短时间内落地,正是因为兰州大学白银产业技术研究院将高校、院所和企业紧密联系在一起,打通了科技成果落地的关键环节。”肖明兴说。

同时,兰州大学白银产业技术研究院打造的技术开发和转化平台,也为加速成果转化带来了更多可能。通过这一平台,兰州大学的科技成果可以进行中试放大,形成可以用于生产的技术包,确保了技术的完整性、可行性,搭建起科研机构和企业、科技成果及市场之间的桥梁。

挖优势:加速新兴产业聚集

今年初,在兰州大学白银产业技术研究院的引荐下,又有两家企业在白银建厂。截至目前,已有来自浙江、河北等地的6家企业陆续落户白银。这些企业有一个共同的背景,那就是兰州大学校友。

3年来,背靠兰州大学这棵“大树”,兰州大学白银产业技术研究院深挖校友资源,通过上门邀请、组织企业实地考察、对接白银相关优惠政策等方式,让更多做企业、有技术的兰州大学校友了解白银,重返甘肃。

“不要小看一个企业,有可能会带来一个产业的发展。”肖明兴兴奋地说。当时,正是因为有像甘肃皓天医药科技有限责任公司这样的较大型医药企业在白银建厂,才带动一批医药企业纷纷落户白银,企业数量上去了,白银银西生态产业园专门规划了生物医药板块,给予企业优惠政策。目前,白银生物医药行业已初具规模,并形成了产业聚集效应,正在成为兰白自创区发展新的增长极。

“从这一角度讲,兰州大学白银产业技术研究院也发挥着智库的作用。”肖明兴介绍。在帮助政府规划行业发展、招商引资的同时,利用兰州大学白银产业技术研究院的技术成果和商业渠道,也为兰白自创区新药、新材料和环保产业的发展聚集了人才、项目和企业。

记者手记:“四不像”其实也是“四都像”。综观以兰州大学白银产业技术研究院为代表的“四不像”新型研发机构在甘肃的实践,正是一场寻求以机制体制创新带动科技创新的变革,他们尝试通过构建新型创新体系,打破从实验室到市场的固有障碍,让科研成果接上地气,进而形成企业、带动产业。新型研发机构是好成果、好技术的幕后推手,是高校、院所、企业的黏合剂,为科技创新注入新活力,令人眼前一亮,也必将潜力无限。当前,兰州白银国家自主创新示范区乃至甘肃的创新发展恰恰需要培育壮大更多这样的新型研发机构,这些研发机构可以是“四不像”,但必须是有用、管用、好用。

创新,就是挑战不可能

——中科院兰州化物所和窑街煤电集团“联姻”带来的启示

秦 娜

一边是堆积如山的半焦固废,一边是有着“点石成金”魔力的科研团队;一边是老牌大型国企,一边是科技创新国家队……他们之间会擦出什么火花呢?

近日,中国科学院兰州化学物理研究所王爱勤研究员团队创新性地从矿物材料视角出发,开展了半焦利用的相关试验,通过煅烧、酸处理等工艺,获得了黏土矿物炭复合材料和杂化材料用载体,为窑街煤电集团有限公司大规模增值利用半焦带来了希望。

这次科企“联姻”,使半焦高值化利用技术取得了重要进展。更让人想不到的是,从基础研究到生产线中试验,这条通常要走很久的创新之路,王爱勤团队只用了约3个月,他们大胆将基础研究、试验发展、产业应用放在一条工艺线上完成,创造了一种全新方法。这次创新过程,也给甘肃省加速科技成果转化带来诸多启示。

启示一:跳出“框框”谈创新

半焦是以油页岩为原料,运用低温干馏技术生产页岩油时产生的固体废弃物。窑街煤电集团有限公司从2010年开始生产页岩油,每年产生60万吨半焦。过去半焦主要用于水泥厂熟料配料和发电厂燃料配煤,但随着高耗能产业日趋收紧,半焦的再利用途径缺失。

2018年10月,在甘肃省工业和信息化厅的对接下,王爱勤得知企业这一困难,双方开始商讨如何再利用半焦固废;当月,科研团队进行实验室研究;2019年

1月,利用企业已建成的隧道窑,科研团队大胆进行了生产线验证,达到了预期结果;3月,启动半焦高值化协同创新……

两个月,科研团队完成了从实验室试验到生产线中试验证,而此前王爱勤甚至没有听说过半焦,对于团队来说,半焦更是完全空白的领域。

经过查阅资料、调查研究,王爱勤发现,目前国内页岩油半焦主要应用于电石、工业及民用燃烧等传统行业,国外也没有特别好的办法。“大家都是从能源燃料的角度想着怎样把半焦‘吃干榨尽’,附加值非常有限。”他说。

既然老路走不通,能不能试试其他路?王爱勤琢磨着从自己的老本行——矿物材料视角想办法。通过对半焦样品的实验室分析,王爱勤发现半焦主要由无机氧化物和残余碳组成,他很快意识到“有戏”,而且随着研究的深入,他发现半焦的高值利用还有很大空间。

正所谓“山重水复疑无路,柳暗花明又一村”。“以前没有人尝试过,现在我们尝试了,就有可能在这个领域有所收获。”王爱勤说。

小记:创新就是挑战不可能,不仅要敢想,更要敢干。跳出“框框”创新,往往会带来意想不到的收获,如果囿于固有思维,就有可能与创新“失之交臂”。

启示二:创新要以需求为导向

王爱勤团队对半焦的创新研究,源于企业实实在在的需求。而当他与企业接触时,发现企业之前由于种种原因闲置的一条隧道窑生产线,正是他寻觅已久的理想生产线,可以直接用于已成熟的凹凸棒石相关产品的生产。

与此同时,对半焦的实验室分析研究也有了重要进展。有了之前的产品积累,又有半焦实验室研究的数据支撑,王爱勤当即决定大胆挑战一把——跳过小试,直接上生产线验证。

今年1月,王爱勤团队精心设计了4个系列共108个样品的工业化可行性试验,并进行了为期半个月的生产线验证。验证结果令人满意,其中,钴蓝、铋黄杂化颜料系列具备直接工业化的前提,同时验证了半焦具有隔热性能,高温时有发泡性能,具备制备铁红颜料的前提。

这一大胆尝试,既盘活了企业的闲置生产线,又验证了半焦高值化利用的可能性,可以说一举两得。更具意义的是,针对企业需求,团队研究半焦增值利用新途径、新材料和新技术,走出了生产线的循环研发模式。

此后,双方签署合作协议,采取分步走战略,逐步实现年产60万吨半焦的产业应用,在消除半焦固废污染的同时,提升半焦利用的附加值。

“从一开始,我们的科技创新就是问题前置,针对问题进行生产线挑战,再根据验证结果去决策科研方向,只有这样才能发现真正需要解决的科学问题,而通过这种方式解决的也一定是整个创新链中的关键瓶颈。”王爱勤说。

小记:创新要以企业需求、市场需求为根本导向,通过科技创新解决实际问题,生产出适合市场需求的创新产品,从而带动一个产业,形成完整的产业链。否则,创新就如无水之源、无本之木,获得的科研成果就会束之高阁,取得的专利也会“沉睡不醒”。

启示三:想在一起,更要干在一起

生产线验证有了初步结果,下一步该怎么走?王爱勤的答案是,走协同创新之路。

很快,王爱勤团队联合中国矿业大学、甘肃省农业科学院、甘肃路桥集团等省内外相关领域高校、院所、企业,全面启动半焦综合利用产学研用协同创新,半焦的高值化利用由此进入一个全新阶段。

王爱勤团队搭建起产学研联合创新平台,他们组织召开了半焦高值利用研讨会,将半焦带入更多人的视野。农业专家尝试从“理想土壤”的角度出发,研究利用半焦做土壤改良剂;路桥企业尝试利用半焦解决沥青改性和失陷性路基等问题;还有专家利用半焦的吸附性,研究如何让半焦在污水处理中发挥作用……而王爱勤团队则更加关注如何将半焦“黑美人”转白,用于工业颜料生产中。至此,半焦在农业、化工、功能材料等多个领域产业化应用研究全面展开。

如此,通过王爱勤团队做基础研究,其他科研力量继续跟进,发挥集体智慧和力量,达到了事半功倍的效果。

“高校、院所要与企业想在一起、干在一起,最终我们要依靠产学研合作实现成果转化。”王爱勤说,“想在一起”就是高校、院所要有服务企业的意识,企业也要增强创新意识,要认识到只有通过优势互补,才能将科研成果转化好,让科研成果发挥实际作用,更重要的是要实实在在地“干在一起”,通过实干实现价值目标。

目前,王爱勤团队正在联合相关高校、企业申报相关项目,半焦高值化利用研究展现出更广阔的前景。

小记:就甘肃而言,科技创新一定要围绕甘肃产业发展需求,真正将产学研联系起来。要围绕甘肃十大生态产业发展遇到的瓶颈,定向组织专题科研项目,搭建协同创新平台,让资金、人才、技术更加聚焦产业关键需求。

听康世昌讲南极科考那些事儿

——中国第35次南极科考陆基首席科学家的科考故事

秦　娜

2019年3月12日，随着“雪龙号”在上海靠岸，中国第35次南极科考画上了圆满的句号。航行3万海里，历时131天，中国科学院西北研究院冰冻圈国家重点实验室主任康世昌研究员完成各项任务，随队回国。

第35次南极科考都取得了哪些成果，队员们又经历了哪些不为人知的艰辛……日前，康世昌在兰州接受了记者采访，讲述了他赴南极科考的故事。

穿越“魔鬼西风带”

南极科考注定是勇敢者的挑战。

2018年11月2日，“雪龙号”从上海出发，一路平稳。11月18日，“雪龙号”离开澳大利亚霍巴特港，开始穿越海况恶劣的“魔鬼西风带”。之所以被称为“魔鬼”，是因为这一带常年西风不断，气旋频繁，风大浪高，气候极其恶劣。“南极科考全程，‘雪龙号’先后4次穿越西风带，每次都是对科考队的极大挑战，很多队员严重晕船，吃一口就呕吐不止，甚至躺在床上三四天都爬不起来。”康世昌说。

“2018年11月30日，我们到达中山站外围，这次是历年来航途上海冰最长的一年，长达44千米，给物资转运带来很大困难。”康世昌说。经历了艰难的破冰、探路，最终在“海陆空”的协同作战下，科考队完成了史上最远的一次卸货行动，安全将约1 600吨物资转运到中山站，直到那一刻所有队员的心才踏实下来。

康世昌介绍，第35次南极科学考察队由349人组成，分别开展了长城站、中山站、泰山站、昆仑站、罗斯海新站等站点的综合考察工作,在东南极冰盖开展了航空地球物理遥感观测,在南大洋阿蒙森海开展了海洋综合调查。作为第35次南极科考陆基首席科学家,康世昌除了完成自己的科考任务,还负责对南极大陆业务化观测和科研项目的总体把关和指导。

遭遇恐怖“白化天”

冰裂隙、暴风雪、白化天……在南极,只有想不到的,没有遇不到的。

康世昌介绍,由16名队员组成的昆仑科考队要从中山站出发,经泰山站,再到昆仑站一路进行科考,最后再返回中山站,总行程约2 500千米。其间,康世昌所在的3人冰川组要完成深冰芯钻机维护、浅冰芯钻取、冰川表面物质平衡参数测定等任务。

2018年12月18日,昆仑科考队从中山站出发,于2019年1月4日抵达昆仑站。昆仑站位于南极冰穹A地区,是中国首个南极内陆考察站,也是南极海拔最高的一座科考站。

康世昌介绍,昆仑站海拔超过4 000米,由于位于低压区,又没有任何植被,氧气更加稀薄,和在青藏高原海拔5 000米的感觉差不多,大家都不同程度地出现了高原反应。

严寒也是绕不过的考验。每次在-30℃的露天作业时,康世昌和队友的眉毛胡子上总是挂满了冰碴,就连衣服、帽子上也被冻起了一层白霜。尤其在采集4米的雪坑样品时,即便穿着厚实的“企鹅服”,也很快会被冻僵。为防止雪样受污染,康世昌只能戴着薄薄的实验手套操作,每次连续作业一个多小时,手指早就失去知觉,要恢复很长时间。

在从昆仑站返回中山站沿途的科考工作也是异常繁重。他们每天行驶接近100千米,每隔2千米要测量和维护物质平衡花杆,每隔10千米采集表层雪样品。为了按时完成采样工作,康世昌和队友们每天早出晚归,有时到达营地已是22时,比正常队伍晚3小时。

如果说高海拔和超低温,对于曾经9次在珠峰进行科考的康世昌来说还算“轻松”,那么突如其来的“白化天”却令他至今心有余悸。

“在南极冰盖考察的最后一天，一大早大风夹着细雪弥散开来，眼前就像是一堵白色的巨墙，根本看不见路。”康世昌回忆。他只能跟着GPS导航慢慢往前开，可是信号时断时续，他本以为车始终在直行，其实车一直“走”的是S形路线，有时甚至向反方向开出去很远。后来，康世昌只能打开侧面车窗，隐约沿着前车的车辙印往前开，就这样1小时只行驶了12千米，直到下午天气才慢慢好转。“在这种天气下开车，完全没有方向感，仿佛下一秒就要掉入万丈深渊，非常恐怖。”康世昌说。

就是在这样恶劣的气象环境下，康世昌和队友们在昆仑站钻取了两支分别为56米和19米的浅冰芯，采集了约50箱样品，获得上百组珍贵的雪密度、温度以及气温数据。

苦中作乐也幸福

除了困难重重的科考工作，也有意外惊喜，苦中作乐也是一种幸福。

2019年1月10日，是康世昌50岁的生日。这一天，队员们自发地在探空气球上写上“祝康世昌首席生日快乐”，把美好的祝福一同放飞到南极上空。“能在南极度过50岁的生日，特别有意义。”康世昌感动地说。

在南极过春节也给康世昌留下了深刻的印象。2月4日是大年三十，康世昌和队友们依然行驶在科考路上，一直到17时才到达营地。晚餐时，“大厨”特地加了几个菜，生鱼片、海参、扇贝、清炖鱼就是一顿丰盛的年夜饭。大家一同举杯庆祝，虽然缺少了家人团聚，但也是另一种经历。

50多天的冰盖考察，身处几乎与世隔绝的“白色世界”，对人的心理也是极大的考验，甚至有可能会出现抑郁等心理问题，可生性乐观的康世昌传递给大家的总是快乐。在南极的日子里，他坚持每天写科考日记，现在已经整理了7万余字；在昆仑站的20多天里，他“啃”完了有关南极科研的两本大部头著作，还读了许多文学类书籍。“我一直非常喜欢野外的工作环境，对我来说，在南极科考让我难得有这么安静的时光思考一些科学问题。”康世昌坦言。

康世昌介绍，南极是一个非常独特的地球系统，是研究全球变暖的一个理想实验室。“1989年，秦大河院士横穿南极大陆，为中国争得了南极科考的关键区域，如今中国南极科考规模不断扩大，作为地处祖国西北的冰冻圈科研工作者，我们理应把握难得机会，为南极研究尽一份力。”他激动地说。

传统蜡果绽新姿

——甘肃省农业科学院科研人员复原蜡果制作技艺掠影

秦 娜

在甘肃省农业科学院的科技成果展厅,一个展柜里摆放着“陇薯三号”等不同品种的果蔬产品。如果不是有人提醒,来参观的人都以为这些是真的,其实这些以假乱真的农产品只是石蜡做的模型标本,因此它们也被叫作蜡果。仔细看,这些蜡果不仅形态、颜色、光泽高度还原,就连马铃薯表面的芽眼、苹果表皮的果斑以及桃子表面的桃毛都栩栩如生。

这些蜡果模型都是甘肃省农业科学院科研人员周晶等人制作的。多年来,周晶与甘肃省工艺美术师邹东华、许非合作,利用现代科技手段,进行传统蜡果模型制作工艺流程和材料配方研究,最终复原了蜡果制作这项即将消失的传统技艺。

现状:传统技艺面临失传

“蜡果最早起源于京津一带,在过去很长一段时间里,蜡果是一种高档的家用装饰品,但随着人们生活水平的提高,市面上的新鲜水果越来越多,蜡果也逐渐退出了日常生活装饰领域。”周晶介绍道。但在科研教学、展览展示等领域,由于蜡制品有良好的可塑性,经过翻制着色后能够逼真地反映出标本的原始形态,仍有不可取代的作用。

周晶回忆,20 世纪 80 年代末, 甘肃省展示设计界的老前辈宋子华在筹备甘肃省农业科学院科技成果展览时,聘请当时春风电视机厂的八级模型师李树奎制作蜡果模型标本。李树奎制作的蜡果标本惟妙惟肖,至今仍保存在甘肃省农业科学院。

从小生活在甘肃省农业科学院大院里的周晶耳濡目染,对蜡果制作更是兴趣浓厚。1991年大学毕业后,周晶又被分配到甘肃省农业科学院工作,也就是从那时起,他凭着看到的、听来的各种“方子”,开始尝试制作蜡果。

抢救:寻找“秘密”配方

“这些失败品都是最好的‘老师’。”周晶边说边拿出一个箱子,箱子里的马铃薯蜡果一个个干瘪无形,就像泄了气的皮球,还有一些苹果蜡果、梨蜡果表面看似不错,底部却有一半塌陷融化。“这些都是配料出了问题,蜡的熔点很低,在高温环境下容易发生软化变形。”周晶解释。

怎样才能避免类似的错误呢?从2008年开始,周晶着手研究解决蜡果制作的原料问题。蜂蜡、松香……他向记者逐一展示制作蜡果的原料。“这就是蜡果不变形的奥秘。”原来周晶手上拿的就是川白蜡。川白蜡质地硬、熔点高,是制作蜡果的绝佳材料,但是由于川白蜡主要产自四川,近些年白蜡树的种植面积不断减少,市场上已经很难买到。要想制作好的蜡果,就必须找到新的替代品,经过对几十种材料不断尝试比对,终于发现了“秘密武器”——硬脂酸和聚乙烯。最终,经过反复研究,周晶确定了各种原料的最佳配比方案。

看似小小的蜡果模型,制作过程远比想象得复杂。周晶说,每一个蜡果都要经过制作蜡果模具、翻制蜡果和整修润饰上色三个步骤共十几道工序,每一道工序也都颇为讲究,比如翻制模具时开几块模子、块面如何分割,这些都是要依靠长期的经验积累。每次遇到形状复杂的模型,周晶都要反复思考,用尽可能少的模块做到顺利开模。

为了把蜡果标本做得逼真,周晶还想了很多妙招。后来,当他把蜡果模型图片发到网上时,还有很多外地的蜡果爱好者特意向他请教这些细节的制作方法。

传承:传统蜡果绽新姿

有了多年的积累,周晶一直琢磨着怎么把蜡果制作技艺更好地传承下去。

2016年，周晶成功申报了甘肃省科技支撑计划项目——“蜡果模型制作技艺传承与保护”。在项目支持下，他和项目组成员搜集标本、查阅资料、寻访老艺人……最终厘清了传承脉络、复活了传统技艺，还留存了大量影像资料。

在周晶看来，传承首先要多展示，要让更多的人了解这门技艺。2016年，周晶和团队应邀为甘肃农业大学认知馆制作了百余件蜡果模型，这些模型一经展出，就受到了师生们的好评。后来，借助“传统蜡果技艺进校园”等活动的开展，他们走进甘肃农业大学等高校，向大学生展示蜡果制作过程，现场教授制作技艺，使沉寂多年的传统蜡果制作技艺重新回归人们的视线。

如今，依托设立在甘肃省农业科学院的“传统蜡果制作技艺传习所”，周晶开始实施“师带徒”计划，有年轻人上门求教，他总是毫无保留地悉心指导。周晶希望通过几年的努力，培养一支传承队伍，研发制作蜡果衍生品。“只有更贴近生活，更被人们所需要，这些传统技艺才能更有生命力。”周晶说。

赤子丹心　上下求索

——中国科学院兰州分院科研人员群像

秦　娜

65 年前，作为中国科学院在西北布局的重要科研基地，中国科学院兰州分院正式成立。65 年间，经过多次改革整合，在中国科学院兰州分院的大家庭里，中国科学院近代物理研究所、中国科学院兰州化学物理研究所、中国科学院西北生态资源环境研究院“携手并进”，共同缔造了西北最大的科研摇篮。

65 年，路漫修远，兰州分院的科研工作者栉风沐雨、砥砺前行，贡献卓著。

冰川、沙漠、盐湖……在祖国最艰苦的地方，留下了他们孜孜探索的身影；原子核物理、航空航天、大气物理、高原生物、油气地质、文献情报……在国家最需要的领域，他们挥洒热血，奋斗不止。

65 年来，一代代科研工作者接力奔跑，创造了一个又一个科研奇迹，使兰州分院在重离子物理、固体润滑材料、冰川冻土、沙漠化防治等领域，达到国家水准，进入国际梯队。

赤子丹心，上下求索。为真理，为国家，更为中华民族之伟大复兴。

光辉岁月　群星闪耀

翻开中国科学院兰州分院的历史，就有如走进科学的星空，可谓星光闪耀，杨澄中、施雅风、柳大纲、高由禧、张彭熹、高世扬、党鸿辛、朱震达……一个个名字顶天立地，他们开了重离子物理、冰川冻土、沙漠治理等研究之先河，并将这些研究推向世界科研舞台。

核物理学家杨澄中院士，早在1957年就带领一批青年科技人员从北京来到兰州，创建了中国科学院近代物理研究所。在他的带领下，当时国内最大的回旋加速器——1.5米回旋加速器于1963年建成出束，为中国的原子核物理创造了重要的实验条件；他提出在兰州建立大型分离扇重离子回旋加速器的建议，并主持和参加相关概念性设计和立项论证。他为开拓和发展中国的原子核物理科学事业做出重要贡献，也被称为中国"重离子"的奠基人。

"中国冰川之父"施雅风院士，也是1957年从北京来到大西北的，他开创和推动了中国冰川物理、冰川水文、冰芯与环境等方面的研究，系统地发展了中国冰川学理论，把中国冰川学研究推向世界前沿。作为中国冰川科学事业的创始人，他组织摸清了中国冰川资源家底，推动了中国冰雪灾害理论与防治研究，发展和丰富了中国第四纪冰川研究。他还是中国冻土研究的开拓者和泥石流研究的奠基人，是中国西北内陆河水资源系统研究的倡导者，为提升中国气候环境变化研究水平做出了卓越贡献。

"中国沙漠之父"朱震达院士，1966年从北京调往中国科学院兰州沙漠研究所工作。作为中国沙漠与沙漠化研究的创始人和奠基人，在他50年的科研生涯中，奠定和发展了中国治沙工程的理论，发展了中国风沙地貌学和沙漠科学，开拓了中国沙漠化及其防治的研究，使沙漠及沙漠化研究紧密结合国家经济建设，在理论和生产实践方面均取得显著成就，并在国际上占据整体领先地位。

……

老一辈科学家是先行者、开拓者，更是领路人，他们有如灯塔，照亮了年轻一代前进的路。任时光飞逝，历史不会忘记他们。

20世纪五六十年代，一大批大学生响应国家号召，奔赴大西北，来到中国科学院兰州分院，逐渐成长为科研中坚力量。他们中有核物理学家魏宝文院士、冻土学家程国栋院士、润滑材料专家薛群基院士、高原生物学家印象初院士……当然，还有中国第一位徒步横穿南极的英雄秦大河院士。当年，正因为有这样一批热血青年，才有了兰州分院的繁荣兴盛、后继有人。

接过前辈的接力棒，50后、60后、70后……没有丝毫松懈，他们不断汲取养分，迅速成长。中国冰芯研究开拓者姚檀栋院士，寒区工程、冻土专家赖远明院士，固体润滑材料专家刘维民院士，物理工程专家夏佳文院士，以及研究员王涛、冯起、王齐华、徐瑚珊、赵红卫、肖国青、马巍、夏春谷……他们在各自领域辛勤耕耘、不断探索，为创建一流学科、服务国家重大需求贡献力量。

65 年来，从中国科学院兰州分院先后走出了 17 位院士。国家科学基金创新群体，国家“973”项目首席科学家、国家“万人计划”入选者、国家杰出青年科学基金获得者……各类拔尖人才不断涌现。

国家至上 硕果盈枝

65 年来，中国科学院兰州分院立足基础研究，紧盯国家重大需求，服务国家重大战略，一代代科研工作者前赴后继，一支支创新团队攻坚克难，取得了一项项重大成果。

基础研究是科技发展的重要基石，自建院起，兰州分院始终保持了一批精干力量进行基础研究，在世界学科前沿取得一批高水平成果。近代物理所在 20 世纪 60 年代顺利完成了国防科研Ⅰ号和Ⅱ号任务，为中国氢弹的成功研制贡献了力量；20 世纪 70 年代以来，他们在国内率先开展了重离子物理研究，特别是 1988 年建成的重离子加速器，把中国的重离子物理研究迅速推向世界，取得了以新核素的合成和研究为代表的一批具有国际先进水平的科研成果。

据统计，自 1978 年以来，中国科学院兰州分院取得各类科研成果约 2 650 项，国家和省部级以上重大成果约 960 项，其中 3 项成果获得国家科技进步特等奖。

由兰州化学物理研究所主持完成的“顺丁橡胶工业生产新技术”研究项目，打破了国外的技术封锁和垄断，形成了中国独立自主的工业化技术，先后在国内建立了多套工业生产装置，创造了巨大的经济效益，为国家提供了急需的战略物资。1985 年，这一项目获得国家科技进步特等奖。兰州化学物理研究所研制的固体润滑材料及特种润滑油和润滑脂，解决了中国航天、航空和战略高技术领域的重大技术难题，在多型号成功应用，填补了国内空白，许多材料性能达到了国际同类材料的先进水平。

1958 年，包兰铁路通车初期，深受风沙危害，火车被迫停开的情况时有发生。当时，中国科学院沙漠研究所沙坡头站科研人员在火车穿越的 50 千米沿线开展了规模浩大的治沙工程。

经过反复试验，他们在腾格里沙漠南缘高大流沙区首创了“以固为主，固阻结合、机械固沙和生物固沙并举”的流沙固定基本模式，创造性地建立了包兰铁路防沙体系和沙漠人工生态系统，包兰铁路从此免受“沙魔”侵扰。1988 年，“包兰铁路沙坡头段防沙治沙工程”荣获国家科技进步特等奖。

2001 年，青藏铁路工程“上马”，国家成立了以中国科学院寒区旱区环境与工程研究所为核心的攻关团队，主要解决青藏铁路冻土路基和寒区隧道问题。面对多年冻土、高寒缺氧、生态脆弱这三大世界级难题，科研攻关首先要做的是在青藏铁路穿越约 500 千米多年冻土区时，提供技术保证冻土不融沉、路基始终稳定。面对当时国外专家“根本无法攻克”的断言，科研团队迎难而上，首次提出并应用了“主动冷却”路基的理论和技术。2006 年，青藏铁路顺利通车，不但实现了预期目标，还能确保在未来 50 年假设青藏高原气温上升 2.6℃的情况下，仍然保持冻土热稳定。截至目前，青藏铁路已安全运营 13 年，时速达到 100 千米，是世界上多年冻土区列车跑得最快的铁路。

2008 年，“青藏铁路工程”获得国家科技进步特等奖。2017 年，冻土与寒区工程研究创新团队获得国家科技进步奖创新团队，成为甘肃历史上首次获此殊荣的科研团队。

在 2018 年全国科学技术奖励大会上，王涛团队“风沙灾害防止理论与关键技术应用”获国家科技进步二等奖，王爱勤团队“凹凸棒石高值利用技术开发与应用”获国家技术发明二等奖……一批具有显示度的科研成果开花结果。

战“沙魔”、修“天路”……兰州分院这支国家队以大无畏的勇气不断创新、挑战不可能，为保护国家生态安全、保障国家重大项目贡献了科技力量，取得了巨大的社会效益和经济效益。

奋斗精神　代代相传

没有随随便便的成功，更没有“得来全不费工夫”的成果。在无数光环的背后，是一代代兰州分院人的无私奉献和艰苦奋斗。

杨澄中院士扑身科研，病倒前一年已常感腰酸，却忙于工作忍着不看病。直到支撑不住才住进医院，被诊断为多发性骨髓瘤。当时从透视片看，他体内的骨头已被病瘤侵蚀而布满小孔。重病住院期间，他仍在分析研究实验数据，为研究生和业务骨干讲课。

施雅风院士一直工作到生命的最后一刻,在弥留之际,他曾遗憾地对学生说:“我不能再为社会做事儿了。”

朱震达院士一生信守“要做沙漠治理道路上一粒有用的石子”的人生格言,退休后仍四处调研考察,为沙漠化治理奔走,直到突发脑溢血倒在病床上。

……

回顾老一辈科学家的人生,他们无不是奋斗到老、科研到老,支撑他们从艰苦岁月一路走下来的是对脚下这片土地的热爱,是对科研事业的信仰。时至今日,爱国、奋斗、奉献……这些精神特质早已融入兰州分院人的血液里。

在南极、北极、青藏高原科考,在冰川、沙漠、茫茫戈壁冒险……和人们印象中的科研工作不同,兰州分院的许多科研人员常年在野外进行科考,对他们来说,真的是在用生命做科研事业。

1989年,秦大河参加人类第一次徒步横穿南极科考。出发前,他被检查出10颗牙齿有些小毛病,如果在南极期间牙齿发炎,后果不堪设想,医生给出的建议是全部拔掉。秦大河没有一丝犹豫,只说了一句:拔。在那场历时220天,行程约5 900千米的危险徒步之旅中,秦大河遭遇了可怕的暴风雪、冰裂隙……脸部被严重冻伤,体重足足下降了16千克。在极其恶劣的气候条件下,秦大河完成了“不可接近地区”雪坑采样,并在超负荷情况下,坚持背回了珍贵的冰雪样品。日后,正是通过对这些样品的分析研究,使中国冰川学有了质的飞跃,在国际上有了一席之地。当年在很多人看来秦大河是在“玩儿命”,可在他眼里,这都是应该做的。

低温严寒、高原反应是“老朋友”,睡帐篷、吃冰雪是家常便饭……在冻土团队没有最苦,只有更苦。2001年,冻土专家吴青柏研究员和同事进入无人区开展青藏铁路首次冬季调查,-28℃的低温让人苦不堪言,风刮在脸上像刀子,人站在冰面上被刮得到处乱“飞”;在青藏铁路攻坚阶段,被称为“老黄牛”的刘永智一年中有9个月在高原做试验、搞监测,后来下山体检时,由于长期缺氧,血液浓稠到抽都抽不出来。

冰冻圈科学国家重点实验室副主任吴通华研究员回忆,2012年,团队在新疆若羌地区开展“青藏高原多年冻土调查项目”时,遭遇暴洪,车辆被洪水掀翻,当时很多人流着眼泪写下了遗书……

在兰州分院,从来不缺少故事,故事里有血有泪、有苦有累,但是没有后悔。兰州分院科研人员扎根西部、默默坚守，甘坐“冷板凳”，把一个个冷门研究变成了“热学科”，在科研中实现着人生价值。

65 年来，特别能吃苦、特别能忍耐、特别能奉献的“骆驼精神”“牦牛精神”，已经化为兰州分院人强大的精神动力，激励着一代又一代年轻人在祖国大地放飞科研梦想。

杨澄中:中国“重离子”事业奠基人

秦　娜

滔滔黄河岸边,金城皋兰山下,有一个在国内外科技界享有很高声誉的核科学研究基地——中国科学院近代物理研究所。

有一个人,为这里、也为中国“重离子”事业刻下了浓墨重彩的一笔,他就是中华人民共和国成立初期第一批回到祖国的科学家——已故的著名实验核物理学家杨澄中院士。

两个从零开始

“中国核事业几乎是一张白纸”,这是杨澄中先生归国前中国在这一领域的基本状况。而彼时,作为世界上最早研究轻核削裂反应的几个人之一,杨澄中在 36 岁时就凭借“原子核削裂反应”的博士毕业论文在学界享有盛誉,备受赞扬与推崇。

1951 年,为报效祖国,38 岁的杨澄中放弃了在英国利物浦大学继续任教的优厚待遇,毅然携妻女回国。赤子归国,带着一身学成的本领,怀着一颗拳拳爱国之心,提着自费购置的珍贵科研仪器和材料,坚定地走向从零开始的祖国核事业。

“歌唱我们亲爱的祖国,从今走向繁荣富强”,船过虎门,耳畔传来《歌唱祖国》,那一刻,他再也无法克制内心的激动,泪水夺眶而出……

中华人民共和国成立初期,中国的原子能科学研究基本一片空白,设备落后,甚至连一台粒子加速器都没有,而由于西方国家对中国的封锁,苏联和东欧国家提供的核物理实验设备也非常简陋。在最艰难的情况下,杨澄中与赵忠尧先生一起,于 1955 年领导建成了中国第一台大气型 700 千伏质子静电加速器。1957 年,杨澄中在北京负责设计建造了中国第一台 400 千伏高压倍加器。在杨澄中的领导下,中国第一批原子核物理实验研究用闪烁探测器和核电子学仪器研制成功。这些设备为中国开展原子核物理实验研究创造了条件。

1957 年,根据中央部署,杨澄中率领从中国科学院北京物理研究所抽调的 15 名科技人员、8 名工人及其他人员来到地处西北腹地的兰州,与甘肃省委调派的 20 多名党政干部会合,创建中国原子核物理后方研究基地——中国科学院兰州物理研究室,开始了新的“从零开始”,迈出了西北地区建立核物理研究基地的第一步。

到国家最需要的地方,去条件最艰苦的地方,杨澄中这一干就是 30 年,直到 1987 年病逝。为了满足开展实验核物理研究工作的需要,在杨澄中的指导下,兰州物理研究室改造发展了用于核物理实验的多种类型的粒子探测器,自制了一批核物理电子学线路,比如线性放大器、高压稳定电源和甄别器等,而且质量优于当时从某些国家进口的设备,接近国际同类产品水平。正是用这些装备和自制的仪器设备,杨澄中带领全体科技人员在兰州开展了原子核反应和中子物理研究,取得了许多重要研究成果。更重要的是,通过这些研究工作,培养锻炼了一支从事原子核物理研究的科研队伍。

在当时极其困难的条件下,杨澄中带领科技人员不停奋战,在短期内改进并重新安装、调试成功了从北京搬迁来的 400kV 高压倍加器,并于 1959 年投入运行,为近代物理研究所早期开展的快中子物理和轻核反应,以及后来的一项重大国防科研任务提供了重要条件。

在杨澄中的领导下,经过 7 年多的艰苦创业,到 1965 年,一个包括加速器科学技术、实验核物理、理论核物理、核化学、核电子学和核辐射探测器等门类齐全的原子核物理综合性研究所在祖国的大西北初具规模。

全能的实干家

“杨先生有一套精巧的实验工具,总是提在手提包里,有时他会自己动手做实验设备,令人赞叹;他安装实验靶子、探测器等技术独到,有些熟悉的同事一看就知道是杨先生的作品。”

“杨先生下放到工厂劳动,车、钳、铣、刨、镗机器样样会开,在那个年代他居然会开汽车,让大家很惊讶。”

“听有的老同志说，杨先生在家里弹钢琴、裁剪，做扬州菜也颇为在行。”

……

提起杨澄中，所有人都尊称一声“杨先生”，大家无不流露出对杨先生深深的钦佩和怀念。

“杨先生是一位实干家，制图、真空、焊线路，甚至‘车钳铣刨’这些活他样样精通。”近代物理研究所研究员徐树威回忆。杨先生还有着高超的吹玻璃技术，20世纪40年代末，杨先生在英国利物浦大学物理系制作了一只核探测器，至今还珍藏在物理系的陈列柜中，它的玻璃壳就是杨先生自己吹的。

徐树威是1962年清华大学的毕业生，也是被杨澄中“要”来的人才。“当时专业实验核物理人才很少，杨先生早期带到兰州的人员中，能协助他开展研究的只有魏宝文等几个人，1963年，为了组建中国科学院近代物理研究所，杨先生专门跑到清华大学要人。”徐树威回忆。后来，这样的专业人才陆续来了几批。

30年间，杨澄中在中国核物理科研一线不停拼搏，做了大量科研组织、学术指导和技术发展协调工作，并以身为范，为祖国培养了一大批科技人才。在他的努力下，从早期的向高校“要人”到后来大批优秀青年主动请缨，一个接一个的科研成果喜报从西北大地上传出。

1958年，第二机械工业部从苏联引进1.5米回旋加速器，成立613工程处。1960年底，加速器主要部件刚刚安装好，苏联政府就撕毁合同撤走专家，还带走了设计图纸和资料，并停止供应未到货的设备。当时，在上级部门的支持下，杨澄中带领全体工程技术人员，自力更生、攻坚克难，终于在1963年5月，1.5米回旋加速器建成出束并投入运行。这是当时国内最大的回旋加速器，它的建成为中国原子核物理研究创造了重要的实验条件。1962年初，上级决定兰州物理研究室和613工程处合并成立中国科学院近代物理研究所，杨澄中先后担任副所长、所长、名誉所长。1970年，近代物理研究所把1.5米回旋加速器改装成为能够加速碳、氮、氧的重离子加速器，并在此后两年内先后合成了6种同位素。

为了使中国的重离子物理研究尽快走向国际核物理研究前沿，1972年，杨澄中等人提出在兰州建造一台大型分离扇重离子回旋加速器（SSC）的建议，并主持和参加相关概念性设计和立项论证。1976年11月，国家计划委员会正式批准了SSC的建造计划——7611工程。从那时起，杨澄中调兵遣将，对近代物理研究所科技力量进行重新调整组合，并对SSC的设计进行全面指导。当时的杨澄中已年过七旬，可他仍然坚持带领年轻人出国考察、在全国大江南北跑加工，甚至生病住院时还念念不忘SSC设计建造中的难题。1988年底，SSC在兰州建成出束。遗憾的是，杨澄中没能等到那一刻，未能看见他为之设计蓝图的国之重器取得丰硕科研成果。

兰州重离子加速器的建成，极大地提高了中国先进离子加速器物理及技术，及其相关学科的国际地位，增强了中国在重离子物理及其交叉学科国际前沿领域的竞争力，兰州重离子加速器国家实验室也由此成为国际重要的重离子研究中心。

接棒者接续传承着杨先生的精神，继续为中国核物理事业奋勇前行。依托兰州重离子加速器，近代物理研究所取得了新核素合成、超重核结构和性质研究、高精度原子核质量测量等一批具有代表性的成果；HIRFL后来又经过升级建造，建成了CSR，使得近代物理研究所的核物理研究逐渐从中低能向中高能领域拓展。

国家利益为重

作为老一辈科学家，爱国情怀就像永远抹不去的印记深深地印在杨澄中心里。在亲人和学生眼里，他总是把国家利益看得高于一切，从不计较个人得失。

杨澄中先生回国时，自费购买了开展实验所需的一长管氩气。为了防止氩气瓶碰撞，他一路上小心翼翼，要么提在手里，要么抱在怀里，就这样从英国经香港、广州、武汉，长途跋涉回到北京，终于安全无损地到达实验室。不但如此，他还将自费买的电子管等用棉裤包着随身带回来捐给国家……这些仪器和材料为中国当时加速发展核物理新技术发挥了关键作用，而为了带回这些实验用品，杨澄中不得不将原本打算随身携带的胶木唱片全部打包托运，托运中那些他收集了多年的唱片多数都被损坏了。

杨澄中的女儿杨秉薇曾讲到这样一件事：父亲白天到所里上班，晚上回到家，常常翻开文献伏案到深夜。一天半夜，核实验用的金箔破了，所里派人来向父亲讨要一张，父亲就拿给他们。孩子们想不通，问他，为什么半夜三更你还要给他们金箔。杨先生翻开陈旧的笔记本，指着夹在里面的一页页超薄的金箔，告诉他们这是他在英国用积蓄购来以备回国做实验用的，已经用了20多年了。“父亲要我们记住：我们国家的科学还有很多落后的地方，要靠大家的努力去改善，我们要以国家利益为重,不能闹个人脾气。”杨秉薇回忆。

“1980 年前后,杨先生率中国核物理代表团出访前,他把来自国内不同单位代表团成员召集到兰州集训,从学术报告内容、英语语言文法、外交礼仪等各方面把关,充分准备,确保了出国访问圆满成功。”清华大学林郁正教授对杨先生的事迹敬佩不已。

杨先生病倒前的一年内已常感腰酸,可他一直忙于工作忍着不看病。直到支撑不住,才住进医院,被诊断为多发性骨髓瘤。当时从透视照片看,他体内的骨头已被病瘤侵蚀而满布小孔。杨先生重病住院期间,还全面地分析了近代物理研究所多年来积累的重离子物理实验数据,总结了研究经验,并多次为研究生和所里的业务骨干讲课,义务给医护人员教英语……

1987 年 12 月 28 日下午,中国科学院学部委员、著名核物理学家杨澄中在兰州去世,终年 74 岁。

如今,兰州重离子加速器不仅为中国的基础核物理研究做出了巨大贡献,其相关技术和实验成果还成功转化应用于经济社会发展多个领域。依托该装置开展的重离子治疗肿瘤的基础研究和关键技术攻关先后建成浅层和深层治疗肿瘤终端,临床试验治疗肿瘤研究取得显著疗效,使中国成为继美国、德国、日本之后,世界上第四个实现重离子治疗肿瘤的国家;单粒子效应地面模拟实验平台的建成,为航天半导体器件抗辐射性能及其加固提供了关键的测试平台,为航天器的安全运行提供了重要的技术保证;发展了重离子辐照技术,研制成功多种新型材料;利用重离子诱变技术培育出春小麦、甜高粱、当归、瓜果、花卉等作物的优良新品种,微生物新菌种和新药,社会效益和经济效益都很显著。

斯人已去,但历史不会忘记。今天,在兰州重离子加速器国家实验室,杨澄中院士的雕像静静伫立,他的科研精神代代相传,激励着近代物理研究所的科研人员不断向前。

施雅风:中国现代冰川科学开拓者

秦　娜

“老师在弥留之际,对我们说,‘很遗憾,我不能再为社会做贡献了’。”今年是中国著名地理学家、冰川学家施雅风先生100周年诞辰,3月,在中国科学院西北研究院举行的纪念活动中,中国科学院院士姚檀栋深情回忆施雅风,令在场嘉宾无不动容。

翻开施雅风的履历,有很多“里程碑”意义的贡献:主持建立中国第一支高山冰雪利用考察队;主持撰写中国冰川学第一部区域性专著;第一次摸清中国冰川“家底”……

他行走冰川雪域40多年,踏遍祖国的六七十条冰川,开创和推动了中国冰川物理、冰川水文、冰芯与环境、冰雪灾害、第四纪冰川等方面的研究,从无到有,系统地发展了中国冰川学理论,把中国冰川学研究推向世界前沿。他是中国冰川学的奠基人、中国冻土学和泥石流研究的开创者,被誉为“中国现代冰川之父”。

寒门顽童　结缘地理

1919年3月21日,位于江苏省海门市新河镇(今树勋镇)世代为农的施家迎来又一个男孩——施雅风。施家原本六个孩子,三个早夭,只留下年长施雅风15岁的姐姐施文熙和施成熙、施雅风兄弟。父亲施登清是一位种地能手,母亲和待字闺中的姐姐则纺纱织布。家中有了闲钱,便能供孩子上学读书。

幼时的施雅风调皮贪玩,踢球、游泳……常常玩得天昏地暗。而年长他九岁的“学霸”哥哥施成熙一口气读到了高中。当哥哥想继续读大学时,却因为弟弟要入学,家里负担不起,不得不考入江苏省测量人员养成所,干起了土地测量工作,每个月能为家里增加 30 元的收入。后来,依靠个人努力,施成熙终于圆了大学梦,并远渡美国康奈尔大学土木系学习,取得了硕士学位。回国后,施成熙先后在水利部门、多所高校和研究院工作,成为中国著名科学家和教育家、中国湖泊水文学的奠基者。

哥哥成为施家第一个大学生,是施家的骄傲。也就从那时起,"走出农门"的哥哥成了施雅风一生的榜样。晚年写回忆录时,施雅风特别用了一节专写长兄施成熙,多次提到他受哥哥影响很大,特别是哥哥"做事的认真态度"对他影响很深。

小学时期的施雅风,并不是人们印象中的"好学生"。上高小时,他迷上了历史小说,由于看"闲书"占用了太多时间,加上贪玩不用功,又时常生病缺课,他留了一级。直到初中一年级,施雅风的成绩一度处于中下。哥哥"恨铁不成钢",狠狠地训斥他:"以后考高中,即使全班人录取一半,也轮不到你。"在哥哥的规划中,弟弟必须上初中、高中而且是省立高中,甚至大学。

1931 年对施雅风而言是很重要的一年。这一年,父亲病逝,姐姐已经出嫁、哥哥远在南京来不及赶回来,12 岁的施雅风独自料理父亲的后事;这一年,"九一八"事变爆发,日本侵略分割中国版图的消息,深深刺痛了施雅风这个对中国地图如数家珍的"地图爱好者"。

在国事家事的激发下,施雅风从初二开始发奋,各门功课成绩扶摇直上,15 岁初中毕业后,施雅风以优异的成绩考入名师云集的江苏南通中学。

此后,尽管哥哥一直鼓励施雅风考取工学学科,将来做一名工程师,可高中毕业后,施雅风还是执着地选择了自己喜欢的地理学,于 1937 年考入向往的当时浙江大学史地系,在战乱中开始了颠沛流离的求学之路。

求学浙大 锋芒崭露

初入大学,施雅风师从中国著名地质学家叶良辅。随着学习的深入,他逐渐对地理学分支学科中的地质学、地貌学产生了浓厚的兴趣。

"强烈的创新意识"是施雅风学到的重要一课。以往地理学界普遍以搜集文献资料作为论文素材,而在导师叶良辅那里,常规被打破:用实地考察取得第一手资料,然后通过思考获得新发现、提出新见解,也就是先考察后思考再撰写。就考察而言,施雅风学会了 16 个字:专心致志、吃苦耐劳、观察精细、记载翔实;就思考而言,导师主张“多样列举假说”,给了他很多启发。

很快,施雅风就接到了第一个任务。导师拿来遵义附近和遵义南部三岔河两幅地形图,要求他以大约600平方千米的地区作为考察范围,用3个月时间形成考察报告。

一个装有地质罗盘、气压高度表、地形图和笔记本的小挎包,一把地质锤,就是施雅风的全部行装。就这样,施雅风独自出发前往考察地,他也成为班里唯一将实地调查作为资料写论文的学生。

师傅领进门,修行靠个人。野外考察更需要顽强的耐力、强大的毅力和发现奇迹的智慧。出发前,施雅风设计好考察方式,即先确定一个考察范围,在这个范围内找好一个住处,以考察范围为圆心向四周辐射,然后变换方向、迁移圆心。考察中,施雅风每月回一次学校整理资料,向导师汇报考察结果和心得,回答导师提问,总结需要改进的地方。那些日子,每天吃过早饭,施雅风就背着干粮和水壶,拎着地质锤出门了,往往一整天步行三四十里,边看地形边做笔记边思考,一直到太阳下山,再回到住处。如此往复,直到限定的3个月。

其间,施雅风掌握了遵义附近地区地质地貌的大量第一手资料,并意外获得了两处“新发现”,提出了“侵蚀阶段论”,完成了6万字的论文初稿。之后施雅风又在野外考察中将导师为他限定的考察范围扩大了1倍,最终他重新修订完成了论文《遵义附近之地形》。1945年,这篇论文被地质学权威学术刊物《地质论评》刊登,本科毕业论文能在专业权威期刊发表在当时极为罕见。也正是通过这篇毕业论文的撰写,施雅风初步掌握了在大自然中进行科学考察研究的方法,为之后从事冰川研究打下了坚实基础。

“这是在叶良辅先生的精心指导下,通过独立自主的辛勤考察和科学思考,在科学研究领域第一次取得比较令人满意的创新成果。”很多年后,施雅风这样总结了这篇论文。

也就是从那时起,施雅风立下了“不从恶习、不从时尚、乐观积极、有宏博的知识、有爱国的精神、有救世的大志”的志向。

探索冰川　报效国家

1944年,从浙江大学硕士毕业后,施雅风进入位于重庆的中国地理研究所(后迁南京)工作。9年后,施雅风从南京调往北京,从事地貌区划研究。

1957年,施雅风参加祁连山西段地质考察,路过天山时远远看到一片白色。那是他第一次见到冰川,也因此引发了他进一步研究冰川水源的愿望。而当时,国内现代冰川研究仍处于空白状态。

“冰川位于高寒地区,冰川活动可能产生危险,因此很多人对冰川望而却步,不敢触碰。”施雅风的儿子施建成回忆,可是父亲当时认为,高山冰雪利用不仅有重大的经济意义,还将带动一系列学科的发展,甚至新学科的诞生。

就这样,考察结束回到北京后,施雅风马上向中国科学院打报告,并获批组建中国第一支高山冰雪利用考察队。1958年,施雅风带领约100人向祁连山进发,拉开了中国冰川考察的序幕。

当年7月1日,在祁连山腹地柳条沟地区的托赖山脉,队员们经过艰难跋涉,登上了海拔5 143米的冰川最高点。据初步考察和观测,这条冰川厚度达80~1 000米,含水量估计有1.6亿立方米,相当于两个北京十三陵水库大。

当天恰逢党的生日,施雅风他们立刻向中国科学院发电报报喜,建议把冰川命名为“七一冰川”,以庆祝中国共产党成立37周年,正在开会的中国科学院领导当即宣读了这个喜讯,并同意“七一冰川”的命名。

“这是中国人自己发现并命名的第一条冰川,是中国冰川科学的奠基石。”多年后,再回想起那段历史,施老仍然一脸自豪。首战告捷,施雅风带领团队乘势而上,分兵6路对祁连山做进一步深入考察。1959年,由施雅风主持撰写约40万字的《祁连山现代冰川考察报告》问世,成为中国第一部较为完整的冰川考察报告,填补了中国冰川研究的空白。

自1957年在甘肃土地上踏下第一个脚印开始,施雅风便与大西北紧紧地联系在一起。1960年,严重的自然灾害席卷全国,刚刚起步的冰川研究事业受到巨大冲击,施雅风成为正在筹建的兰州冰川冻土研究所唯一一位高级研究人员。在强烈的责任心驱使下,施雅风毅然举家从北京迁往兰州。经过多年筹备,中国第一个冰川研究单位——兰州冰川冻土研究所于1965年成立。

1978年,一项工程浩大的科研项目全面启动,施雅风组织中国冰川学家开始了中国冰川目录的系统编制工作。经过24年艰苦卓绝的工作,团队摸清了中国冰川资源“家底”,完成了12卷23册的巨著《中国冰川目录》,获得了中国49 206条冰川包括名称、位置、长度、面积、储量等30多项参数的系统信息,使中国成为世界各冰川大国中唯一全面完成冰川目录的国家。

施雅风开创的中国寒区旱区科学研究始于甘肃,在惠及西部、产生国际影响的同时,也为甘肃经济建设做出了重要贡献。他先后组织和领导了祁连山冰雪水资源利用、河西水土资源合理利用以及甘肃工矿和交通泥石流防治等一系列具有开创性、基础性的研究工作,不仅推动了中国寒区水文和干旱区水资源学科的发展,而且为甘肃泥石流灾害防治和河西商品粮基地建设提供了重要的决策依据。

科研到老　奉献到老

“冰川事业是一项豪迈的事业,是勇敢者的事业。总结我几十年来走过的路,有大苦,也有大乐。我认为,为崇高的事业奋斗献身,吃过苦以后取得的乐,才是真正的享受。”回首60年曲折坎坷的学术研究历程,施雅风乐在其中、无怨无悔。

1988年,年近七旬的施雅风乘飞机环绕半个地球,飞抵南极大陆考察,并到达中国长城科学站;耄耋之年,施雅风提出“中国西北气候由暖干向暖湿转型”的观点,对西部大开发具有重要的现实意义;年近90岁时,施雅风主持的“中国第四纪冰川与环境变化”和“中国冰川目录”分获国家自然科学二等奖和国家科技进步二等奖……

“年衰未敢忘忧国,切忌茫然度春秋。”施建成回忆,父亲一直用这两句话勉励自己科研到老、奉献到老。

施雅风曾用五个字总结自己的科研生涯:勤(奋)、公(正)、(求)真、合(群)、(坚)韧。他是这么做的,也是这么要求学生的。如今,以这五个字为核心的施雅风学术精神早已成为冰川人的人生信条。

“每次作报告,老先生都会问我们,你去过现场吗?做过实地考察吗?有足够的数据来证明自己的结论吗? 这种严谨的治学态度应该是对所有科研工作者,特别是我们地学研究人员的基本要求。”中国科学院寒区旱区环境与工程研究所副研究员马明国回忆。

“他不但重视研究生培养,还大胆启用年轻人,即使刚出校门的青年也常被他委以重任,让他们尽力发挥特长,在重压中历练和成长。”程国栋院士回忆。

施雅风爱才、惜才,很多人谈及他,也多与人才有关。几十年间,他陆续培养出了李吉均、程国栋、丁德文、秦大河、姚檀栋等院士,以及一大批优秀的科研工作者,他们先后承担起了中国的冰川、冻土、沙漠、环境研究的重担,时至今日,很多人依然在攀登科学高峰的路途中奋力前行。

2010 年 3 月,92 岁的施雅风病重住院, 经受着心衰引发的一系列病痛折磨,可他仍坚持在病床上完成了《中国第四纪冰川新论》的审稿工作,更难能可贵的是这部书稿近 70%的内容都是他在电脑上敲出来的。2011 年 2 月 13 日,施雅风先生在南京病逝。

生命不息、奋斗不止。施雅风穷其一生,不停地追逐科研梦想,实现人生价值。

“先生认真的治学态度、创新的科研思维、无私的奉献精神令人钦佩,更让我受用终身。”姚檀栋说。

“先生始终保持着一颗童真的心。”中国科学院南京分院院长杨桂山回忆。

……

在学生们的回忆中,施雅风潜心钻研、乐观向上的形象愈发清晰、立体。

他言传身教,影响了几代人的成长。他在科学领域树起了一面旗帜,在这面旗帜下,在他的身后,群山般屹立着数以百计的中坚力量,有的已两鬓染风霜,而更多的年轻人已加入到这支队伍,继续传递着中国冰川事业的接力棒……

党鸿辛:中国固体润滑学科的开拓者

秦　娜

20世纪六七十年代,中国“两弹一星”事业取得伟大胜利,能参与其中并为之贡献力量是一种幸运,更是一种荣耀,已故的中国科学院兰州化学物理研究所党鸿辛院士就是其中一位。他是“两弹一星”有功人员,也是中国摩擦学学科的主要开拓者和学术带头人之一。

在50多年的科研生涯里,党鸿辛带领团队破解了中国制造原子弹、导弹和人造地球卫星运动机构特殊工况运行的技术难关;他参与了人造卫星的研制,为中国“两弹一星”做出了突出贡献……他成功研制了数十种性能各异的特殊润滑材料和民用润滑材料,产生了显著的社会效益和经济效益。

他一生追求科技创新,享受着科研带来的乐趣;他一生博学慎思、笃行达善,不停攀登科学的高峰。

不争分夺秒,就做不出贡献

“他一生都把时间抓得特别紧,出差路上也琢磨着工作上的事,不去顺路休闲一下。”党鸿辛的妻子黄萱蓉曾埋怨他一辈子不会享受。也有人说他“太傻了”……可是他总说:不争分夺秒,对科研就做不出什么贡献。而这,也成为党鸿辛科研生涯最真实的写照。

1949年,党鸿辛从广西的一个小山村考入广西大学化学工程系。1953年9月,由于国家急需人才,24岁的党鸿辛响应号召提前一年毕业,被分配到位于大连的中国科学院工业化学研究所(今中国科学院大连化学物理研究所)润滑油室工作。从此,他的一生便与中国的“两弹一星”事业、摩擦学学科开拓、润滑材料研究工作紧密相连。

1957年,党鸿辛参与了国家重点研究项目——过热汽油缸的研制工作。当时,由于中苏关系紧张,苏联不再为中国提供火车机车上使用的润滑剂,国家下达了自主研制过热汽油缸的任务。由当时的润滑研究室主任于永忠挂帅,付六乔、尹万章、范煜、裘宗涛等参与,通过丙烷脱沥青的方法进行炼制,1959年通过行车试验,并推广到兰州炼油厂投入生产。党鸿辛参与了行车试验的全过程,并撰写研究报告发表在《燃料学报》上。从那时起,他掌握了科学研究的方法,为以后独立开展科研工作奠定了基础。

1958年9月,中国科学院石油研究所催化、润滑和分析三个研究室整体迁到兰州,组建为中国科学院石油研究所兰州分所(中国科学院兰州化学物理研究所前身)。党鸿辛服从国家安排,随润滑研究室来到了大西北。按党鸿辛的话说:我是共青团员,组织让我干什么我就干什么。

固体润滑学是一门应用广泛的学科,主要解决机械中运动机构特殊工况条件下的润滑问题,在经济建设和国防建设中有着举足轻重的作用。从1960年开始,党鸿辛就投身于固体润滑的研究。1962年,他参与了解决国防军工重点高新技术领域的润滑课题,先后攻克中国"两弹一星"发射装置的润滑难题。

数不清的日日夜夜里,党鸿辛在实验室不停探索:从"金属表面处理对固体润滑剂的润滑作用影响"开始,从未间断过在科学技术上的探索;从液氢液氧的超低温到红热1 000℃的高温;从失重的空间润滑到极压润滑;从陆地到深海海洋,党鸿辛在固体润滑领域里总结出了一系列重要的规律。

没有他的贡献,卫星就上不了天

1997年,党鸿辛当选中国科学院院士的那一幕至今仍被人提起。评审中,国防科工委的专家们一致表示:没有党鸿辛先生的贡献,我们的卫星就上不了天。

20世纪60年代初,在国家经济最困难的时候,大批科研人员在极其简陋的环境中,冒着生命危险,经过无数次试验,制造了中国的原子弹、导弹和人造地球卫星。没有设备,他们就用旧机床进行改造;没有材料,他们就用废品改制。

然而,天线的导电润滑问题成了人造卫星天线系统的大难题,如果不能解决,卫星的天线伸缩机构在真空条件下就会粘连在一起，将直接影响卫星的正常工作。1967 年，为解决 100℃~-100℃真空超短波天线的导电干膜难题，党鸿辛带领团队到北京科学仪器厂边研究边改进。历经艰辛，他和团队成功研制出一种新型固体润滑膜，解决了卫星发射信号传递的关键问题。

1970 年 4 月 24 日晚，中国自行研制的第一颗卫星“东方红一号”胜利升空，《东方红》乐曲响彻云霄，党鸿辛和同伴们激动地拥抱、欢呼。中国第一颗人造地球卫星的成功发射，开创了中国航天史的新纪元，中国因此成为世界第五个独立研制并发射人造地球卫星的国家。那一年，党鸿辛只有 41 岁。

1975 年，党鸿辛任中国科学院兰州化学物理研究所固体润滑研究室主任。从此，党鸿辛在科研这个他热爱的战场上攻克了一道道难题，在固体润滑学科建设和润滑材料应用研究方面取得了一系列成绩，为解决中国国防军工高科技领域重点型号建设中的特殊润滑难题做出了杰出贡献。

同年 3 月 31 日，中国决定研制主力火箭“长征三号”。党鸿辛参与了超低温高速齿轮固体润滑膜的研制，解决了中国自行研制的氢氧火箭发动机的一个关键问题，获得中国科学院特别奖。在随后的科学研究中，他又参与了科学实验卫星和返回式照相侦察人造卫星的有关润滑膜的研究，确保了这些卫星成功上天并可靠运行。

之后，党鸿辛紧盯“在固体润滑过程中，表面物理和化学作用对润滑效果有着决定性影响”这一方向深入研究，取得了一系列对固体润滑材料的研制具有重要指导作用的成果，在国内外获得了很高的评价。当时，国际摩擦学学会主席 Jost H.P.教授认为他的研究是摩擦学研究 25 年来所取得的重大成就之一。

1987 年，中国科学院正式批准兰州化学物理研究所筹建“固体润滑开放研究实验室”（“固体润滑国家重点实验室”前身），党鸿辛担任实验室学术委员会主任。他与实验室主任薛群基一起，紧紧把握摩擦学已从传统的力学、机械学的研究转向摩擦化学与物理的趋势，选定摩擦表面的化学与物理为研究方向，开展了材料表面状态、结构、组成与摩擦学性能关系规律以及环境介质的影响、纳米摩擦学等国际前沿研究工作，取得了一批学术水平高、应用价值大的科研成果，并在国内外重要刊物上发表了一系列高水平的学术论文。

党鸿辛团队的研究有 9 项获得国家级奖励，这得益于当年党鸿辛等老一辈科学家打下的坚实基础。如今，固体润滑国家重点实验室已成为国内外固体润滑研究领域最有影响力的团队。

每一次创新,都是一个快乐的过程

在润滑的世界里,有无数个让党鸿辛兴奋的时刻,他常说:“搞科研最大的乐趣就是不断创新,每一次创新都是一个快乐的过程。”这也是搞科研最吸引他的地方。

也正因为此,在科研工作中,党鸿辛始终将创新放在首位,力求每项科研成果都体现出自己的创新思想。针对科学发展的前沿领域和应用研究中的难点问题,他开展了系统的研究工作,先后总结了一系列固体润滑的重要规律。这些研究成果奠定了固体润滑学科的基础,并对指导新型固体润滑材料的研制、解决工程技术中的润滑难题起到了重要作用。

“搞理论研究,就是要指导实践,国防任务成功后,再用理论解决民用问题,才能显示出科学的力量,这也是许多科学家努力的方向。”从 20 世纪 80 年代开始,党鸿辛把目光转向民用研究上。

1998 年,在做好兰州化学物理研究所科研工作的同时,作为兼职教授,党鸿辛对河南大学纳米材料相关平台建设及发展给予了极大地指导和帮助。他曾动情地说:“一直以来, 我想得最多的就是把更多的科技成果转化为现实生产和产品,我还想在古稀之年再干一番事业。”

为加快科技成果转化,他主张河南大学承建工程中心。最终,在他的不懈努力下,2003 年, 河南大学在激烈地竞争中获批承建河南省纳米材料工程技术研究中心(简称“工程中心”),党鸿辛任中心主任。

听报告、跑工地……党鸿辛为全新的事业四处奔波。2004 年 2 月 27 日上午,在听取工程中心工作汇报时,党鸿辛突发心前区疼痛、胸闷,紧急住院治疗。住院期间,他还时刻关心着工程中心的建设工作。8 月份病情刚稳定,他就坚持到济源察看工地建设情况;在他病危期间,他想得最多、谈得最多的仍是工程中心和技术产业化问题。

令人欣慰的是,经过十余年的建设,如今工程中心已拥有纳米材料制备化学等四个研究室和一个产业化中试基地,有五个系列十余种具有自主知识产权的工业化产品,形成了集产、学、研于一体的综合性科研机构和产业化研发平台。

他的精神，指引着每一位摩擦学研究者。在小儿子党智亮眼里，父亲总是做得多、说得少。“父亲对我影响最深的就是他的科研精神。他实事求是，从不人云亦云，凡事都要亲自去探究。他最大的心愿就是把工作做好，把实验室搞好，争取在世界上占有一席之地。”党智亮回忆。

学高为师，德高为范。党鸿辛不仅重视学科的研究和发展，还特别注重人才的培养，对年轻教师及学生，他都是尽力扶持提携。几十年间，他先后培养博士、硕士生数十名。在传授给学生专业知识的同时，他更不忘教导学生树立正确的世界观和人生观，学生们从他身上感受并学到了敬业乐业、吃苦耐劳、不断进取的精神。

党鸿辛一贯主张简朴节约的生活。他给予大家帮助时慷慨无私，可他自己却从来不麻烦身边的人。熟悉党鸿辛的人都知道，他从不在意物质生活。他每天都提着那个使用多年的暗红色布书包到实验室工作，当年的同事、学生至今记忆犹新。

党鸿辛一生淡泊名利，在他看来，院士是荣誉、更是责任，如果把它当成光环，那就成了自己的紧箍咒了，但对自己几十年的党龄，他却十分珍重，并引以为荣。他常说：“我是老党员了，更要发挥模范作用，党龄越长，越要讲党性，不论在任何时候、任何岗位上都应该身先士卒，争做先锋和表率。”时刻不忘自己是一名老党员，正是党鸿辛几十年来的精神支柱。

2000 年 8 月，党鸿辛在一本出版书籍初编稿中寄语青年人，一要有探究的勇气和毅力，坚持不懈，持之以恒，把毕生的精力聚焦到生长点上去，总会在科学技术上有所作为的；二要依靠集体的力量，要相信每一个人都有长处，不要拿自己所长去衡量别人之短，这样才能做到相互尊重。

生命不息，奋斗不止。即便在生病住院期间，党鸿辛也没有“闲着”，他坚持将实验室一批急需整理的申报材料整理完；因为惦念着实验室的工作，做完心脏手术仅仅两个月，他就坚决转回学校医院。有一天，党鸿辛甚至躲过医护人员的监督，溜出了病房，颤颤巍巍地爬上三楼实验室。当见到惊呆了的师生时，他不好意思地笑了……

2004 年 7 月 10 日，躺在医院病床上的党鸿辛，在一张稿纸上写下遗训：淡泊名利，乐于助人。严以律己，坦诚待人。科技创新，求真务实。勤学好问，好长学问。他将这 32 个字写完，或许觉得笔迹太单薄不足以引起重视，他又抬起颤抖的手缓慢而又用力地描了一遍，不忽略一个标点，最后，郑重地签上了自己的名字。

2005 年 6 月 10 日，党鸿辛院士因病辞世。他的家属将他生前所有资料捐赠予中国科学院兰州化学物理研究所……一位院士为科学研究勤勤恳恳、兢兢业业的一生沉甸甸地封存在那十余份档案盒里，而他的精神却深深烙刻在每一位摩擦学研究者的身上，推动中国摩擦学学科发展并走向国际前列。

高由禧:高原气象学研究的先驱

秦　娜

青藏高原科学考察研究是中国最具特色的重要研究领域之一,在世界自然科学考察历史上具有独特的地位。因此,一代代科研工作者接力探索,努力破译"青藏密码"。

当前,中国第二次青藏高原综合科考正在顺利推进,这也让很多人回忆起46年前的第一次青藏科考。当年,中国著名气候气象学家高由禧院士,带领老一辈科学家克服重重困难,取得了一系列重要科研成果,不仅填补了青藏高原气候科学研究领域的部分空白,而且将高原气象学研究推进到新的广度与深度。

高由禧一生中对台风、东亚季风、青藏高原气象、西北干旱气候进行了深入研究,直接参与了两次世界瞩目的青藏高原气象科学实验,他是中国台风、季风天气气候学和高原气象学等研究领域的倡导者和开拓者之一。

观风测云,探知气象变化;励志笃行,追求科学理想。这一生,他从未缺席。

生于乱世,心怀科学救国理想

1920年2月14日,高由禧出生于福建省福清县龙田乡下河样村的一个贫苦农民家庭。父亲把从小喜欢读书的他视为家族的希望,全家节衣缩食供他一个人上学。

中学时代的高由禧立志当一名教师,把文化知识传播给苦难的乡亲。高中毕业时,因父亲病故家中经济困难,他在母校融美中学当了一年教师。

"九一八"事变爆发后,日本帝国主义的铁蹄踏碎了高由禧的梦想,他眼见国民党政府腐败无能,劳苦大众在战争和贫困中挣扎。深受科学救国思潮影响的高由禧认识到,为了国强民富、不受外强的欺辱,必须要提高科学文化水平、发展科学事业,因此他始终没有放弃继续读书的念头。

1940 年,高由禧考入重庆中央大学化学系。由于经济困难,他一边上学一边打零工,不料却染上了疟疾,虽然在朋友和同学的帮助下治好了病,但身体已无法支持长时间大量的化学实验。当时,他有幸聆听了竺可桢、赵九章、涂长望等教授的演讲,对气象产生了浓厚的兴趣,于是转入地理系专攻气象专业,从此与气象结下了不解之缘,并立志科学救国。

经涂长望、竺可桢介绍,1945 年底,高由禧到中央研究院气象研究所当助理研究员,在赵九章的指导下,开始了他的科研生涯,除研究工作外,他还负责天气图分析工作。研究所学风严谨,每两周由助理研究员轮流作一次学术报告,所里高级研究员在旁聆听,如果报告不好,往往会被严厉批评。不仅如此,当时研究所还要求用英文发表论文。良好的科研氛围深深吸引着高由禧,每天晚上,他守在油灯下读书,只想多学一点、多记一些。

不久后发生的一件事深深地触动了高由禧。当时,他正在做的一个研究课题急需一些科学资料,可这些资料都保存在国民党空军部队。所长带着他去借,谁想到,接待他们的人说:“我们的资料嘛,用完后都送到美国去了,你们需要,就到美国去要吧。”至此,他才明白了,中央研究院不过是国民党的一个花瓶、摆设而已。他空怀报国救国之志,学到的知识却无实际用途。

填补空白,投身国民经济建设

即便在科研不被重视的环境下,高由禧仍然全身心投入到自己热爱的科研工作中。1948 年,他发表了第一篇论文《东亚自由大气之运行》,开创性地论述了东亚环流的季节变化,首次提出中国有冬季风的概念。中国科学院在 1954 年编辑 1949 年以前各学科代表性论文时,这篇文章被选入气象学一卷。

“千里马”终有遇到“伯乐”的一天。这一天并没有让高由禧等得太久。

1949 年,中华人民共和国成立初期。华东军区接管了南京,军区首长了解到科研单位的困难,在经费紧缺的情况下,为气象科研所调拨 300 吨小米,作为购买地球物理探矿仪、地震仪、地磁仪和气象仪器的费用,并增加了人员编制。这让科研人员看到中国共产党发展科学事业、强国富民的决心。“有了共产党,中国才有了希望,科学才有了前途。”对此,高由禧深有感触。那一刻,他下决心把国家的需要、人民的需要作为自己搞科研的目标和方向。

也就从 20 世纪 50 年代开始,高由禧进入了科研的“丰产期”。他在中国科学院地球物理研究所气象组与叶笃正合作,从事东亚气候研究。他领导一个小组研究东亚季风问题,那是继竺可桢先生 1935 年发表中国第一篇有关东亚季风气候文章以来,比较全面、系统的东亚季风研究。此后,这个小组发表了大量文章,取得了很多研究成果。

其间,高由禧首次提出了青藏高原季风概念。他提出:除海陆季风外,全球还有南北半球季风、行星环流季风、平流层季风、高原季风等五种季风和相应的四种形成机制,以及哈德莱、瓦克和季风垂直环流等三种季风维持结构。研究还发现,在高原的热力作用下,在青藏高原上形成了一种独特的季风现象。夏季的高原为热源,其近地层为热低压,而冬季高原为冷源,形成高气压,与气压场相对应,在高原 1 000 米的高空,形成一个冬夏盛行风向相反的季风层。这一发现对研究青藏高原及其周围地区的气候具有重要意义。

这一新概念也被列入由《中国国家地理》杂志社和中国地理学会于 2009 年发起的“中国地理百年大发现”中。

在科研上不断取得突破的同时,高由禧积极投身国民经济建设,服务国家需求。中华人民共和国刚刚成立就遇到帝国主义的经济封锁,当时橡胶是国内紧缺的生产物资之一,国内从来没有种植橡胶的记录,究竟能不能种?除了种植技术外,首先要找出中国有没有适合种植橡胶的地区。高由禧接到任务后,决定从气候的角度来解决问题。考虑到海南岛与产胶国印尼、泰国气候相近,高由禧利用气象资料对海南岛的气候特征进行了详细研究,指出海南岛的植胶、产胶在大气候上的问题所在,提出了利用不同地区小气候,扬长避短种植橡胶树的建议。

1950 年,为了抗美援朝,中国前线部队急需台湾海峡、朝鲜及东亚地区的台风预报,但掌握着太平洋地区气象资料的国家拒绝提供。解决台风预报的重任又压在了高由禧身上。没有当时的气候资料,他在历史资料中找规律,总结出台风的路径及其与天气型的关系,提出以地面天气型预报台风路径;以鄂霍次克和白令海上气流的变换加深,作为西风环流改变的指示和台风转向与否的指标等。这些方法现在看起来是很简单的,但在当时却是首次应用且行之有效的。

为治理黄河,国家启动三门峡水库建设。1954 年,高由禧等受中国科学院委派,研究了黄河流域降水的气候特征及其暴雨与旱涝的关系,创造性地应用了“相关性排表法”,对三门峡水库的设计具有重要的参考价值。

在 50 多年的科研生涯中,高由禧始终秉承国家需求就是他的研究方向,身体力行,不断开拓和指导了气象学的许多综合研究工作。他提倡学科交叉和综合研究,积极引入和应用新思想、新方法和新技术,将理论与实践紧密结合,强调气象学要为农业、水利工程、国防建设和其他国民经济建设服务。

扎根西部,推动高原大气研究

1958 年,中国科学院成立了改变西北干旱面貌工作组。为增加河西走廊的供水,高由禧率队参加中国科学组织的融冰化雪队,奔赴祁连山进行人工化雪实验,并成立了地球物理研究所兰州地球物理研究室,负责管理兰州观象台业务。从此,高由禧的个人命运便与大西北紧紧地联系在一起。

1973 年,中国科学院青藏高原综合科学考察队正式成立,高由禧作为首席科学家,带领队员进行了艰苦卓绝的考察,积累了大量一手资料,取得了丰硕的科研成果。

即便在今天,青藏高原严酷的自然条件仍然让人望而生畏,更别提是在那个本来就十分艰难的年代进行科考活动了。从交通到安全,从吃饭到住宿……样样都是难题。高由禧率领考察队在很多没有路的地方行进,冰川、雪山、悬崖、峭壁……经常是一个事故连着一个事故,考察队一次次陷入险境。由于舍不得使用昂贵的固体燃料,高由禧和队员们常常在后半夜被冻醒;在无人区,大家又经常面临没有饮用水的绝境。

就是在那样恶劣的环境中,高由禧组织了南亚高压、青藏高原气候图集和青藏高原低涡三大会战研究。其中,中国第一本青藏高原气候图集全面揭示了高原地区地面和高空各气候要素场的平均气温特征, 填补了气候图集中高原地区的空白。

1974 年,高由禧组建了中国科学院兰州高原大气物理研究所。从此,这里就成了中国西部大气科学与环境科学基础应用研究的主力科研机构。

围绕高原气象研究，高由禧带领团队做了很多工作。《青藏高原气象学》《西藏气候》两本专著，就是那几年完成的。其中，有关西藏自治区气候的专著《西藏气候》一书，首次在高原上划分了气候带，对工农业生产和国防建设都有着重大的实用价值。1979年，他组织开展了青藏高原第一次大型野外观测试验，将中国高原气象研究推向了全新阶段。

1980年，高由禧当选中国科学院院士，已过花甲之年的他依旧干劲十足。他说："想趁自己眼睛还能看见、耳朵还能听见的时候，争取为国家多做一点工作。"

在著名气象学家叶笃正院士倡议下，高由禧院士等主持了1988—1992年的国家基金委和中国科学院重大项目HEIFE试验(黑河地区地气相互作用观测试验研究)，这也是中日国际合作项目，中日双方数十所大学和研究所的近百名科学家参加了这个试验。试验以地气间水分和能量交换为中心，着重研究干旱区陆面物理过程，为改进其参数化提供观测依据，同时也为甘肃河西地区农业可持续发展提供节水和合理用水的方案。当时那项试验的观测期之长、观测项目之全，是以往其他同类试验所没有的。

正因为在全球变化研究中的重要意义，HEIFE试验一开始就备受国际科学界的关注，成为世界气候研究计划(WCRP)和国际地圈生物圈研究计划(IGBP)的一个组成部分。在高由禧等人的努力下，试验取得了一系列新成果。以系统的观测事实证实了绿洲的冷岛效应，临近绿洲沙漠的逆湿现，即夏季白天常常是绿洲有感热向下输送，临近绿洲的沙漠有水汽向下输送。这些结果揭示了绿洲地气相互作用及其对沙漠环境的影响。

作为高原大气物理研究所的创始人和学术带头人，高由禧在机构组建和调整、研究队伍建设和学科方向确定等方面运筹帷幄，带领研究所不断壮大，逐渐发展成一支学科齐全，能够多兵种、大兵团联合作战的学术力量兵团。1999年，兰州高原大气物理研究所、兰州冰川冻土研究所、兰州沙漠研究所一起整合成立中国科学院寒区旱区环境与工程研究所。

斗转星移，时光流转。如高由禧所言，"中国西部独特的高原大地形、稀疏的植被、大面积的沙漠和冰川冻土环境，给我们提供了研究陆气相互作用的绝佳场所。"

2001年3月3日，高由禧院士在兰州去世。他一生战斗在科研第一线，为中国高原气象学的发展做出了卓越贡献。时至今日，他的学术成就和学术思想依旧启发和引导着后辈的研究工作。

朱震达：中国沙漠科学的先行者

秦　娜

每年5月，宁夏中卫沙坡头的沙生植物园里，核桃树上结出一串串穗状核桃花，植物园里绿茵一片，置身其中很难想象这里是沙漠地带。沙坡头植物园在国际风沙防治和干旱区土地利用研究领域颇具盛名，它是中国著名沙漠学家、地貌学家朱震达，在担任中国科学院兰州沙漠研究所所长期间倡导建立的。

从风沙地貌形成过程到沙漠化形成机制及防治，朱震达倾其一生致力于中国沙漠及沙漠化的研究，他将中国沙漠化的防治研究推向世界先进水平。他被誉为"中国沙漠之父"，在他50年的沙漠与沙漠化科研生涯中，奠定和发展了中国治沙工程的理论，发展了中国的风沙地貌学和沙漠科学，开拓了中国沙漠化及其防治的研究，使沙漠及沙漠化的研究紧密结合国家的经济建设，在理论和生产实践方面均取得了显著成就。

唯实创新求真理，情注沙漠终不悔。朱震达用一生践行着"做沙漠治理道路上一粒有用的石子"的人生格言。

缘起"死亡沙海"

"中国第一支沙漠考察队已经在沙漠腹地断水两天了"。1959年5月的一天，绝望的队员们向中国科学院报告了这个消息。这支考察队的队长正是28岁的留苏学者朱震达。这个年轻人没有想到，他将从此与沙漠结缘，用尽毕生精力投身沙海中，孤独地跋涉前行。

塔克拉玛干沙漠总面积约33.76万平方千米，是中国最大的、也是世界第二大流动沙漠。"塔克拉玛干"在维吾尔语里的意思是"进去出不来的地方"，所以有了

"死亡之海"一说。1924年,当瑞典科学家斯文·赫定的驼队打破这里的平静之后,充满了未解之谜的塔克拉玛干沙漠吸引了西方探险家和科学家的视线,但中国科学家却一直被排斥在外。直到1958年中国科学院成立了治沙队,才开始对中国境内的沙漠进行大规模考察,主要在塔里木盆地、准噶尔盆地、柴达木盆地、巴丹吉林沙漠等地开展考察和观测。作为塔克拉玛干沙漠考察队队长,朱震达和800多名治沙队员,雄心满志地开启进入风沙一线的征程,义无反顾地踏入了那片"死亡之海"。

朱震达第一次走进沙漠就遇到了危险的事件,经过反复权衡,队员们决定原地休息。"天佑其人",那天晚上,队员们睡在一个丘间低地(沙丘之间的一块平地),第二天早上起来,头上来了一朵乌云,一场雨,好大一场雨,缓解了缺水危机。

就这样,以一种几近残酷之后又充满奇迹的方式,沙漠闯进了朱震达的生活。从那之后,沙漠成为朱震达生命中最重要的名词。

朱震达考察队,在塔克拉玛干沙漠选择了风沙最严重的皮山地区作为定位观测站,通过连续3年的观测试验及考察,积累了大量风沙运动、风沙地貌形成和变化的资料,查明了裸露平坦沙质地表风蚀风积、风沙流结构和沙丘形态的变化规律。

随后,朱震达撰写了专著《塔克拉玛干风沙地貌研究》。中国地理学会理事长、学部委员黄秉维先生称赞"这是中国沙漠研究中最权威的著作"。法国REIS大学教授、联合国环境署原官员H.Hangef认为"这是论述世界风沙地貌著作中最杰出的一本"。

满怀赤诚报国之心

1956年,朱震达前往莫斯科的苏联科学院地理研究所攻读博士学位,由于当时中国科学事业急需沙漠研究方面的人才,按照时任中国科学院副院长竺可桢的指示,朱震达的专业从地貌学改为沙漠学,赴土库曼沙漠研究所学习。"国家送他去学习,他有责任感、使命感,他说他当然要干,不但要干,而且还要干好。"朱震达的妻子姚育英回忆说。

正值国家百废待兴之际,考虑到攻读学位需要4年之久,朱震达主动提出放弃学位,而只前往学习和工作。留学生放弃攻读学位在当时引起很大轰动,几乎没有人赞同这个“不理智”的想法。幸亏,竺可桢再次支持了他。在苏联的两年多时间里,他潜心研讨,勤奋实践,几乎跑遍了中亚辽阔的沙漠地区,取得了大量可贵的第一手资料;积累了实地考察的丰富经验,为日后从事沙漠科学研究打下了坚实基础。1958 年,朱震达回到北京,进入刚刚成立的中国科学院治沙队工作。1962 年,治沙队改名为中国科学院地理研究所沙漠研究室,朱震达任副主任。

1964 年,朱震达突然接到调往兰州的调令,当年国家科委决定将沙漠研究室整体搬迁到兰州,与冰川冻土室合并成立中国科学院兰州冰川冻土沙漠研究所。没有犹豫,那年夏天,在北京生活多年的朱震达告别众多亲朋好友,带着妻子和 8 岁的女儿,离开北京,前往兰州。

在沙漠所,朱震达全身心投入科考,每年四分之三的时间跋涉于一个又一个沙漠,与家人团聚的时间累计不过三个月。

一向注重国际学术交流的朱震达,主张“博采各国之长为我所用,以我之长为国争光”。从 1987 年起,由联合国环境规划署主办的国际沙漠化防治讲习班和培训班,连续 8 次在中国召开,朱震达任历次主讲,受到 20 多个国家、600 多名国外科研工作者的好评,他们一致称赞:中国沙漠及沙漠化防治具有很高水平。1988 年,中国科学院兰州沙漠研究所被联合国环境署授予“世界环境先进单位”称号。

朱震达潜心沙漠研究取得的成果,在国内外沙漠研究领域很受瞩目。1985 年,他当选第一批第三世界科学院院士。1991 年,他被授予“全国治沙劳动模范”称号。

力守唯实创新之道

朱震达一生倾注于对沙漠化的深入研究和开拓性发现,在追逐科学的道路上,不惧挑战。他坚持科学论证,果敢而坚定,既具“大家之风范”,更显“求实创新之精神”。

1977 年 8 月至 9 月,朱震达率中国代表团参加了全球范围内首次联合国荒漠化会议,102 个国家和 30 个国际组织的千余人参加了会议。在会上,一张世界荒漠总图引起了朱震达的注意。图中,红色和橘红色区域是地球荒漠化严重的地区,占地球陆地面积的四分之一,荒漠化已成为世界性问题。根据科学家的研究,世界真正由于气候条件形成的沙漠不到二分之一,其余沙漠都是由于不合理的人类活动影响转化而成。

回国后,朱震达首先选择在内蒙古乌兰察布盟的阴山北麓,开展中国土地沙漠化的研究工作。经过研究,朱震达认为,沙漠化在中国干旱及半干旱地区同样存在,并直接威胁着草场、农田。因此,为国民经济服务的沙漠研究更应紧密围绕沙漠化来进行。1981 年,朱震达和合作者出版了《中国北方地区的沙漠化过程及其治理区划》,这是中国学者第一部关于沙漠化的专著。

沙漠和沙漠化只有一字之差,但意义却完全不同。沙漠是成千上万年地质时期形成的自然景观,是无法逆转的自然现象;而沙漠化指原来有植被覆盖的土地变成不毛之地的土地退化现象。这样的区分显然对传统沙漠学科的观点有了极大的突破和创新。但是在当时,"沙漠化"这一概念并不被所有科学工作者接受。

"先生认为,中国北方的沙漠化土地主要是人类活动造成的,不合理的土地利用方式破坏了原本脆弱的生态系统,造成了沙漠化的迅速扩张。但是也有一些科学家认为,我们所面临的沙漠化过程实际上是地质时期以来沙漠形成演变中的又一次沙漠扩张。"朱震达的学生,中国科学院兰州分院院长、西北生态环境资源研究院院长王涛回忆说。

又一次的沙漠扩张真的和人类没有多大关系吗?朱震达对于这样的观点无法认同,他组织成立了沙漠化研究室,开设沙漠化专题,展开大规模的考察研究,基本查明了中国北方地区的沙漠化问题。在此基础上,连续发表 13 篇学术论文,全面深刻地阐述了在中国现代沙漠化面积中由于干旱缺水、风力推动等自然因素造成的沙漠面积仅占 10%;由于乱砍滥伐,过度放牧等人为因素造成的沙漠化面积则高达 90%。

"对于那些反对的声音,朱先生是很宽容的,他当时是《中国沙漠》杂志的主编,把反对他学术观点的文章都刊登出来,他认为'如果是科学方面的问题我们就不怕争论,或者是我错了,我也有勇气来接受正确方面的意见'。"王涛回忆。

实践是检验真理的唯一标准,他坚持实事求是来说服人。朱震达把居延地区作为研究沙漠化的试验区,通过考察观测、分析有关沙漠地貌特征、植物群落变化、水系变迁的资料,初步探明居延 2 000 多年以来的兴衰史,科学地阐明研究沙漠化过程的必要性和紧迫性。

20 世纪 80 年代以后,经济发展对于环境的破坏作用逐渐显现,这让一部分科学家也开始认识到沙漠化的危害,朱震达也越来越坚信自己的科学观点。为了掌握不同地区、不同类型沙漠化研究的可行性经验,朱震达在甘肃临泽、内蒙古奈曼等地建立了科学观测试验研究站,形成了各种类型沙漠化土地整治模式的研究网络。经过认真分析研究,他将中国的沙漠化土地面积确定在30万平方千米的范围内。此言一出,质疑声再次四起。

“有些学者认为朱先生提出的沙漠化面积是不对的,他们所得出的中国沙漠和沙漠化土地面积上百万平方千米。朱先生认为,中国的沙漠化土地不应该包括沙漠、戈壁,应该是过去有生产力的土地因为人的不合理活动而导致类似荒漠或沙漠景观的退化土地。”朱震达学生崔书红说。

三十几万和上百万的差距不仅仅是测量方法的距离,还将对国家治理环境的资金流向产生重要影响。没有人支持,朱震达就四处找资金、找项目,当沙漠化的“宣传员”;没有人理解,朱震达就先让身边的人理解,妻子也成了他的第一听众。

“他跟别人有争论,有时候我就问他为什么,他就给我讲一讲……他也很委屈,但是中国沙漠化面积相当大,他觉得这样做,即使有些人不理解,但还是有价值的。”妻子姚育英提到“很委屈”时感同身受。

艰苦的付出,终究有了令人欣慰的成绩。20世纪八九十年代,在朱震达的指导下,位于腾格里沙漠包兰铁路宁夏中段的沙坡头试验站、位于巴丹吉林沙漠南缘的甘肃临泽站在治沙方面已取得佳绩。这些地方通过各种试验和技术措施,如建立阻沙栏、进行草方格固沙、植物固沙等,面貌已大为改观,保证了铁路畅通无阻,建立了新的居民点。

其中,基于沙坡头站工作建立的“以固为主,固阻结合”“机械固沙与生物固沙相结合”的包兰线沙坡头地段铁路治沙防护体系,建成了世界上迄今为止穿越沙漠大流沙区域第一条成功的铁路干线——包兰铁路,为世界沙漠地区和其他类似区域建设铁路提供了一个创新模式。1988年,这一成果获国家科学技术进步奖特等奖。

2001年颁布的《中华人民共和国防沙治沙法》明确指出:土地沙化是指因气候变化和人类活动所导致的天然沙漠扩张和沙质土壤上植被破坏、沙土裸露的过程。这与朱震达一直坚持的沙漠化理论基本相同。

直到今天,朱震达提出的防治沙漠化措施仍被广泛使用和推广。

情注沙漠终不悔

作为中国沙漠与沙漠化科学的创始人、中国科学院兰州沙漠研究所主要创建人和奠基者,朱震达在世界沙漠学界声誉日隆,他的身影频繁出现在世界各地的学术会议和野外考察中。

1992年,62岁的朱震达退休了,那时,女儿一家已经定居北京,妻子身体不好,家人都劝他在北京颐养天年。但朱震达奉行"做沙漠治理道路上一粒有用的石子"的人生格言,他牵挂的不仅是北方荒漠化问题,还有全国土地退化问题。

20世纪90年代初,作为中国参与联合国环境大会的科学顾问,朱震达也参与了联合国防治荒漠化防治公约的制定工作。不久,朱震达又将自己的研究方向拓展到全国范围的土地退化问题。"他认为,土地退化的问题不仅发生在中国北方地区,而是在全国很多地方。像南方的一些区域如果森林砍伐、水土流失加剧以后,可以看到很多区域光秃秃的。"王涛说。

北方土地沙漠化的研究成果已经渐渐被人接受,又在南方湿润地区搞起了土地退化研究,难度可想而知。朱震达亲自带队,领着学生实地考察。

1996年,朱震达的另一个学生,在德国学习的杨小平回国考察。朱震达向他介绍了自己的研究项目,对于这样的课题杨小平半信半疑,为了打消他的疑问,朱震达又带着杨小平实地考察。"我原来对他的观点不是太有把握,因为在安徽一带搞土地退化在气候上不太合适,因为土地退化更多的是在半干旱、干旱地区,但实际看了以后发现有些地方土地确实退化得很严重,虽然不是荒漠,但是从地表的某些特征来看,有荒漠的迹象。"杨小平说。那一年,朱震达已经66岁了,杨小平发现导师的身体状况没有以前那么好了。

1999年6月的一天,北京酷热难当。这一天,朱震达接到了水利部的电话,希望向他咨询一些关于荒漠化、土地退化定义的问题,老人非常高兴,并且坚决谢绝了对方上门求教的建议,执意要自己过去指导解释。

"大夏天,放下电话他就去了,先生去工作了半天,回来后非常劳累。"崔书红回忆。当天晚上,朱震达突发脑溢血,再次住进了医院。

"你可以看到他的眼神,那种期盼,就是想继续做点事情的那种眼神。"崔书红回忆。

“我告诉他我要去巴丹吉林沙漠考察，他当时很激动，举起手说好，说科学就应该这样搞，说等我好了和你一起去。”杨小平回忆。

“2000年，先生还在医院里住着，我们通过努力拿到了‘中国北方沙漠化过程及其防治研究’项目，也是一个‘973’项目，这是中华人民共和国成立以来立项给沙漠化研究的最大项目。我把这个消息告诉先生，先生当时就哭了。”王涛说。这是朱震达等了20年的结果，但是他已经什么都做不了了。之后的6年，朱震达辗转在北京各个医院进行治疗。

2006年9月30日，朱震达离开了人世。回望朱震达的一生，他就像长于荒漠中的胡杨——铮铮铁骨百年铸，不屈品质千年颂。无论外界如何纷扰和恶劣，他始终坚持对抗着千里风沙，守护着沙漠绿洲和沙区人民。

魏宝文:开拓中国重离子物理研究新领域

秦　娜

61 年前的那个初秋,23 岁的魏宝文背着简单的行囊踏上火车,一路向西。下了火车,经过兰州大学、兰州饭店,就来到了那个梦想开始的地方——中国科学院近代物理研究所,而这一来就再也没有离开过。从此,魏宝文的个人命运与国家发展紧紧地联系在一起。

61 年间,魏宝文心无旁骛地致力于推动近代物理所事业的发展,为中国重离子科学和加速器大科学装置发展、人才队伍培养,以及重离子科学与技术在甘肃的发展和应用做出了重大贡献,使重离子加速器成为甘肃乃至中国近代物理研究的一张重要名片。

建功立业在西部

1935 年,魏宝文出生在河南禹州,他的小学和初中学生时代几乎都在抗日战争和解放战争中度过。读高中时中华人民共和国成立,才算有了稳定的学习环境,也就是从那时起,魏宝文开始对物理产生浓厚的兴趣。

1953 年,18 岁的魏宝文考入北京大学物理系,1956 年调到新成立不久的技术物理系,成为中国培养的第二批核物理专业的学生。1957 年魏宝文毕业后被分配到中国科学院物理研究所(后改名为原子能研究所),次年调入刚组建的中国科学院兰州物理研究室(中国科学院近代物理研究所前身)。

1959 年,在物理学家金建中的引荐下,魏宝文师从著名核物理学家杨澄中,成为最早跟随杨澄中院士在近代物理研究所开展核物理研究的人员之一。就这样,魏宝文和很多前辈一样,怀揣着报效祖国的梦想,来到西部,投身于火热的国家建设中。

魏宝文思维活跃,勤奋好学,很快就显示出搞科研的天赋。20 世纪 60 年代初,在杨澄中的指导下,他完成了伽马射线和快中子闪烁探测方法研究,在近代物理研究所早期核物理实验中发挥了重要作用。

当时,近代物理研究所正在筹建 1.5 米回旋加速器。到 1962 年底,这个“一五”大科学装置的建成让物理学界的科研人员为之振奋。作为第一批使用者,此后魏宝文和同事们都在用 1.5 米回旋加速器练兵。1963 年,他完成了 200 万~900 万电子伏特单能中子源的研制。这项成果被用于快中子截面测量,为一项重要的国防科研任务提供了实验条件。

随后他又主持完成了 900 万~1 200 万电子伏特中子对锂-6 和锂-7 的非弹性碰撞截面测量。作为近代物理研究所核参数测量国防任务的一部分,这项任务的完成,澄清了世界各国数据的分歧,为氢弹的研制提供了中国自己的核数据。

20 世纪 70 年代,魏宝文还对核聚变反应堆材料进行了群截面计算,并在此基础上用中子输运理论的 Sn 法对聚变反应堆再生区的中分子分布和核发热进行了理论研究。这一领域在当时的中国尚处于早期阶段。

魏宝文的成绩和荣誉引人注目,可是他所付出的艰辛却很少有人知晓。晚上在家学习,一个三斗桌他和孩子各占一头。有时两个孩子抢先占了桌子,他就只好把五斗柜利用起来。直到 50 岁的时候,他才有了一张属于自己的写字台。

千锤百炼铸重器

重离子加速器是用来加速比 α 粒子重的离子加速器，可将大量的重离子加速到很高的速度,高速的重离子形成重离子束。从 20 世纪 60 年代开始,随着重离子加速器的发展,原子核物理开拓了一个蓬勃发展的新领域——重离子物理。在原子物理、材料科学、生命科学等学科,重离子束也显示出日益重要的应用前景。

彼时,在经过几番大讨论后,中国科学院将近代物理研究所的科研方向确定为低能核物理,并以重离子核物理为主攻方向,同时积极开展核技术应用研究。

1975 年,魏宝文跨入不惑之年,兰州重离子加速器的研究工作这时候刚刚起步。新年伊始,杨澄中在与魏宝文的一次恳谈中,希望魏宝文投身到重离子加速器的研制中。正是那次谈话为魏宝文的人生和事业带来了新的机遇,带他走进了重离子加速器的世界。

此后,魏宝文承担了两项预研任务,一项是“分离扇回旋加速器离子轨道的非线性效应研究”,另一项是“重离子束的空间电荷效应研究”。“在一穷二白的情况下搞研究,重离子加速器研究频频遭遇‘肠梗阻’。”魏宝文对当时的困难记忆犹新。

魏宝文与理论物理学家罗诗裕默契配合,不到一年时间就完成了理论研究任务。在当年年底召开的加速器建造方案讨论会上,魏宝文报告了他们的研究结果:在所要加速的能区内,非线性效应很小,轨道是稳定的;而当束流强度为微安级时,空间电荷效应更是可以忽略不计。据此,魏宝文得出了令人振奋的结论:“理论基础是可靠的,我们一定能建成自己的回旋加速器。”十多年后,曾任近代物理研究所党委副书记的陈荫林回忆起当时的情形时说:“这在当时是一个影响到下不下决心的问题。”

1976 年 6 月,国家计划委员会、中国科学院和教育部在北京联合组织了加速器物理设计审查会,魏宝文同另一位物理学家陈务中负责理论部分的起草。魏宝文的束流动力学理论报告,受到中国粒子加速器界前辈谢家麟教授的肯定。当年 11 月,国家计划委员会批准了兰州重离子加速器的建造计划。至此,一项标志着中国核物理研究领域重大进展的“7611”工程诞生了。魏宝文和他的同事们开始了极为艰难地跋涉。

没有技术积累,缺乏管理经验……项目推进困难重重。为此,1979 年魏宝文被派往法国国家重离子研究中心(GANIL)学习。

出国前,魏宝文做了非常充分的准备,明确了需要解决的问题。因此,一到法国,他很快就进入角色,用超乎常人的勤奋刻苦汲取国外先进经验和知识。他出色的工作也赢得了国外同行的赞誉,GANIL 的弗赫梅教授曾对杨澄中说:“你们派来的人很管用。”

回国后,作为总工程师,魏宝文负责起“7611”工程的物理总体、技术把关、参数协调、磁铁建造和联合调速工作。他集中精力对加速器整个系统及各个主要部件的参数和指标进行了全面考察,并主持了被称为加速器“三大件”之一的磁铁系统的建造。

就当时国内水平来看,要建造长期稳定的空间分布严格对称的、精度和重复性都在万分之一量级的加速离子约束磁场,决非一件轻而易举的事情。不但要从材质的冶炼入手,甚至连地基的下沉与倾斜,相关器件如真空室不锈钢的选择等都有极为严格的技术要求。为了做到万无一失,魏宝文在四分之一模型磁铁上开展了等时场的垫补实验,取得了可靠的数据。他还邀请了物理学家张振康,从物理要求上把关,并组建了磁铁建造班子。这些人在一起常常发生争论,一方说物理要求太高不现实,另一方说加速束流指标要保证。但是一旦定下来,大伙儿皆能心往一处想,劲往一处使。民主讨论的学术风气在这里得到充分体现。

与此同时,魏宝文还腾出时间和精力,组织了另两项攻关任务。一项是高精度计算机控制多探头磁场测量系统的建立,另一项是高稳定大功率直流电源的研制。

高精度磁场测量系统的建立, 相当于为等时场的建造提供了一双敏锐的眼睛。在后来的垫补实验、一扇原型实验和四扇磁场测量中,都发挥了重要的作用。特别是四扇测磁,只用了 8 个月就高质量全部完成任务。

长期稳定度为十万分之一和万分之一的大功率直流电源,当时国内还没有厂家生产。国外倒是有,但价格十分昂贵。整个磁铁系统近 60 台大小不等的电源,需要花费巨额外汇。魏宝文和同事们跑遍了国内相关的研制单位,最终还是空手而归。万般无奈下,只好自己研制。研究员周嗣信带领几名科技人员,精心设计,反复试验,同西安的一家专业厂合作,终于全部用国产元器件研制出不同规格的样机,综合技术指标达到国际同类产品的先进水平。

细化方案、课题到人、逐个攻关……在杨澄中、张恩厚和魏宝文的科学统筹下,一个个图纸上的创新变成了现实。

十二度春秋,十二载寒暑,经过老、中、青三代人的努力,近代物理研究所终于在 1988 年底建成了中国第一台大型重离子加速器。兰州重离子加速器的成功出束,向世界宣告:中国建成了继法国、日本之后第三台大型重离子回旋加速器。这个由成百上千台仪器、几千吨钢铁组成的庞大系统,每一个部件、每一个接口、每一条电线上,都凝结着魏宝文和同事们的心血。

这一重大成果获得 1991 年中国科学院科技进步特等奖,1992 年国家科技进步一等奖。是目前国际上运行的三大常温重离子回旋加速器之一,至今已运行 30 年。

1995 年,因在中能重离子物理研究上的突出贡献,魏宝文当选为中国科学院院士。对魏宝文来说,爱国主义就是为祖国发展而埋头科研,就是用实际行动为国家铸就重器。

慧眼独具引创新

作为近代物理研究所科研工作的“掌舵人”,魏宝文把更多的精力投入到了研究所以及整个学科的发展中,一系列前瞻性和战略性的科研决策,让中国相关领域科研水平走在了世界前列。

为提高加速器性能,依托SFC和SSC,魏宝文在1984年就部署开展ECR离子源研究工作,利用ECR离子源代替PIG离子源,历经30年的发展,形成了独特体系,引领着国际强流高电荷态离子束产生及ECR离子源技术研究。

在新核素合成方面,从1989年起,在魏宝文的组织领导下,近代物理研究所展开新核素合成及其生成机制、核结构和衰变性质研究。在过去的20多年里,近代物理研究所在5个核区合成约20种新核素,合成了105号和107号两种超重新核素,使中国在丰质子新核素合成研究方向上走到了国际前列。

之后,魏宝文和同事将放射性束确定为近代物理研究所主要研究方向之一。1997年,近代物理研究所建成了中国第一条双弯放射性束流线,年均运行1 000小时,在轻质量区核结构和核反应研究方面取得许多重要成果。

其中,最重要的当属重离子加速器冷却储存环(HIRFL-CSR)的建设。早在20世纪90年代,魏宝文就意识到必须让重离子加速再往前走一步,提高束流强度和能量,拓展束流品种。为此,他提出在兰州重离子加速器上续建冷却储存环的设想。

“当时并没有十足地把握,只是想让重离子加速再往前走一步。”魏宝文回忆,在回旋加速器上装配冷却储存环,当时只有美国印第安纳大学有先例,但经过考察,发现那个装置不但小,而且只加速轻离子,大型重离子回旋加速器上装配冷却储存环是否可行仍要打个问号。

就这样,魏宝文带领三名研究生进行预研,不但证明了项目可行性,并组织完成了方案设计和立项论证。魏宝文又一次踏上新征程。

2000年,兰州重离子加速器冷却储存环建设被列为国家“九五”大科学工程之一。经过一批优秀年轻人数年的努力,2008年冷却储存环建成并投入运行,是亚洲最高能量重离子加速器,实现了从氢到铀的全离子加速,完成了从低中能向高能的跨越,成为世界级的大型核物理实验装置、国际一流的重离子科研平台。

更让魏宝文感到骄傲的是，冷却储存环装置中的自主研制设备达到80%以上，并且实现了多项创新和突破，创造了极高的性能造价比。同时，冷却储存环的建设还为国家培养和锻炼了一支优秀的青年创新团队。

在魏宝文的带领下，从20世纪90年代起，近代物理研究所陆续开展了辐照育种、材料辐照效应等研究；自主设计的医用重离子加速器获得国家新产品认证，首台示范装置调试成功。

“我们这支科研队伍都是在大项目中锻炼出来的，直到现在，老师关于科学研究、工程管理的理念仍深深地影响着我们。”近代物理研究所党委副书记、纪委书记袁平说。

格物明理树标杆

在魏宝文身上，老一辈科学家那股强烈的责任感和爱国情怀已成为鲜明的时代烙印；在魏宝文的影响下，艰苦奋斗、勇于创新的科研精神代代相传，鼓舞着一批批年轻人。

面对建成兰州重离子加速器的巨大荣誉，魏宝文总说：“它的设计与建造是三代人的事业。”作为这项大科学工程的总工程师，他把自己的工作归纳为两点。第一，把一个个课题分解出来，落实到一个个科技人员肩上，不漏项；把一个个科技人员的成果，镶嵌在总体参数的框架上，随时调整。第二，用学术活动把大家的思想统一起来，为科技人员扫清工作中的障碍，并为科技人员的失误承担责任。

魏宝文认真严谨、敢于担责的科研态度给同事和学生留下了深刻的印象。近代物理研究所党委书记赵红卫回忆，每一次大工程、大项目，魏宝文都要反复组织召开多次讨论会，每次都是直切主题抓核心，有时候科研人员出于各种原因绕弯子，总说不到点子上，魏宝文总是不留情面，当场指出。在魏宝文的严格要求和影响下，近代物理研究所上下形成了求真务实的科研风气。

为了使核科学事业能尽快发展起来，魏宝文非常重视人才培养工作。他带学生，注重教给学生们治学的方法，激发他们的创造力，鼓励他们独立思考，提高分析和解决问题的能力。学业上，他是严师；其他方面，他又是益友。学生到他家，他总是热情招待，和学生一起探讨科学和人生。学生们从魏宝文那里，不仅秉承了严谨治学的作风,也学到了耿介旷达的品格。

中国工程院院士夏佳文,甘肃省领军人才赵红卫、袁平、原有进……如今,魏宝文培养的学生在专业领域各有建树,个个都能独当一面。

2017年,魏宝文获甘肃省科技功臣奖。这是对魏宝文院士几十年如一日潜心科研的至高赞扬。

六十载格物明理,一甲子尽忠报国。从风华正茂到年已耄耋,从普通科研人员到中国科学院院士……改变的是年华、经历,不变的是对科研的不懈追求、报效国家的那颗初心。过去,他是领航人,带领这支踏实肯干的队伍永往直前;现在,他依然是标杆,只要国家需要,仍然义不容辞地贡献着智慧和力量。

程国栋：一片丹心在冻土

秦　娜

这是一条绵亘在世界屋脊上的“天路”，一条世界上穿越冻土里程最长的高原铁路……2006年，举世瞩目的青藏铁路正式通车运营。13年来，路基稳定，经过冻土地段列车时速可达100千米，创造了世界冻土区铁路的最高时速。

在冻土层上修铁路，如何解决冻土的冻胀和融沉问题？在当时是一个全世界都无法解决的难题。因此，青藏铁路工程也被看作是“一项难以置信的事业”，全球顶级科学刊物《自然》(Nature)杂志更是将青藏铁路的建成称为“工程奇迹”。而这一奇迹的诞生，饱含了众多科研人员的辛勤汗水。

其中，有一位科学家的名字熠熠生辉，他就是冻土学家、中国科学院院士程国栋。

年少立志为国建功立业

1943年7月11日，在硝烟炮火中，程国栋在上海出生了。伴随着动荡不安的年代逐渐长大，程国栋和那个时代的年轻人一样，满怀壮志报国的情怀与理想。

高中毕业时，在一次学校组织学生参观华东师范大学地质地理系的活动中，当时一位老师介绍了关于打通喜马拉雅山改变中国气候的大胆设想，一下子引起了程国栋对地质地理的兴趣，也让这个出生在南方的少年，对中国西部产生了无穷的想象。

后来，他又从北京地质学院的招生信息中看到两项大工程的简介。“一个是南京长江大桥，一个是南水北调，年轻人都向往能够投身大工程建设。”程国栋坦言，抱着建功立业的理想，他报考了北京地质学院。

1960年，程国栋考入北京地质学院(现中国地质大学)水文地质和工程地质系。经过5年的学习,毕业后,程国栋响应国家号召,告别老家上海的都市生活,来到中国科学院兰州冰川冻土研究所冻土研究室工作。"那个年代大学毕业后,大家都是服从国家分配。当初有5个志愿名额,我都写了服从分配,最后就被分到了兰州。"程国栋回忆。

那一年,程国栋22岁。

兰州的工作条件很艰苦,对于生长在南方的程国栋而言,需要应对很多不适与挑战,但是他没有被困难吓倒,反而更有斗志了。"只要习惯了就会好些,特别是从事冻土专业以后,觉得还有好多实质性的问题没有解决,需要静下心来仔细研究解决,对于环境也就适应了。"程国栋回忆说。

一旦选择,便无怨无悔。从此,程国栋扎根西部,一待就是半个多世纪。

历经艰辛笃定青藏铁路

1967年,程国栋前往青藏高原调研。也是从那时起,他的科研事业就与青藏铁路绑定在了一起。

程国栋说,自己本来是搞地质的,不了解工程,但是所有研究都和青藏铁路紧密相连,因此研究的出发点就是铁路建设,这也让他们的冻土研究有了实际的动力和基础。

青藏铁路承接了几代人的梦想与心血,"为了解决青藏铁路多年冻土问题,科研工作者几十年如一日,始终坚持在条件极为恶劣的高原环境里做科研。"程国栋感慨道。

在青藏高原,第一个面对的问题就是缺氧,头疼、睡不好觉是稀松平常的事。在那里,解放牌卡车就是交通工具,车子开在"搓板路"上,就像喝多了酒的醉汉,坐在里面极为难受,如果卡车陷进地里出不来,就很难走出无人区。在雪域高原考察,往往几天不见人烟,只有野驴和苍鹰做伴。不仅如此,最危险的是要经受生死的考验。

铁路进拉萨,当时铁路部门制订了两个铁路修建方案:一个是基本沿青藏公路的西线方案,另一个是无人区的东线方案。程国栋毫不犹豫地选择带队进入条件艰苦的东线。高原无路,汽车经常陷进松软的土里。"汽车弄不出来,队员就有生命危险,无人区前后也没法联络。最怕的是学生们患感冒,一旦并发肺水肿,送不出去只有等死。”如今再说起这些经历,程国栋依然心有余悸。

“当时跟我一起去的有一批唐山的学生,有一次搞测绘,作业完成后,下起了像冰粒一样的雨,一个学生被淋后感冒了,当天晚上就发烧,眼看着就不行了。”程国栋回忆,“但当时没办法,也送不出去,只能靠带去的卫生箱里的药品进行抢救,好在那个学生体质好,最后熬过来了。”

程国栋还记得,时任青藏铁路建设总指挥部专家咨询组组长的张鲁新也和他们一起搞勘测。1976 年 7 月,张鲁新一行三人外出考察,回来时迷了路,程国栋在大本营里苦苦等候,一直到天黑也没见他们回来,便带人顶着夜色四处搜寻,在空旷的荒原里找人如同大海捞针。张鲁新三人没带干粮,早已筋疲力尽,最后靠着火柴点燃烟盒的细微光亮被程国栋发现才得救。

“还有食物中毒等问题,面临的危险确实不少。”程国栋笑着说起那些往事,就像一个久经沙场的老军人般,在经历生死的考验后对于那些英雄般的事迹很是淡然。

1978 年,青藏铁路由于技术制约第二次“下马”,作为项目负责人之一的程国栋需要完成由国家组织的联合攻关项目——青藏铁路建设中的冻土问题研究。

当时,冻土学中存在一个悬而未决的问题,即“近地面厚层地下冰的成因及变化规律”难以破解。从青海格尔木至西藏拉萨,要经过约 550 千米的多年冻土区。冻土在冬天结冰,膨胀起来,在夏天融化,就像稀泥,铁路的路基就会随之受到破坏。这是青藏铁路修建中绕不过去的技术难题,也成为程国栋长达几十年的研究课题。

“程氏假说”攻克世界难题

在参加“青藏铁路建设中的冻土问题研究”“青海热水煤矿厚层地下冰地段路堤试验”“青藏公路沿线冻土研究”和“青藏公路多年冻土地区黑色路面修筑技术”等重大课题研究中,程国栋逐渐积累了大量的解决厚层地下冰成因问题的有关资料。

特别是 1979 年,在主持青藏公路改建工程中的冻土工程地质工作中,正好因为公路沿线打了几十个钻孔，程国栋有机会仔细观测到厚层地下冰的分布形态，发现了正在融化的土中的成冰现象。

在工作中，程国栋除了吸收前人总结的“正在冻结过程中水分迁移成冰作用”外，他还注意到了被人忽视的“已冻土中的未冻水和正融土中仍冻结部分的未冻水”，都具有迁移和分凝成冰作用。根据自己此前数十年的思考、实地考察，并在总结大量资料、试验的基础上，1981 年程国栋创造性地提出了高海拔地区多年冻土的三向地带性分布规律及“厚层地下冰形成的重复分凝机制”。这个理论主要由三个部分组成，其中最核心的部分是程国栋创造建立的“未冻水的不等量迁移规律”，揭示了厚层地下冰形成的本质，其次提出了冰的自净作用，并将国外学者的实验成果用来解释多年冻土上部高含冰量土中土颗粒移动规律。1983 年，他的论文在国际冻土权威杂志《寒区科学与技术》上发表，立即在国际冻土学界引起强烈反响。许多冻土学家给予了高度评价，并冠之以“程氏假说”。

此后，程国栋并不满足理论上的突破与成功，他又到室内实验条件较好的美国一家寒区研究和工程实验室进行了专门的模拟实验，并设计了验证实验，以证实学术的正确性。

与此同时，加拿大卡尔顿大学的史密斯教授花 3 年时间完成了对程国栋理论的验证。“程氏假说”成为迄今为止很有说服力、较完善的厚层地下冰形成学说，也使国际冻土界长期悬而未决的一个重要理论问题获得较完美地解决。这一理论被形象地称为冻土学中的“相对论”，这也是世界冻土研究领域第一次以中国人的姓氏命名的原理。

在之后的青藏铁路建设中，“程氏假说”为解决冻土工程技术难题提供了重要的理论依据。

1993 年，第六届国际冻土学会议在北京举行，程国栋被推选为国际冻土协会主席。当年底，程国栋当选中国科学院院士。那一年他 50 岁，是当时所有院士中最年轻的一位。

2000 年底，青藏铁路第三次“上马”，冻土依旧是修建铁路最大的瓶颈。

保持冻土不融化，是青藏铁路的关键点。最易行的办法就是加高路基或铺设保温材料，用程国栋的话说，这等于给冻土“盖被子”，就像夏天卖冰棍，为防止冰棍融化，总是在冰棍箱上盖一层被子。但是，这只能减缓冻土融化的速度。青藏铁路建设是百年大计，需要考虑几十年到 100 年的工程和全球变暖对冻土的影响，这就要求在保护冻土方面必须有新的思路。这时,“主动冷却”的思路应运而生。几经实验和改进之后,青藏铁路首次在世界上采用了整套“冷却路基”的方法,攻克了气候变暖条件下,在冻土区筑路的这一世界性难题。

在这一思路指导下,程国栋和团队进一步研究了新的地温调控原理和高新技术,通过调控辐射、对流、传导等方法,为多年冻土区提出了相应的筑路技术:块石路基结构、通风管路基、热管、遮阳板等共同发挥作用。

青藏铁路上的块石路基,选择多大粒径的碎石最合适?是不是粒径越大降温效果越好?程国栋团队经过反复试验后,确定10~30厘米粒径的块石降温效果良好,粒径为22厘米时,对冻土的降温效果最好。这种多空隙的“块石路基”能有效保护冻土,它就像散热排风扇一样,冬季从路堤及地基中排除热量,夏季较少吸收热量,类似于一种“热半导体”,能起到冷却作用,降低地基土温度。采用这种“热半导体”在未来50年青藏高原气温上升2.6℃的情况下,仍能保证冻土热稳定。

如今,经过青藏铁路时,人们会看到路基旁竖着一排排银色细柱;又不时会发现路基下的土石层中,伸出一个个小圆筒;又或者是沿途的“凉棚”“遮阳板”……这些青藏铁路特有的设施,都是程国栋及中国科学院冻土工程国家重点实验室项目组的“发明”,它们都是用来解决铁路沿线冻土冻胀和融沉问题的法宝。

青藏铁路通车十几年来,路基稳定,运行状况良好,创造了世界冻土区铁路的最高时速,更重要的是对西部经济社会发展产生了重要影响。国际冻土协会主席Jerry Brown博士曾评价:“青藏铁路代表了冻土工程的最新进展,在这一领域,其他国家需要借鉴中国的成就。”

而程国栋回忆起参与青藏线建设的岁月时,只是淡然地说道:“能对青藏铁路这样伟大的工程有所贡献,我很骄傲。”

情系西部坚守科研一线

攻克了世界性难题的程国栋并未停止探索的脚步。在年过70岁、很多老人选择安享晚年的时候,他却依旧坚持在科研一线工作。除了冻土学研究,他还进一步拓展科研领域,投身西部水资源的合理开发与利用、生态的恢复与重建研究。他曾多次带领科研人员深入甘肃河西地区、内蒙古等地进行实地考察,初步探明了西部地区地下水资源的储量,并重点针对黑河流域的水文、水资源问题展开研究。

黑河流域是中国西北干旱区典型的内陆河流域,20 世纪 80 年代以来,由于黑河中游地区的急剧扩耕,进入下游的水量大幅减少,致使下游生态明显恶化。为解决这一区域的水资源问题, 程国栋提出开展黑河流域生态水文和生态经济研究。他积极倡导并推动实施了国家基金委重大研究计划 “黑河流域生态-水文过程集成研究”,为内陆河流域水文水资源研究提供了重要支撑,提升了对内陆河流域水资源形成及转化机制的认知水平和可持续性的调控能力,使甘肃省成为中国内陆河研究的典型和示范基地,并使中国流域生态水文研究进入国际先进行列。

2000 年,中国科学院启动了“西部计划项目群”,旨在为国家西部生态环境建设提供理论和技术支持,保证区域经济的可持续发展。程国栋主持了项目群的重大项目《黑河流域水-生态-经济系统综合管理试验示范》。此后近十年里,该项目在甘肃黑河流域进行了农业节水技术研究和集成,建立了管理性节水、结构性节水和农艺节水相结合的高效农业节水技术体系,推广了防护体系建设模式、人工草场建设和改良、牲畜和羔羊育肥、草原毒杂草治理等技术,在示范区实现了节水 20%,单方水产值提高 40%的效益。

作为该项目首席科学家,程国栋主持完成的“黑河水资源问题与对策”建议已成为水利部向国务院提交报告的重要依据。同时,这一项目取得的一系列科研成果、技术体系和试验-示范模式,不但为河西走廊节水型社会建设、黑河流域综合治理提供了有力的技术支撑,而且为其他内陆河流域和西北干旱区的治理提供了经验和标准。

半个世纪的坚守, 程国栋为国家做出了巨大贡献, 也为他赢得了各种荣誉。2009 年,程国栋当选俄罗斯工程科学院外籍院士;2011 年,他被授予甘肃省科技功臣奖。2014 年,程国栋荣获国际冻土协会终身成就奖,迄今为止,全世界获得这个奖项的只有五位科学家,他是其中唯一的中国人。这一奖项是国际冻土学界对他多年潜心从事冻土研究成果的认可,也是中国冻土学科的至高荣耀。2017 年,冻土与寒区工程研究创新团队获得国家科学技术进步奖创新团队奖,成为甘肃首个获此殊荣的创新团队。

不仅如此,程国栋还为中国冻土研究领域先后指导培养了约 50 名博士生、20 名博士后,他们中很多人已成为这一领域的科研骨干和学术带头人。在程国栋的带领下,他们多年如一日地不懈奋斗,换来了中国冻土学科的大发展,如今冻土研究这一冷门学科,已变成了热门学科,冻土变成了“热土”。“但中国作为世界冻土面积第三大的国家,依然还有很多与冻土领域关系密切的工程需要理论支持和解决方案,依然需要我们去努力。”程国栋表示。

长期生活在大西北,程国栋早已成了一个地道的“西北人”,饮食习惯也发生了变化,他戏称自己“几天不吃面条,便觉得心中空空荡荡”。也因为多年远离家乡,只有节假日才能回上海与亲人共度,程国栋错过了儿子的成长时光,错过了对父母的陪伴尽孝,这成为他心中无法弥补的遗憾。可是程国栋却并不后悔当初的选择,正如1984年他在一封家书中所表达的那样,“经受住了严峻的考验,并没有虚度年华”,实现了自己年少时的梦想——为祖国建功立业。

固体润滑国家队：书写中国“润滑”传奇

秦　娜

从“东方红一号”卫星到风云系列卫星，从神舟系列飞船到天宫系列飞行器……中国航天事业的每一步发展都牵引着亿万国人的目光。而在每一次跨越的背后，都离不开一支科研国家队的付出，它就是中国科学院兰州化学物理研究所固体润滑国家重点实验室。

1958 年，在“支援大西北”的号召下，原中国科学院石油研究所润滑研究室由大连西迁兰州，并组建中国科学院石油研究所兰州分所润滑剂研究室，以及后来的固体润滑与固体润滑作用研究室。这就是中国科学院兰州化学物理研究所固体润滑国家重点实验室的前身。

60 多年来，润滑实验室的科研工作者坚守奋斗、薪火相传、不断探索，秉承“国家需求与学术追求相统一”的实验室价值观，发扬“前沿引领、务实合作、创新奉献”的润滑精神，谱写了中国固体润滑研究事业的宏伟篇章。

他们的努力让《东方红》响彻太空

1958 年，约 100 位科研人员从海滨城市大连西迁丝路重镇兰州。

他们来到中国科学院兰州分院，从此扎根金城，为国家建设和西部科教事业奉献青春年华。在这批西迁来兰的科学家中，就包括中国著名润滑材料学专家陈绍澧先生。

陈绍澧 1925 年出生于广东东莞，1948 年从燕京大学毕业后赴美留学。1950 年在美国依阿华州大学化工系获得理学硕士后，陈绍澧怀着“科学救国”的理想回到祖国，投身于国家的科研事业。陈绍澧一回国，就开展润滑油脂微结构、胶体稳定性和化学性能的研究，并提出许多新概念、新观点。1957年，由陈绍澧撰写的《润滑脂》一书出版，成为中国第一部与润滑脂相关的专著。1962年，他又开创了中国摩擦学这一新学科。

和陈绍澧一同来到兰州的还有一位年轻人，叫党鸿辛。

1949年，20岁的广西青年党鸿辛考上了广西大学化学工程系，后因院系调整，被调入广州华南工学院（今华南理工大学）。1953年9月，由于国家急需人才，党鸿辛提前一年毕业，被分配到位于大连的中国科学院工业化学研究所润滑油室工作。从此，开启了摩擦学科研之路。

一到兰州，陈绍澧、党鸿辛等人就全身心扑在科研工作上。

作为学科带头人，陈绍澧非常有前瞻性地向所里提出开展固体润滑研究的建议。起步阶段，异常艰辛，没有科研设备，陈绍澧自己动手搭建；没有科研条件，他想方设法创造条件。1962年，在陈绍澧的筹划和组织下，全国第一次摩擦磨损与润滑研究工作报告会在兰州召开，来自全国科研院所、高校和厂矿企业的百余位科技人员参加了这次大会。在摩擦学初创阶段，这次学术活动以及出版的论文集，对宣传和推动摩擦学在中国的发展起到了关键作用。这些工作的开展，也为后来"两弹一星"润滑研究奠定了重要基础。

同年，国家有关部委向中国科学院提出解决液氧条件下润滑问题的任务。这正是陈绍澧、党鸿辛等人梦寐以求的课题，也是实验室接到的第一个固体润滑研究任务。液氧遇还原性物质易爆炸，大家就在实验室科研大楼外的空地上搭建了模拟条件下的临时固体润滑试验房，开始全面的科研攻关。在陈绍澧、党鸿辛的带领下，液氧条件下的润滑难题获得重大突破。这项任务完成后，强酸介质条件下、超高真空条件下、超低温条件下的润滑等一系列与"两弹一星"润滑有关的科研任务接踵而至。

1967年，中国第一颗人造卫星"东方红一号"的研发进入关键阶段。

然而，卫星天线的导电润滑问题成为人造卫星天线系统的难题。如果不能解决，卫星天线伸缩机构在真空条件下就会粘连在一起，将直接影响卫星的正常工作。为了解决100℃~-100℃真空下超短波天线的导电润滑难题，党鸿辛带领团队到北京科学仪器厂边研究边改进。历经艰辛，他们成功研制出一种新型固体润滑膜，解决了卫星发射信号传递的关键问题。

1970年4月24日，中国第一颗人造地球卫星"东方红一号"成功发射，《东方红》的旋律响彻太空。

时至今日，每当亲历者回忆起当年的光荣时刻，仍令所有人激动不已。也就在那一时期，陈绍澧、党鸿辛以及于永忠、付六乔、金道森、范煜等科学家，用开荒拓疆、敢为人先的精神，为共和国的科技事业贡献了青春和智慧。

12个人，7间房，50台设备，创造新辉煌

1997年冬季的一天，兰州化学物理研究所的一间会议室里喜气洋洋。

那一年，润滑实验室的党鸿辛和薛群基分别当选中国科学院院士和中国工程院院士，研究所专门召开会议向他们表示祝贺。同时有两人当选院士，这在兰州化学物理研究所的历史上绝无仅有，直到今天仍被传为佳话。

薛群基1942年出生于山东沂南，1965年从山东大学化学系毕业后，考入兰州化学物理研究所攻读研究生，师从陈绍澧先生，毕业后一直在兰州化学物理研究所工作。他也是中国材料化学和摩擦化学领域的主要学术带头人之一。

作为实验室的领导者和杰出代表，党鸿辛和薛群基经历了润滑实验室鲜为人知却又波澜壮阔的历史。

20世纪60年代末，润滑实验室的隶属关系发生数次变动。这一时期，面向国家“上天入海”的科研需求，党鸿辛带领实验室成功研制了数十种性能各异的特种润滑材料、润滑脂、润滑涂层等。润滑实验室参与了一系列在当时不被人知的重要项目。

1975年，党鸿辛迎难而上，担任实验室主任。在他的领导下，固体润滑学科建设和润滑材料应用研究方面取得了一系列成绩，尤其在薛群基、欧阳锦林、张绪寿、徐锦芬、黄春祥、赵家政等一大批科学家的坚守和探索下，实验室为解决中国高技术领域重点型号建设中的特殊润滑难题做出了突出贡献，润滑实验室也由此进入快速发展的新时期。

1987年8月，经中国科学院批准，“固体润滑开放研究实验室”在兰州正式成立，薛群基担任实验室主任。

“刚筹建的时候，实验室只有12个人，申请到7间房子，每间房子20平方米左右，算上各种显微镜，我们只有50台设备。”回忆起实验室刚起步的情形，薛群

基至今历历在目。

尽管条件艰苦,但大家充满干劲。在薛群基的带领下,实验室在聚合物摩擦学、陶瓷摩擦与润滑、纳米材料和摩擦学、添加剂摩擦化学和新型润滑材料的设计与制备等方面,都具有较高的学术水平,在促进空间润滑材料、超低温齿轮润滑材料、海洋环境用特种润滑与防污降噪涂层等方面取得了大量研究成果,为航天、航空等国家重点工程领域研制提供了约 20 种关键润滑材料或润滑技术,使中国在该领域的研究和应用跻身国际先进行列。

与此同时,薛群基的学术科研也获得了认可。2009 年,薛群基荣获中国摩擦学最高成就奖。2011 年,他又问鼎国际摩擦学领域最高奖“摩擦学金奖”,这是该奖项自 1972 年设立以来第一次授予中国科学家。英国机械工程学会在颁奖词中对薛群基的成就给予了高度评价:“薛群基院士是 40 年来世界上最杰出和最具影响力的摩擦学家之一。他创建并领导了中国固体润滑国家重点实验室,这个实验室现已成长为中国最大和最出色的摩擦学研究团队之一,为中国的经济建设,特别是在降低成本、能源消耗、摩擦和磨损,提高工业设备的可靠性以及在空间领域应用的出色研究等方面做出了突出贡献。”

从党鸿辛到薛群基,润滑实验室的科学家始终坚守共和国的科技阵地和科技事业,无论是困难时期还是建设岁月,他们始终坚守科研一线,为润滑实验室描绘出承前启后的崭新画卷。

国家需要什么,我们就做什么

2008 年 9 月 27 日,“神舟七号”航天员出舱时的一个细节引人注目。

航天员翟志刚进行出舱太空行走任务,在完全暴露的外太空环境下,进行了两项任务:一是展开一面中国国旗,二是从飞船外收回一个“小方盒”。当时有很多人疑惑,那个“小方盒”到底是什么?

其实,那个“小方盒”是安装在“神舟七号”载人飞船舱外的一个润滑材料试验装置。这个装置由一个样品台和一个底座组成。在样品台上布满一组不同颜色的小格子,这些小格子里存放的就是开展“神舟飞船应用系统固体润滑材料空间试验”的样品,主要用于开展低地球轨道环境,如原子氧、紫外辐射等对固体润滑材料结构和性能影响以及失效破坏机制的研究,为未来长期留轨运行的航天器可靠工作,研发新一代高可靠性、长寿命空间固体润滑材料与润滑技术提供理论与技术支持。

这也是中国第一次开展固体润滑材料的外太空暴露试验。而这个试验项目的负责人,就是薛群基的学生、时任固体润滑国家重点实验室主任的刘维民。

刘维民1962年生于山东莱西,1984年毕业于山东师范大学化学系,1990年在兰州化学物理研究所获得理学博士学位，之后进入固体润滑开放研究实验室,从事润滑材料及摩擦化学等研究工作。2000年,润滑实验室获批建设固体润滑国家重点实验室,刘维民成为润滑实验室进入“国家重点队”的第一任负责人。

作为润滑实验室的掌门人，刘维民经常把一句话挂在嘴边——“国家需要什么,我们就做什么”。从研究生到院士,从研究尼龙到研究航天润滑剂,刘维民始终坚持把科技论文写在祖国的大地上,推动中国润滑学科向前发展。

在刘维民的带领下,润滑实验室继续发挥其在航天航空润滑、材料磨损及合成润滑材料、摩擦化学等方面的研究优势。同时组建了空间润滑研究平台,揭示了空间润滑材料的作用机制,通过结构设计和组分调控发展出了多个系列空间润滑材料,并直接应用于中国的航天工程。实验室系统阐述了润滑剂作用的摩擦化学和摩擦物理机理,设计出低摩擦、抗磨损、高承载的多个种类的合成润滑油脂及添加剂,用于装备制造工业。

此外,刘维民还与团队共同努力,研制出了“多品种小批量”包括了固体润滑、液体润滑、复合润滑材料、润滑脂四大类共数十种高性能润滑材料。这些研究成果广泛应用于深空、深海、极地、航空航天等各个领域。

刘维民在这个过程中也收获了个人的成长与进步。由他参与或主持完成的“航空用特种润滑和密封材料技术”等4个项目先后获得国家技术发明奖二等奖、国家自然科学二等奖。2013年,刘维民当选中国科学院院士;2016年又当选发展中国家科学院院士;2017年,刘维民获得中国摩擦学最高成就奖……

如果说以陈绍澧、党鸿辛、薛群基为代表的科学家建立了润滑学科,并开启了润滑材料技术的转化利用,那么以刘维民为代表的研究者则拓展了润滑的学科领域和成果转化。从航天到深海远洋,从装备制造到民用科技,他们以满足国家需要为己任,开创了润滑实验室上天入海、服务社会的新征程。

把中国固体润滑研究推向新高度

2017年10月25日，北京钓鱼台国宾馆。

兰州化学物理研究所周峰研究员获得“何梁何利科学与技术创新奖青年创新奖”，这是继薛群基、刘维民之后，兰州化学物理研究所第三位获此殊荣的科学家。一年前，由周峰牵头完成的“工程材料表面的润湿及其调控”获得2015年度国家自然科学二等奖。当时只有39岁的周峰成为该奖项最年轻的第一完成人。

周峰是山东郓城人，2004年毕业于兰州化学物理研究所并获得博士学位。他在博士阶段的导师正是刘维民院士。层出不穷的奇思妙想、总能从生活中找到创新灵感……周峰的科研“灵气”在年轻人里是出了名的。

生活中，他经常会提出一些稀奇古怪的问题：包粽子的粽叶，除了芳香的味道，还有什么其他作用吗？为什么荷叶表面的水珠能自由滚动？为什么人体的关节灵活自如……

有一次，周峰从喝茶中得到了灵感。为什么喝茶后嘴里会觉得苦涩？深入研究之后，他发现这是个有趣的润滑问题：苦涩感并不是一种基本的味觉，而是因为舌头唾液润滑作用的消失。唾液中的黏蛋白与饮料中的多酚类化合物（例如单宁酸），由于氢键、亲疏水相互作用发生反应，从唾液中沉淀出来，造成了舌头表面的摩擦力增大，于是就产生了所谓的“苦涩感”。

这个“重大发现”有什么价值呢？利用这一原理，周峰和同事发明了一种“捕鱼神器”。在生活中，鲶鱼、泥鳅等鱼类表面黏滑不易抓取，而鱼类身体表面的湿滑物质实际上也是一种黏蛋白。通过合理的工程与材料学设计，他们让手套拥有释放单宁酸的涂层，戴上这种手套抓鱼，丹宁酸与鱼体表面的蛋白发生作用，摩擦力迅速增大，鱼体表面的润滑层被破坏，抓鱼就变得很容易。当然，这种设想不光是发明捕鱼神器那么简单，一旦被运用到水下黏附和密封等领域，那就成了真正的“重大发明”。

和老一辈科学家一样，周峰始终以满足国家需求为科研目标。他常说：“从实验室创立之初，我们的前辈为了国家重大需求，扎根西部，求真务实。现在，我们的目标依然没有变。”不过，和前辈相比，他的研究在服务社会方面的作用更加明显。

周峰长期从事软物质界面与材料、减阻降噪、仿生润滑、海洋防污等研究工作，在学术上，他提出了"湿滑"研究的科学概念，激发了人们对润滑这一概念的重新认识，并系统阐释了润湿和润滑的关系规律，提出了多种界面摩擦调控的原理方法，还提出了利用超分子组装发展新型自约束液体润滑材料的新理念。他在材料表面结构和化学改性方面开展了创新性系统研究，研发了十多种具有防腐减阻、减阻防污功能的仿生涂层材料，以及系列润滑添加剂和生物润滑材料。目前，周峰的相关技术已服务于多家企业，并且在国际上产生了重要影响。

2018 年 10 月，当周峰接到固体润滑国家重点实验室新一任主任的任命通知时，他深刻地认识到，接过前辈的接力棒，自己有责任把中国固体润滑研究事业推向一个新的高度。

在周峰看来，提起科研，就如同想起祖国，想起家乡、爱人、孩子那样，早已成为生命、生活的一部分，不可分割，更无可替代。

这样的科研情怀，恰恰是对润滑实验室科学精神的最好诠释，更是实验室几代科学家薪火相传的科研文化。

回望来路，润滑实验室走过的岁月是披荆斩棘的 60 多年，也是润物无声的 60 多年。

60 多年间，润滑实验室践行着"建设国际一流科研机构"的中国科学院办院方针，致力于高水平基础研究和应用基础研究、聚集和培养优秀科学家、开展高层次学术交流，在国家组织的重点实验室评估中先后 5 次获得"优秀"。

60 多年来，润滑实验室的科技创新能力大幅提升，重大科技成果不断涌现，创新队伍建设持续优化，物质技术基础显著增强，国际合作日渐增多……

六十载风雨征程，几代人坚守创新。未来，润滑实验室仍将在新时代建功立业、科技报国，继续书写中国"润滑"的新奇迹。

王爱勤：引领凹凸棒石研发从“跟跑”到“领跑”

秦　娜

2019年5月18日，在张掖市临泽县召开的甘肃凹凸棒石创新发展研讨会上，众多国内专家聚焦凹凸棒石创新发展成果，多项临泽县凹凸棒石产业发展开放课题项目现场签约。随着产学研用协同创新平台的搭建运行，甘肃凹凸棒石产业发展又迈出坚实一步。

凹凸棒石到底是什么？为什么如此受人垂青……原来，凹凸棒石是一种黏土矿物质。它主要形成于距今上亿年前的白垩纪和第三纪时期。在黏土界，它有“千土之王”“万用之土”的美誉。人们吃的大豆油需要用它脱色，以过滤掉黄曲霉素等有害成分；添加它做成的面膜，会更加平滑、通气、吸油力强，且高度环保；在食品包装袋中，用它吸收水分，食品会香脆可口……

然而，这样一种神奇的黏土矿物在过去很长时间里却被人们当作“土”用。如今，将它“点石成金”的人，正是中国科学院兰州化学物理研究所的王爱勤研究员及其团队。专注凹凸棒石研发近20年，他们让中国凹凸棒石研发水平从“跟跑”变为“领跑”。

“结缘”凹凸棒石

王爱勤说，他与凹凸棒石的缘分好像是“命中注定的”，他第一次接触到的凹凸棒石来自甘肃临泽。

2000年，一位企业家拿了块临泽当地的黏土矿找到王爱勤，向他介绍：“这个黏土矿是凹凸棒石，吸水能力可以达到1:300，可以作保水剂使用。”王爱勤当时正在做有机无机复合保水剂研究,看到这种“神奇的黏土矿物”立即进行了测试。但结果显示这种黏土矿物的吸水性并不高。

在好奇心驱使下,王爱勤查阅了大量资料,发现原来这种黏土矿物很不简单,它具有特殊的棒状晶束形貌和规整的孔道结构。能否用凹凸棒石的棒晶在保水剂制备中起到物理辅助交联作用呢?

怀着忐忑的心情,王爱勤指导博士生进行了相关研究。他们惊奇地发现,凹凸棒石添加量在30%时仍能达到单纯丙烯酸聚合保水剂的吸水能力,而凹凸棒石正是起到了类似混凝土中“钢筋”的作用。

之后,在国家“863”和中国科学院“西部行动”等项目的支持下,王爱勤带领团队系统开展了凹凸棒石的改性研究,优化出利用凹凸棒石制备有机无机复合保水剂的最佳工艺条件,并在2004年与山东一家企业合作实现了产业化生产,产品应用于兰州市南北两山绿化和旱作农业生产中。

保水剂的成功并没有让王爱勤团队停下凹凸棒石研究的脚步。相反,完成“打酱油”期后,他们对凹凸棒石的“感情”也更加“深厚”了。

王爱勤介绍, 凹凸棒石是一种具有棒状晶体结构的含水富镁的铝硅酸盐矿物,也是一种天然的纳米材料,结构负电荷和孔道使其具有很强的吸附、悬浮、触变、增韧补强能力。因此,在国外被广泛应用于化工、建材、造纸、医药、农业、环保和食品等多个领域。

王爱勤在调研中发现,早在20世纪90年代,一些外国公司就从中国大量采购凹凸棒石黏土矿,“以每吨100元的价格把矿石买过去,加工成产品,再以每吨2万元以上的高价卖给我们。”说到这里,王爱勤有些痛心。“这么好的东西,我们卖原料,他们卖产品,差价就是200倍!”

中国的凹凸棒石矿发现于20世纪70年代中期,初级应用起步于1983年,到21世纪初产品的开发仍处于跟踪模仿阶段。“尽管中国凹凸棒石产业发展起步较晚,但我们必须走高值化利用发展路径。”王爱勤坚定地说。为此,2007年王爱勤等人合作出版了《凹凸棒石黏土应用研究》一书,系统总结了中国凹凸棒石研究取得的阶段性成果,指出了中国凹凸棒石开发利用存在的问题,提出了凹凸棒石深层次开发的方向。

“就在写完那本书的时候,突然觉得我们有责任深化对凹凸棒石的研究,也更有兴趣探究凹凸棒石的新用途。”王爱勤说。于是,团队从复合材料的研发转向了凹凸棒石本身。

“情定”凹凸棒石

盱眙地处江苏北部，因其丰富的凹凸棒石资源，有着“中国凹土之都”之称。但多年来采用干法传统工艺生产，产品附加值较低，产业链也较短，直到2010年底盱眙县的凹凸棒石产值还不到4亿元。

早在2003年，王爱勤就到过盱眙，考察了这里的凹凸棒石。因是火山喷发沉积而成，纯度高、色泽较白是苏皖凹凸棒石的特色和优势。于是，从2007年开始，他们将目光聚焦到江苏盱眙。在前期研究的基础上，2008年王爱勤团队与当地一家企业合作建立了“凹凸棒石研发联合实验室”，决定走湿法高值利用工艺之路，使“黄金资源发挥黄金效益”。

为了进一步推动政产学研的有效结合，2010年王爱勤挂职盱眙县副县长，负责筹建中国科学院与盱眙县共建的“中国科学院盱眙凹土应用技术研发与产业化中心”，王爱勤和团队率先入驻中心，并先后引进了6个团队。

“大自然真是伟大，一维的纳米棒晶、规整的孔道……”王爱勤毫不吝啬地表达着对凹凸棒石的偏爱。“但凹凸棒石高值应用的最大困难，就是如何解离棒晶束。”王爱勤解释道，“天然形成的凹凸棒石棒晶大多以鸟巢状或柴垛状聚集，要发挥纳米材料特性，就必须在不损伤纳米结构的前提下进行凹凸棒石棒晶束的高效解离。而这也是制约凹凸棒石产业化发展的世界性难题，当时尚无任何经验可循。”

王爱勤介绍，国内外研究者通常采用高速搅拌、超声、碾磨和冷冻等传统处理方式，要么只能实现棒晶束部分解离，要么会损伤晶体固有的长径比，影响其纳米性能的应用。因此，必须另辟蹊径。

“一定要攻克这些难题！”王爱勤坚定地说。而这一做就是5年。

王爱勤带领团队系统研究了各种处理工艺对凹凸棒石微观结构的影响和棒晶的损伤程度，在大量实验的基础上，逐渐发展出“对辊处理-制浆提纯-高压均质-乙醇交换”一体化工艺。这一工艺在保持凹凸棒石固有长径比的前提下，成功实现了棒晶束的高效解离，棒晶达到纳米级分散，解决了干燥过程中纳米棒晶的二次团聚问题，实现了矿材料到纳米材料的华丽转身。基于此，2014 年王爱勤编撰出版了《凹凸棒石棒晶束解离及其纳米功能材料》一书。这项技术还获得了 2015 年度江苏省科学技术一等奖。

有了凹凸棒石棒晶束解离技术，凹凸棒石高值应用就水到渠成了。王爱勤团队很快就研发出矿物凝胶、高效棕榈油脱色剂、霉菌毒素吸附剂等高值产品，并应用到市场中。

一直以来，各种霉菌毒素的危害困扰着畜牧业发展，并且危害人体健康。王爱勤带领团队创造性地研发了凹凸棒石玉米赤霉烯酮和呕吐毒素吸附剂，并与企业合作建成了全自动化生产线，该项目获批江苏省科学技术厅 2016 年度重大成果转化项目，填补了中国高端霉菌毒素吸附剂自主研发和生产领域的空白，打破国外产品在此领域的技术和市场垄断。

引进的创新研发团队为凹凸棒石产业发展提供了技术支撑，制约产业发展的棒晶束解离关键共性技术取得突破，但还缺少公共测试和服务平台。在中国科学院南京分院的支持下，王爱勤申请到了中国科学院科技服务网络计划(STS)区域中心“江苏凹土产业关键技术创新体系与示范服务平台建设”项目和江苏省凹土材料产品检测技术重点实验室，成立了全国非金属矿产品及制品标准化技术委员会凹凸棒石工作组，全面贯通了凹凸棒石产业发展的人才平台、研发平台和检测服务平台。

截至目前，在当地政府创新驱动战略引导下，盱眙县已建成 55 家凹凸棒石黏土加工企业，形成了独具特色的产业集群和助推产业发展的“盱眙经验”。

“智造”凹凸棒石

王爱勤并没有沉浸在“盱眙经验”的成功中，在他心里一直有一个“结”，这就是凹凸棒石的结缘之地——甘肃临泽。

出生于甘肃民勤，毕业于兰州大学化学系，工作在中国科学院兰州化学物理研究所的王爱勤，始终有一种“甘肃情结”。而随着年龄的增长，想为甘肃做些事儿的愿望就越强烈。“必须找到甘肃凹凸棒石高值利用方式。”王爱勤下定决心。就这样，在有关部门的支持下，王爱勤从 2017 年开始将工作重心从江苏盱眙转移到甘肃。

然而,不同于盱眙高品位凹凸棒石,甘肃地区的凹凸棒石多呈红色,同时伴生多种其他矿物,难以开发高附加值的产品,这也严重制约了甘肃凹凸棒石产业的规模发展。如何让红色低品位凹凸棒石结构性“转白”,成了王爱勤团队必须攻克的又一个难题。

“早在2008年进行凹凸棒石棒晶束解离研究的时候,我们就在关注甘肃凹凸棒石的转白问题。”王爱勤介绍,甘肃凹凸棒石是湖相沉积形成的,凹凸棒石本身含量不超过50%,伴生着伊利石和云母等矿物,但混维矿物可以同步转化应用。经过攻关,王爱勤团队在实现湿法低品位凹凸棒石转白的同时,还突破了伴生矿的同步转化关键技术,这对蕴藏低品位凹凸棒石的甘肃等地区来说,无疑是重大“福音”。2017年,王爱勤团队的“低品位凹凸棒石关键共性技术研发及应用”获得甘肃省技术发明一等奖。

王爱勤说:“凹凸棒石的奇妙之处,就在于它能因‘石’而异,可研发出不同的应用产品。”在研究过程中,王爱勤团队充分发挥红色凹凸棒石黏土本身的颜色特性,制备出新型铁红杂化颜料;基于棒晶束解离关键技术,他们利用凹凸棒石做成了钴蓝杂化颜料,使每吨生产成本降低了30%左右,既实现了凹凸棒石的高值化利用,也解决了钴蓝颜料成本过高的问题,进一步拓展了凹凸棒石的应用领域。

不过,王爱勤并没有止步于这些成绩。如何探索出助推甘肃凹凸棒石产业发展的全新“甘肃方式”,是他当下最操心的事。

近两年,王爱勤和他的团队奔波于盱眙、兰州、临泽三地。仅2017年,王爱勤就9次前往临泽,推动了甘肃凹凸棒石创新产业园的建设,目前已有3家企业入驻。

然而,临泽的凹凸棒石产业发展是块“硬石头”。面对不同矿点凹凸棒石差异较大、当地工业几乎是零起步、引进技术人才困难这三大瓶颈,王爱勤深知,打造“甘肃方式”的路还很长。但是,他却十分乐观。王爱勤认为,要实现甘肃凹凸棒石产业化,必须脚踏实地,在引进优质企业的基础上,建设柔性智能中试生产线;通过中试生产线来打通研发和产业化的瓶颈,并最终实现高值化的产业化应用,同时形成甘肃凹凸棒石产业可复制的发展路径。

“把论文写在祖国的大地上,把科技成果应用到市场的需求中。”这是王爱勤时常挂在嘴边的话。在他看来,科研工作不仅是发表论文、申请专利,更要解决实际问题,实现科技成果转化。这个过程注定十分漫长,需要一步一个脚印走准、走稳。“临泽就需要在这样的一条路上慢慢走出来、做起来,只有这样,才能实现‘凹凸棒石强县'的愿景。"王爱勤说。

18年来,王爱勤跑遍了国内凹凸棒石矿,先后3次去美国交流访问……这一切都是为了把凹凸棒石"琢磨"透。目前,王爱勤是国际上发表凹凸棒石SCI论文最多的作者,他连续两年入选全球高被引科学家榜单;他先后申请国家发明专利82件,其中获授权45件,并成功转化4个产品。他带领团队实现了基础研究、应用研究与产业化融通创新发展,形成了具有自主知识产权的技术创新链,中国凹凸棒石研发水平由此从"跟跑"变为"领跑"。

2019年1月8日上午,2018年度国家科学技术奖励大会在北京人民大会堂隆重举行。王爱勤团队"基于湿法凹凸棒石高值利用关键技术开发与应用"荣获2018年度国家技术发明奖二等奖。在王爱勤看来,这是对过去工作的肯定,但更是对未来工作的鞭策。

很多人喜欢用"点石成金"描述王爱勤对凹凸棒石产业发展的贡献。然而,王爱勤总是谦虚地说自己"没有那么神奇"。在他眼里,凹凸棒石高值利用是他的梦想:它有天然的纳米结构,它不可再生,还可以挖掘更多的用途,更要实现源于自然、用于自然、融于自然的应用理念……在王爱勤看来,他的研究和开发只是用自己的化学背景和视角,将矿物转化为功能材料,将实验室样品变为了产品,而这些都得益于学科的交叉和融合。

然而了解他的人深知,在实现矿物到纳米功能材料的背后,是王爱勤及其团队十八年如一日的执着探索与实践。正是因为扎根凹凸棒石,坚持从基础到应用、从研发到推广,并始终以解决市场需求为目标导向,才会取得今天"点石成金"的神奇成效。

张怀刚:破译高原小麦育种密码

秦 娜

1978年,青海省都兰县香日德镇春小麦种植创下每公顷产量674.46千克的全国纪录。这条振奋人心的消息一出,立刻在全国引起轰动。这个纪录背后有一个享誉全国的小麦品种,那就是由中国科学院西北高原生物研究所培育的“高原338”。

当年的这条“大新闻”,深深影响了一位远在蜀地的青年,他就是张怀刚。因为这条新闻,这位农家子弟高考时选择了农学专业;也因为这条新闻,他毕业后也进入由中国科学院西北高原生物研究所,走上了“艰辛而快乐”的小麦育种之路。

从“高原602”到“高原448”,从育种新手到行家里手……30多年来,张怀刚沉下心,扑下身,不断创新,专注于解密高原育种密码;30多年来,他始终坚守着那个最初的育种梦想,践行着“育种,创造美好生活”的人生格言,先后主持和参与培育了12个高产优质小麦品种,为西部地区经济社会发展做出了积极贡献。

从农村来,奔农业去

张怀刚研究员更愿意称自己是一个“搞农业的人”。他说:“我过去是农村娃,后来又搞了几十年的农业研究。”

张怀刚出生于四川省广安市的一个普通农村家庭,祖祖辈辈都是农民。1978年,正值中国恢复高考的第二年,年仅16岁的张怀刚站在了人生的拐点上。

当时,对一个农村孩子来说,高考是陌生的。面对专业选择,张怀刚无从参考,只是因为看到春小麦每公顷产量674.46千克的新闻,又听说国家对报考农业院校的考生有不少“优惠政策”,张怀刚就选择了农学专业,并顺利考上离老家不远的西南农学院(现西南大学),在农学系学习作物生产与育种。张怀刚入校后才知道,当时在育种界已经声名鹊起、后来被誉为“杂交水稻之父”的袁隆平院士,就毕业于西南农学院,而且是农学系的学长。

大学四年一晃而过,刚满20岁的张怀刚面临着就业选择。当时,有三个不错的选择摆在面前:一是留校任教;二是去农技站做技术员;三是去研究所从事育种研究。

“当时也综合比较过,但还是觉得育种研究更有社会意义,也符合自己的性格。”张怀刚回忆说。尽管主管毕业分配工作的老师再三劝他,搞育种很艰苦,但张怀刚还是决定从事育种工作。他说,当时的想法很简单,一来从小在农村长大,不怕吃苦;二来“高原338”的成功让经历过粮食短缺年代的自己,对小麦育种一直“心怀大志”,也对中国科学院西北高原生物研究所一直“心存好感”。

所以,他很乐意第一次“出远门”,前往上千千米之外的青海西宁,去中国科学院西北高原生物研究所工作。

张怀刚刚来时,生活上很不习惯:一是海拔高,冬天冷;二是面食多,大米少;三是离家远,思乡切。张怀刚还记得,当时按月供应伙食,每人每月15千克粮食,其中大米只供应1.5千克。由于大米紧缺,食堂每天早上只能供应稀饭。“那种稀饭是用前一天的剩饭煮的,其实就是稀溜溜的白开水泡饭,根本不顶饱。”这对成长于南方的张怀刚来说,确实“有点儿难过”。

不过,张怀刚很快就适应了生活上的困难,他从最基础的考种(一种考察种子品种特性的方法,一般考察项目有株高、芒长、穗长、千粒重等)做起,逐渐走上了育种研究之路。

要搞育种,先学种地

1982年9月,进所才一个月的张怀刚接到了一份“美差”:去福建漳州进行小麦加代繁殖。福建漳州是著名的“鱼米花果之乡”,对张怀刚来说,能去气候宜人的南方,尤其是能吃上白米饭,真是“比什么都开心”。

这也是张怀刚第二次“出远门”。可是到了漳州,他傻眼了。尽管过去在农村种过田,在学校也跟着老师了解过一些育种知识,但是真要自己下地种,却突然没了主意。

身边没有老师,也没有同事,更没有像现在发达的通信条件能随时咨询,而且当时带了很多不同的小麦育种材料,眼看国庆节过完了,再不种就错过了时节,张怀刚只好硬着头皮播种。

那是他工作之初遇到的“最大挑战”,“种子都是研究人员辛辛苦苦培育出来的,有些种子已经培育了许多年,如果被我‘种坏了’,是多大的损失啊!”张怀刚愁得几天睡不好觉。

没有老师就自己学,没有帮手就自己干。张怀刚把种子全部搬出来,在原有基础上进一步完善登记造册,然后对着记录本将种子一行行排列整齐,最后来到整好的地里,根据种子类型逐一点播……就这样,他几乎无师自通,把种子全都播种下去了。

然而,种子播下去了,却迟迟不出苗,这可把张怀刚吓坏了。下地一看,原来是因为秋天雨水少,地里十分缺水。考虑到当地是沙壤土,漫灌不但会破坏土壤,还会导致串苗,甚至直接破坏地里的种子,张怀刚就一窝一勺地浇灌。水源地距离试验田很远,他一遍遍担水,一勺勺浇地,小心“照顾”着那些种子。

就这样,凭着年轻人的一股子韧劲儿,张怀刚硬是把麦子种活了。他笑着说:“看到种子发芽的那一刻,像小时候吃到糖果一样幸福。”

次年三四月,麦子成熟了。此时的漳州雨水很多,直接影响麦子收获。在当地老乡的帮助下,张怀刚组织了抢收。和播种时一样,分类分批收割,然后打麦装袋,并登记造册。然而,雨季收割的麦子含水量高,如果储存不当,就会发芽或霉变。为了保住这些来之不易的种子,张怀刚突发奇想,发明了一个“种子晾晒机”。他在仓库里弄了一台风箱,调好控制温度,将种子放入其中一颗颗风干,因为风干后的种子才是安全的种子。最后,直到把所有种子都风干储存好,张怀刚才安下心来。

无意间,张怀刚这一趟“长差”干了一件大事。

张怀刚说:“我种的那批种子里有一个重要的品种,叫‘高原 602’,后来取得了非常大的成功。”“高原 602”是张怀刚的博士生指导老师陈集贤研究员历时十余年配制的杂交组合和精心选育的品种。张怀刚在漳州繁育出充足的种子,为后来扩大试验示范,加快推广应用奠定了基础。“高原 602”先后被推广到新疆、西藏、青海、甘肃、宁夏等地,累计种植 1 340 万公顷,增产粮食近 6 亿千克。1992 年,“高原 602”荣获青海省科技进步一等奖;1996 年,又荣获国家科技进步三等奖。

“这在春小麦育种领域是非常难得的成就！”张怀刚自豪地说。

扎根泥土，精心培育

“育种是一个漫长的过程，一粒种子从早期培育到大面积应用推广，有时需要几年、十几年，甚至一辈子的时间。”张怀刚说。

一粒种子，除了对产量有要求外，还有很多其他要求，比如抗倒伏、耐旱抗寒、抗病虫害、营养价值，以及品种适用性等。在张怀刚看来，育种的艺术性就在于要在这诸多的要求中，精挑细选、分析培育新的品种。

张怀刚介绍，小麦株高不仅影响小麦的光合作用，也会影响小麦抗倒伏能力，以及对田间肥力的综合利用。他们曾在西宁附近的平安县试验一个品种，基本可以将株高控制在80厘米左右，“我们觉得这个品种很好，就拿到别的地方推广试种，结果一试就倒了”。仔细研究才发现，两块地的肥力有很大差别，新推广地块的肥力很足，以致麦苗疯长，随便就蹿到约100厘米了。

“这就给我们提了个醒，种子的培育是一个综合系统，海拔、气候、土壤、株高、营养及抗病虫害等，需要综合观察、判断。”张怀刚说。为了开展综合研究，张怀刚在西宁及其周边地区建了很多实验点，有时还要长途跋涉到很远的地方进行样本采集。

后来，随着担任的行政职务越来越多，张怀刚也越来越忙，但是育种始终是他放不下的事业。每年六七月，种子快成熟的时候，他几乎每天都要去地里踏勘。“不管白天行政工作有多忙，下班后他都要赶到几十里外的试验田观察种苗，经常一待就是一两个小时。”张怀刚的学生刘宝龙回忆说。遇到周末，张怀刚就在实验站住上两天，直到把问题搞清楚了才返回。就这样，春夏秋冬、寒来暑往，张怀刚像养育孩子一样精心培育种子。

有一年九月，张怀刚带着刘宝龙等人外出采样。他们从西宁出发，沿着青海湖到柴达木盆地，再绕道祁连、同德等地返回西宁，整个行程约3 000千米。一路上，张怀刚既当司机又当老师，还要当“保姆”，每天开车几百千米，还为学生讲授知识、答疑解惑，学生的吃住用度也全都由他负责。“我们每天7时出发，18时以后才能回到驻地，晚饭后还要整理材料直到深夜一两点。”刘宝龙回忆。就这样连轴转了十多天,张怀刚对科研的认真态度和对大家的爱护令学生们深受感动。

靠着"把育种当艺术"的精神,张怀刚把小种子做成了大学问。他先后发表论文 110 篇,参与编著 6 部著作,获得授权专利 2 项,制定标准 4 项;作为主要完成人,他荣获省部级科学技术进步奖一等奖 1 项、三等奖 1 项;他主持或参与培育的高产优质小麦品种多达 12 个,并在青海、新疆和甘肃推广应用,产生了较好的社会效益和经济效益。

探索创新,提高品质

"育种,创造美好生活",这是张怀刚的座右铭。

张怀刚说:"中华人民共和国成立之初,中国人首先要解决吃饭的问题,所以老一代育种人始终以增产为目标。"他心心念念的"高原 338"之所以影响很大,就是因为它创下了全国亩产新纪录;他参与选育和推广的"高原 602",之所以能获得国家科技奖,也是因为它"增产显著"。但是,随着人们生活水平提高,育种人渐渐发现,产量只是一个方面,品质越发成为更高的追求目标。

在张怀刚看来,不断满足老百姓对美好生活的实际需求,是育种人责无旁贷的使命。

张怀刚举例说,北方人爱吃面,尤其爱吃拉条子,但是拉条子对面筋的含量要求很高。早期一些小麦品种,尽管产量很高,但用它们加工制作的面粉不仅黏牙,而且没有筋道,不宜做拉条子。然而,他参与研制的"高原 448"却在无意间突破了这个问题。最开始考虑到北方缺水,张怀刚和团队希望研发出节水的新品种,等他们培育出"高原 448"后却发现,它的湿面筋含量高达 32%,"面条评分"远远高于对照品种。"这就等于解决了老百姓对'拉条子'的现实需求。"张怀刚笑着说。

口感、筋道是一种需求,营养价值则是更高的生活需求,要满足这些更高的需求,育种人还得不断探索。

刘宝龙的博士论文《小麦品种"高原 115"紫色籽粒中花青素合成调控机理研究》就属于这一类创新研究。他介绍说,"高原 115"是一个紫色籽粒状的新品小麦,这个品种含有人体所需的钾、钙、镁、锌、铁、硒等微量元素,同时富含别的小麦品种所没有的花青素,而后者具有极高的抗突变、抗氧化等营养价值。刘宝龙至今还记得张怀刚当时“劝”他做课题时说的话，“老百姓既要吃饱肚子，还要追求口感，但未来一定是追求营养价值，花青素有营养，我们应该好好研究。”

如今，张怀刚团队不仅深入研究尖端的分子育种技术，破解小麦育种的一些基础难题；还拓展到三江源生态保护领域，研究青藏高原特有“青稞种”的生态价值，培育高产优质的饲用燕麦新品种，以及既能耐高寒、固水土，又能“食草两用”的“小黑麦”品种，为地方经济社会发展和三江源生态环境保护做出了积极贡献。

张怀刚从一个普通农村娃，一步步成长为农业学科的带头人。回顾30多年的科研生涯，他用两句话总结：一句谈事业，“科研总归要立足于国家、地方和人民的需要”；一句谈自己，“一生与种子相伴，挺好”。

王猛:探秘原子世界

秦 娜

“氢、氦、锂、铍、硼,碳、氮、氧、氟、氖……”这是很多人都会背的“元素周期表”。自然界由元素组成,构成元素的基本单位是原子,要认清世界,就必须搞清楚原子的结构。对原子来说,原子核是其最核心的部分,占整个原子质量的99.9%以上,质量是描述原子核最基本的参数之一。因此,原子核的质量测量成为物理学研究中最基础的工作。

在中国科学院近代物理研究所,就有这样一位科研人员,他“沉醉”于奇妙的原子世界,不断探索原子世界的秘密,精准测量原子核的质量,为人类更清晰地认知微观和宏观物质结构提供了可能。他就是王猛研究员。

在基础研究领域坚守二十余年,王猛所在的团队成功挑战世界级物理学难题,制造出可以精准测量短寿命原子核质量等时性质量谱仪,并测量了16个原子核的质量,提高了20多个原子核的质量精度。在王猛的努力下,国际原子核质量评估中心成功落户中国科学院近代物理研究所,中国原子核测量因此有了国际话语权,“原子核质量中国说了算”更是被传为佳话。

一脚踏入原子世界

王猛,河南淇县人,中国科学院近代物理研究所研究员,CSR精细核谱学组副组长,主要从事原子核质量测量和评估工作。

说起来兰州工作,王猛开玩笑说:“我是被‘忽悠’来的。”1997年,在天津就读南开大学物理系大三的王猛,开始面临人生的一个选择——到底去哪里读研?

在他迷茫的时候,中国科学院近代物理研究所的老师到南开大学招生,鼓励他报考中国科学院近代物理研究所，并告诉他这里是中国核物理研究的中心之一。在老师的描绘中，王猛开始憧憬美好未来。就这样，冲着中国科学院近代物理研究所的名气，怀揣梦想的王猛来到了兰州，从此与这座城市结下不解之缘。

“来了才知道，老师真没忽悠我！”回想20多年在兰州的经历，王猛不禁感叹。

创建于1957年的中国科学院近代物理研究所，是一个依托重离子加速器大科学装置，从事重离子物理基础和重离子束应用研究、相应发展先进粒子加速器及核技术的基地型研究所。研究所建所60多年，承担建设了国家多项大科学工程及中国科学院A类战略性先导科技专项，取得了约660项科研成果，是在国际上有着重要影响的重离子科学研究中心。

在王猛的眼里，这里简直就是“中国核物理研究的圣地”。

读研至今，王猛一路干得顺风顺水。正如王猛所说：吾之有近物所，犹鱼之有水也。他感觉自己来到近代物理研究所，就像一条鱼终于找到了适合自己生存的那片水域，可以在自己喜爱的科研工作中恣意畅游。

“我们近代物理研究所有一个秘密武器——重离子加速器冷却储存环(HIRFL-CSR)。”王猛自豪地说。CSR是中国高科技领域的一项重大成果，是继德国GSI之后的又一个大型国际性重离子冷却储存环装置。借助这个秘密武器，王猛在原子世界里大展拳脚，并一步步实现着自己的梦想。

创新原子核质量测量方法

“在核物理领域，几乎所有研究与应用都与原子核质量密切相关。”谈起自己的工作，王猛滔滔不绝。

原子核质量是描述原子核最基本的参数。理论预言，自然界束缚的原子核有7 000~8 000种。经过百余年的发展，人类已发现、合成并鉴别了约3 200种原子核，目前约有2 500种原子核的质量得到了测量，剩下的约5 000种还有待进一步实验测量。搞清楚这些待测量原子核的质量，就是王猛和团队的主要工作。

“自然界的很多未知领域，都可能在这里被发现或被重新定义。”王猛介绍说，“原子核质量的测量，是人类继续认识自然和改造自然的起点。”一方面，高精度的原子核质量数据不断深化着人们对核结构和基本对称性的理解；另一方面，在核天体物理中，精确的原子核质量是研究星体演化和元素合成过程理论模型的关键输入参数。因此，原子核质量测量结果极大地促进了人类对微观和宏观物质结构的认识。

然而，原子核的测量并不那么容易，有人用“在一架空客 A380 上去分辨一个U 盘的质量”来形容它的精度和难度。

“这个比喻很形象，原子核质量测量确实很难。”王猛说，“比起我们肉眼看到的物质，原子核实在太小、太轻、太快了。以我们新合成的核钴 51 为例，2×10^{20} 个钴51 还没一粒小米重，而它的寿命却只有 100 毫秒。所以，我们必须得找到一个精准的‘秤’，并且在非常短的时间内捕捉到原子核。”因此，王猛视“精准”为原子核质量测量的生命，在捕捉到原子核的同时要精准地测出它们的质量，搞清它们的结构，最后还要接受国际同行的检验。

在物理学界，曾经最灵敏也最常用的“秤”是离子阱。包括美国、德国、芬兰、加拿大等很多国家都用离子阱来测量原子核。然而，离子阱通常只能测量那些比较稳定且寿命较长的原子核，对那些低产额、短寿命的原子核的测量则比较困难。而目前未知质量的原子核主要就是后面这一类，它们位于远离稳定线的放射性核区，包括中重质子滴线区、丰中子核区和超重核区。对这些未知原子核的质量测量，成为物理学近三十年来最大的挑战之一。

然而，王猛等人借助近代物理研究所的优势科研条件，找到了中国人破解这一难题的新办法。他们利用兰州重离子冷却储存环 CSR，成功制造出了可以测量短寿命原子核质量的“秤”——等时性质量谱仪，其精确度可以达到 10-7。等时性谱仪的原理是测量离子在储存环中的循环周期，从中提取其质量。离子的速度有分散，但在储存环中运动的离子，磁钢度较大的总是在较长的轨道上运行，而磁钢度较小的运行轨道较短，通过环的特殊设置，对目标离子可以使轨道长度的差异正好抵消速度上的差异，从而使其循环周期不依赖于速度大小。这样，借助储存环的等时性工作机制，就可以精确测量核质量。

借助这个精准的测量工具，王猛和他的团队测量了 16 个原子核的质量，提高了约 20 个原子核的质量精度。2011 年，《Nature Physics》杂志还曾在“News&Views”栏目专门发表述评，对中国科学院近代物理研究所在 HIRFL-CSR 上开展的原子核质量测量成果给予了高度评价。

原子核质量中国说了算

相较于原子核的质量测量，质量评估则是一件更为基础性的工作。“国际上从事原子核质量测量的机构有很多，大家有不同的测量手段，得出的结果可能也会不一样，这就需要评估各种测量数据的结果。”王猛介绍说。

2008 年 11 月 17 日，对王猛来说是个难以忘怀的日子。时任中国科学院近代物理研究所所长的肖国青研究员与法国原子质量评估与原子质量数据中心主任 Georges Audi 教授签订合作备忘录，标志着国际原子核质量评估工作的重心从法国转移到了中国。

促成这项重要决议的“牵线人”，正是王猛。

此前，在南京召开的一个小型国际研讨会上，王猛遇到 Audi 教授。作为法国国家科学研究院(CNRS)核谱质谱研究中心(CSNSM)的主任研究员，以及国际原子质量数据中心(AMDC)的主任，Audi 教授长期从事原子质量评估工作(AME)。

当时，他正在世界各地寻找原子质量中心的托管单位。

在这个研讨会上，王猛用英文报告了中国科学院近代物理研究所在原子质量测量方面的工作成果。报告引起了 Audi 教授的密切关注，同时考虑到中国科学院近代物理研究所已经开展的储存环和彭宁离子阱质量测量等方面的研究工作，Audi 教授认为中国科学院近代物理研究所非常适合开展原子质量评估工作。就这样，双方几乎“一拍即合”，完成了国际原子质量评估的“华丽转身”。

从此，王猛和他的团队新增了一项工作——原子质量评估。

一时间，“国际原子质量评估中心移交中国”“原子核质量中国说了算”等话题见诸各大媒体，王猛团队的这项工作成了社会各界关注的焦点。

在王猛看来，原子核的质量评估是一项非常严谨的工作。“质量评估是一项最基础的工作，相当于编制‘字典’一类的工具书。我们的任务就是对各种测量数据进行评估，并把可靠数据汇总起来，为后续研究提供便利。”王猛介绍说。这项看似基础性的工作却有着“世界级”的学术价值，从学术积累的角度看，说它“功在当代、利在千秋”也不过分，因为后人在研究这些原子核的时候，必须参考这些已有的研究数据。

2017 年,历时近八年,由王猛牵头编撰的《原子质量评估 2016》在《Chinese Physics C》上正式发布。这份报告共收录实验数据 13 035 条,并从中挑选出可靠且精度较高的实验数据 5 675 条作为有效地输入数据。经过评估,推荐了基态原子质量 3 435 个,包括 2 497 个原子核的实验数据和 938 个外推质量。

这是中国人在国际原子质量评估工作中提交的第一份重量级答卷。

面对这份厚重的答卷, 王猛却很淡然。他说:“报告最直接的效应是提升了《Chinese Physics C》这份中国期刊的国际影响力,出版至今被各类引用约 400 次。由于原子核质量在原子核结构、核天体物理及核能开发等领域的广泛应用,AME 已经成为核物理界引用频率最高的科学数据。”

2018 年底,英国物理学会颁布“2018 英国物理学会高被引中国作者奖”,这一奖项对 2015—2017 年在 IOP 期刊发表的所有论文进行评选, 对被引次数在所属领域排名为前百分之一的论文通讯作者进行表彰,王猛成功入选。

在很多人看来,搞基础研究不如应用研究有显示度。可在王猛看来,基础研究是创新之源,更要关注它的长远价值。他说:“我们做的是核物理领域最基础的工作,看似和日常生活没有直接联系,但往往很多年以后才能看到它的实际用处。”

求准,求实。这是王猛一贯的科研态度,也是他的人生准则。王猛常说:做基础研究必须实事求是,追求极致,因为它很重要,不能出一点错。“尤其在现在,我们拥有这么好的科研条件,理应在年轻的时候踏踏实实做点事情。”王猛深有感触地说。而这也一直激励着他在基础研究领域不懈奋斗。

创新跑出“加速度”

秦　娜

“东方红一号”在酒泉卫星基地成功发射,使中国成为世界上第五个用自制火箭发射国产卫星的国家;兰州重离子加速器的建成,使中国跻身重离子物理研究大国;金昌“镍闪速熔炼炉”书写亚洲第一炉传奇;离子电推进系统引领中国航天器进入电推进时代……回首70年,甘肃科技创新精彩无限,一项项重大科技成果被载入史册。

70年来,从“科学技术是第一生产力”到“创新是引领发展的第一动力”,从科教兴省战略到创新驱动发展战略,从增强自主创新能力到建设创新型甘肃,甘肃科技事业实现了历史性、整体性、系统性重大变化,为经济社会发展提供了强有力的科技支撑。

目前,甘肃省科技对经济增长的贡献率达到52.8%,综合科技进步水平居全国第18位、西部第4位,居全国第二梯队。甘肃以全国第23位的科技投入取得第14位的科技产出,创造出欠发达地区的“发达现象”。

辉煌七十年:科技创新跑出“加速度”

起步于第一个五年计划,在“科学的春天”里快速发展,又在党的十八大后创新发展,回首甘肃科技创新走过的70年,每一步都坚实而充满力量。

中华人民共和国成立之初,甘肃科技事业迅速进入组建和发展阶段。当时,国家从各省市抽调了大批专业技术人员支援甘肃工业建设,成立了中国科学院兰州分院,在交通能源、地质勘探、农业等方面贡献了科技力量。特别是工业领域,“一五”期间,中央将全国156个重点建设项目中的16个布局在甘肃,项目建设过程中,科技发挥着至关重要的作用。

1962 年,国家全面启动三线建设,航天、航空、电子等工业兴起,中国科学院兰州分院冰川冻土研究所、沙漠研究所,中国农业科学院中兽医研究所先后在兰州成立,为甘肃增添了一支水平高、实力强的力量,增加了一些新的科学技术领域。

历史的车轮转到了 1978 年,全国科学大会提出了“向科学进军”的伟大号召,科技事业由此迎来了“科学的春天”。很快,甘肃省科学技术厅、甘肃省科学技术协会陆续恢复,甘肃省科学院成立,全省科技工作呈现出全新局面。1995 年 11 月,随着“科教兴省”战略的提出,全省科技体制改革进一步深化。到 2006 年,甘肃省逐步确定了走自主创新道路、建设创新型甘肃的战略目标。

2012 年,党的十八大召开,科技创新被摆在国家发展全局的核心位置。

2013 年以来,甘肃省实施创新驱动发展战略,推动形成了全面深化科技体制改革的创新局面。

70 年间,全省科技人才数量、科技投入大幅增加。最新数据显示,到 2017 年底,全省企事业单位专业技术人员总量发展到 58.07 万人,是中华人民共和国成立初期的 290 倍。2017 年,甘肃省财政科技支出和 R&D 经费投入分别达到 25.83 亿元和 88.41 亿元,分别是 1995 年的 21 倍和 15 倍。

70 年来,甘肃科技事业持续稳步发展,科学技术进入了振兴时期,科技创新实现了从点的突破向系统性的提升转变, 科技成果实现了从量的积累向质的飞跃。2017 年,甘肃省专利年申请量达到 24 448 件,较 1985 年增长了 181 倍;专利年授权量为 9 672 件,较 1986 年增长了 110 倍。改革开放以来,甘肃省主持完成的 186 个项目获得国家科学技术奖,全省共取得省级科技成果 17 429 项,授予省级科技成果奖 4 364 项。

更令人骄傲的是,甘肃省在冰川冻土、地质勘探、重离子物理、石油化工、有色冶金、装备制造、生物制品、军工装备、航天航空、旱作农业等领域研究及成果已处于国内领先和国际先进水平。

甘肃省科学技术厅厅长史百战说,党的十八大以来,甘肃省委、省政府坚定实施创新驱动发展战略, 不断强化科技创新对建设现代化经济体系的战略支撑,全省科技创新呈现出科技热度高、创新产出高、创新态势区域明显等特点,科技创新走在经济社会发展的前端。

深化改革:科技创新引领高质量发展

走进天水华天电子集团股份有限公司(简称“华天集团”),巨大的厂房、精密的设备、忙碌的技术人员,到处都是一派繁忙的景象。

作为国家战略性新兴产业,华天集团产品已涵盖塑封集成电路、半导体功率器件等十大类约1 000个品种,广泛用于航空、航天、船舶以及各种消费电子产品等领域,并为“嫦娥三号”“天宫一号”“神舟”系列飞船等多个国家重点项目提供大量高品质产品。目前,在全球集成电路封装行业中,华天集团排名第六,半导体封装技术居国际先进、国内领先水平。到2018年底,集团总资产突破180亿元。

“华天集团的成长就是一部科技创新发展史。”华天集团副总经理徐冬梅说,通过实施“科技兴企和人才强企”战略,企业持续深化科技管理体制改革,科技创新能力不断增强,新产品、新技术及科技成果数量逐年增多。

“以持续的改革创新推动企业不断向前发展,企业的发展在路上,改革创新就永远在路上。”徐冬梅道出了企业发展的“秘籍”。

华天集团的发展是甘肃省科技领域改革创新发展的一个缩影。回顾甘肃科技创新70年,每一步发展都离不开“改革”二字。

向深化改革要动力,向科技创新要活力。党的十八大以来,甘肃省围绕创新驱动发展战略,深入推进科技体制改革,特别是系统推进了科技管理方式、资源优化配置与共享、科技奖励制度、知识产权保护、人才激励评价、成果转移转化等重点领域改革,促进了科技与经济融通创新,激发了创新创业活力。

2016年,被称为科技创新“黄金30条”的《甘肃省支持科技创新若干措施》发布,“剑指”制约科技创新发展的诸多障碍和约束,鼓励通过奖励、股权激励、后补助等多种形式激发企业创新主体活力,同时鼓励放开科研单位、企业用人自主权,给广大科研人员松绑。此外,省级科技计划按照新计划体系启动运行,科技投入与企业和产业发展结合得更加紧密。

通过持续不断地推进改革,扎实落实改革举措,企业创新主体地位得到进一步强化,企业内生动力显著增强。高新技术企业的快速发展就是最好的佐证。据统计,甘肃省高新技术企业从2015年的320家增加到2018年的897家。《中国区域科技创新评价报告 2016—2017》显示,甘肃省高技术产业增加值达到 46.24%,位列全国第三。知识密集型服务业成长迅速,知识密集型服务业增加值占生产总值的比重排名跃升到第十位。

目前,以装备制造、电子信息为特色集群的天水高新技术产业发展势头强劲,高新技术产业化指数达到 82.34%,带动了企业发展模式加速转变。高新技术产业规模和集成度不断提高,为十大绿色生态产业发展,以及甘肃经济社会发展和产业转型升级提供了有力支撑。

开放合作:区域创新能力显著提升

近年来,甘肃自然能源研究所的便携式太阳能移动电源、便携式太阳能一体化路灯等太阳能新产品的国外市场不断增加。目前,这些新产品已试销到美国、尼泊尔、约旦、巴基斯坦以及中亚塔吉克斯坦等国。

甘肃自然能源研究所所长周剑平介绍, 依托在太阳能技术研究领域的优势,研究所在原有技术产品的基础上,积极研发低碳环保的产品链和民用产品,产品受到了"一带一路"沿线国家和地区的欢迎。更让周剑平高兴的是,研究所形成了从基础研究到产品产业示范和产品国际化推广示范的成果转化新模式,创新能力特别是在"一带一路"沿线国家和地区的技术输出能力大幅提升。

"一带一路"建设是甘肃发展的最大机遇。近年来,依托"一带一路"搭建的重要平台,甘肃科技越来越多地走出去,在输出先进技术和产品、服务更多国家的同时,也寻求到更多的机会。

目前,在太阳能、风能等新能源、荒漠化治理和生态保护与修复、食品分析检测加工工艺、节水高效农业生产技术及装备等领域,甘肃省一批科研机构已与中亚、南亚、东南亚等"一带一路"沿线国家建立了稳定的合作关系。通过推进建设"丝绸之路"科技走廊,先后与意大利、德国、俄罗斯、波兰、匈牙利等国家在航天工程材料、动物疫病防控等领域开展技术转移合作,引进关键应用设备,共建联合实验室。

党的十八大以来,借助一系列"国字号"平台,甘肃科技创新走出了开放合作发展之路,带动区域创新能力显著提升。

2014 年 11 月,科学技术部批准甘肃省建设兰白科技创新改革试验区。近五年来,随着“3510”行动深入实施,“六个一百”企业技术创新工程持续推进,试验区建设已取得阶段性成效。截至 2017 年底,兰白试验区高新技术企业达到 359 家,其中战略性新兴产业骨干企业达到 43 家,占全省的 55.8%。2017 年,兰白试验区开发战略性新兴产业增加值占 GDP 比重达 11.41%,成为甘肃省改革创新的先行先试区。

2018 年 2 月,兰州白银国家自主创新示范区获国务院批准建设,成为全国第 19 个国家自主创新示范区。围绕兰白自创区“五区”定位,甘肃省与上海张江东西部区域创新合作进入全新阶段。引进先进理念,借鉴先进做法,打造政策高地、集聚创新资源……在探索欠发达地区通过科技创新实现跨越发展的新路径上,兰白自创区的步伐越来越快。

在兰白自创区、兰白试验区的带动下,2018 年全省累计登记省级科技成果 1 176 项,其中 245 项应用技术成果实现产业化,共创造经济效益约 600 亿元,净利润超过 93 亿元。以兰白试验区为核心,辐射带动酒嘉、金武、天水、陇东的区域创新体系正在加速形成。

全面共享:科技创新成果惠及大众

2019 年 9 月,从武威重离子中心传来好消息:中国首台自主知识产权的重离子治癌装置“医疗器械注册”和“甲类大型医疗设备配置许可”工作已进入最后冲刺阶段,预计年内能够实现临床应用,这意味着中国重离子治癌技术领域即将实现“零的突破”。

1993 年,依托中国第一台大型重离子研究装置——兰州重离子加速器,中国科学院近代物理研究所开始重离子治癌的基础研究,并陆续开展了重离子治癌的安全性和有效性科学试验。中国由此成为继美国、日本和德国之后世界上第四个自主实现重离子治癌的国家。

目前,除武威、兰州重离子治癌项目顺利推进外,武汉、天津等地也已有合作意向。可以预见,未来重离子治癌技术与装置将造福更多患者。

70 年来,以重离子治癌技术和装置为代表的一大批民生领域科技成果的研发应用,给人们带来了实实在在的获得感和幸福感,让人们共享了甘肃科技进步的成果。

党的十八大以来,甘肃省将民生科技摆在更加突出的位置,专门在甘肃省科技计划项目体系中设立了省级民生科技计划专项。几年来,甘肃省共投入1.24亿元,支持民生科技计划项目共182项,大幅提升了相应领域的科技创新能力和成果转化应用能力,让科技创新成果惠及广大人民群众。此外,其他民生类科技计划项目、“千项技术惠民”行动的实施,在精准扶贫、普惠健康等领域有力支撑和改善了民生。

公共安全领域,食品安全快速检测技术、自然灾害防灾减灾技术新产品成功研发并得到推广;生态环境领域,防沙治沙关键技术研究取得突破,有力支持了祁连山生态保护工作……民生科技已经在陇原大地形成了“多点开花”的局面。

2019年7月,作为“三区”科技人才专家团成员,甘肃省农业工程技术研究院魏玉杰研究员来到陇南市康县三河坝镇,为当地贫困户开展天麻种植技术系列培训。

脱贫就是最大的民生。在甘肃全面打赢脱贫攻坚战的第一线,活跃着许多和魏玉杰一样的科技人员,他们正在为精准扶贫贡献着科技力量。

通过实施科技扶贫“百千万”工程,甘肃省实现了6 220个建档立卡贫困村科技特派员全覆盖,创建农业科技示范村150个,培育科技示范户12 440个;通过推进科技特派员精准扶贫创新创业专项行动、“三区”人才支持计划科技人员专项计划,累计为60个县(区)选派“三区”人才7 087人次。大批科技人员扎根贫困村,开展技术示范,进行科技成果转化,带动农民增收致富。果园改造技术等一大批技术成果的集成应用与示范推广,为深度贫困地区产业发展提供了有力科技支撑。

打造西部地区创新驱动发展新高地的号角已经吹响,抢占“一带一路”技术制高点的思路已经明确。站在历史新起点上,我们有理由相信:甘肃科技创新,未来可期。

甘肃:借科技“东风”助脱贫攻坚

秦 娜

眼下,甘肃康源现代农业有限公司的首批养殖蚯蚓已到收购期。2019 年,天津一家企业向公司免费提供了尾菜养殖蚯蚓技术,扩大养殖后,不但能消耗部分尾菜,还能带来新的效益。

甘肃康源现代农业有限公司由新技术带来产业链的延伸,只是东西部扶贫协作开展的一项“小”成果。几年来,一项项新技术、新品种乘着“东风”,从天津、厦门、青岛、福州“翻山越岭”,落地甘肃并开花结果,让甘肃省贫困户、企业尝到了科技的甜头。

东西协作,双向发力。2017 年以来,甘肃省科技部门持续加强与东部四市的对接,创新工作举措,拓展扶贫方式,双方从产业合作、技术攻关、平台建设等方面持续开展协作,探索出了一条“输血与造血结合、支援与合作并举”的路径,为甘肃省脱贫攻坚注入了持久动力。

科技引领　产业转型升级驶入“快车道”

2019 年 11 月底,记者来到位于兰州市榆中县的甘肃康源现代农业有限公司,这是一家集农产品生产、销售、加工、采摘等于一体的现代设施农业公司。

“这样一个半斤包装的西蓝花在国内也就卖两三元,进入新加坡市场后能卖到 20 元。”公司副总经理王刚向记者介绍。过去,由于保鲜技术不配套,公司的蔬菜最远只能销往 1 600 千米范围内的京津冀地区。了解到这一情况后,天津市农业科学院向企业提供了“秘密武器”,解决了果蔬长途运输的烦恼。2018 年,企业的西蓝花、花椰菜等精品果蔬成功打入新加坡、马来西亚等东南亚市场。

原来,王刚所说的“秘密武器”就是天津市农业科学院的专利产品——气调箱。“以前,蔬菜运输过程中不能调温,中心位置温度过高,到达目的地后两三天就开始变质。使用气调箱后,可以在运输过程中形成微环境,有效延长果蔬保鲜期和货架期。”现在,就连百合、草莓这些“娇气”的果蔬也可以出口东南亚。

“小试牛刀”成功后,双方的“野心”也越来越大。围绕高原夏菜产业升级,2019年,企业与天津市农业科学院联合开展蔬菜品质提升科研项目。而关乎榆中县高原夏菜产业转型升级的产业链设计、整装项目实施等也都在进行中,全产业链循环农业模式正在加速形成。

据统计,3年来天津市宁河区累计向企业注资1 147万元,有效解决了企业的融资难问题,通过发展高原夏菜产业,带动456户贫困户和5个贫困村村集体经济稳步增加,贫困户稳定增收。

东西部扶贫协作,带给公司更多的还有理念的转变。企业变过去单打独斗式的分散经营为现在产业联盟化的“抱团发展”,整个运营模式也向国际化看齐。“如果没有天津的帮助,公司的转型就没有这么快。过去我们只顾着埋头搞生产,现在也知道抬头看外面的市场。”王刚说。

东西部科技扶贫协作,从一开始就瞄准了产业。通过前期征集梳理,甘肃省科学技术厅将受援10个市(州)提出的产业技术需求,面向东部四市进行了精准对接。2019年,东部四市科技系统共支持科技援甘项目36项,资金7 385万元,助推甘肃省优势特色产业快速发展。

创新机制　搭建脱贫攻坚“大脑中枢”

走进位于临夏州农业科学院现代农业试验站的“厦门-临夏农业科技研发中心”,气相色谱质谱联用仪等先进仪器设备应有尽有,科研人员正利用这些仪器进行实验。

临夏州农业科学院院长李建国介绍,为解决临夏州实验平台滞后的难题,2019年10月,厦门市科学技术局与临夏州科学技术局、临夏州农业科学院共建研发中心,厦门首期捐赠了价值400万元的仪器设备,为脱贫攻坚搭建了“大脑中枢”。

东西部扶贫协作开展以来,两地深挖合作潜力,厦门对临夏皮胎果等现有产业进行提质增效,对高附加值产业对接科技研发,目前在羊肚菌、中草药培育种植方面已初见成效,到年底将有一些小的成果从实验室走向示范田。

在临夏州农业科学院副院长郭青范看来,相关合作项目能够在短时间内落地,正是得益于厦门在体制机制方面的大胆创新。他介绍,在项目方面,采取同一项目两地共同立项的方式。2019年,厦门市科学技术局投入200万元,在临夏州设立了20个科技扶贫项目,并选派20名福建省亚热带植物研究所的科研人员负责项目,重点解决临夏产业发展面临的实际问题。

"临夏州皮胎果种植面积有33.5万公顷,目前只开发了皮胎果汁一种产品。"临夏州林业和草原局林木种苗工作站站长常承源,长期从事皮胎果的种植研究。他介绍,福建省亚热带植物研究所科研团队首次为皮胎果正名,将以前人们普遍使用的"啤特果"正名为"皮胎果",让当地果农树立品牌意识。科研团队还对三种不同品种的皮胎果进行了成分分析,为新产品研发做好了准备。

福建省亚热带植物研究所的"茶博士"团队,则把目光投向了临夏的紫斑牡丹。他们创新性地开发了牡丹花瓣茶、牡丹花红茶等茶叶新品。还有科研团队用牡丹萃取精油,陆续研制出防晒霜、面膜等系列护肤品,取得了不错的试用效果。

"通过创新机制,双方建立了有效的协作平台,在助力临夏脱贫攻坚的同时,也为乡村振兴工作奠定了基础。"郭青范说。

机制创新不仅仅来自东部。"2019年,我们在资金非常困难的情况下,设立了东西部扶贫协作专项,投入专项资金近1 000万元,就是为了强化项目支持力度,推进东部地区新技术、新成果在甘肃省落地见效。"甘肃省科学技术厅副厅长王彬介绍,今年专项支持了34项与东部有合作基础的项目,涉及青稞新品种示范、牦牛杂交改良等特色产业。

鱼渔兼授　创新发展增内生动力

说到定西农业,人们最先想到的是马铃薯、中药材。随着东西部扶贫协作的深入推进,不久的将来,由定西市农业科学院培育的食用菌、草莓等新品种将摆上人们的餐桌。

从2018年开始,针对定西市食用菌技术缺乏、菌种混杂等问题,福州市农业科学研究所开始向定西市农业科学院提供新品种和技术支持。2019年,双方共同建立了定西–福州食用菌联合实验室,成为定西市首个食用菌实验室。

在联合实验室里,记者看到部分食用菌新品种已经出菇。而在另一间实验室里,一排排草莓脱毒种苗长势良好。实验室负责人、定西市农业科学院副研究员谢淑琴介绍,两年来,定西市农业科学院从福州市农业科学研究所引进香菇等30个食用菌新品种以及食用菌母种保存技术,目前已试种成功,并与两家企业达成协议,将对选育出的新品种进行推广种植。同时,依托福州市蔬菜研究所,引进41个草莓新品种及茎尖剥离技术,建成了定西草莓脱毒种苗三级繁育体系。

“这两个项目的开展,填补了定西食用菌和草莓品种的空白,提高了我们的创新能力。”定西市科学技术局副局长付红说。过去,定西市种植食用菌、草莓的企业和农户都是从外地引种,今后企业可以就近引种,不但品质有保证,还将大大降低种植成本。

合作以来,双方互动频繁,在食用菌和草莓新品种培育的关键节点,福州的专家都会到定西,手把手教授关键技术。谢淑琴也从最初的食用菌研究“门外汉”,到现在已是半个行家。

事实上,东西部扶贫协作以来,通过技术引进、联合攻关,还有很多像谢淑琴一样的基层科研人员,实现了自我提升和转型,科技扶贫能力持续增强。

3年来,通过“引进来”和“走出去”相结合的方式,甘肃省与东部地区建立人才双向交流机制,为甘肃省贫困地区培养了一批科技人才,为高质量发展提供了智力支撑。仅2019年以来,全省科技系统与东部四市共培训交流约200人次。

王彬说,在东西部扶贫协作过程中,我们坚持“输血”与“造血”并举,加强了产业发展技术需求的精准对接和优势互补,不断深化合作领域和合作层次,真正将帮扶支援转化为贫困地区可持续发展的内生动力。

科技创新　跑出“加速度”

秦　娜

国内首台自主知识产权碳离子治疗系统获批注册上市、510 研究所新型离子电推进系统搭载“实践二十号”成功在轨验证；赵红卫当选中国科学院院士，王记增、石峰获得国家杰出青年科学基金资助……刚刚过去的一年，对甘肃科技来说是丰收的一年，一系列具有显示度的科技成果落地开花，一批科技人才在各自领域取得重要成果，引领甘肃科技创新跑出“加速度”。

2019 年，全省科技系统围绕全省中心工作，发挥兰州白银国家自主创新示范区等平台带动作用，突出推进脱贫攻坚和发展十大生态产业两大主题，主动服务各行各地，深耕科技创新创业，促进成果转移转化，着力“集聚、整合、激活、撬动”创新资源，优化科技资源配置方式，增加高水平科技创新供给，构筑发展新优势，打造发展新空间，科技创新对全省高质量发展的支撑引领能力持续增强。

数据显示，甘肃省科技进步对经济的贡献率达到 52.8%，研究与试验发展经费投入强度 1.18%。2019 年全省共登记科技成果 1 479 项，较 2018 年增长 25.51%，284 项应用技术成果实现产业化应用，共创造经济效益 517.07 亿元。

打通堵点，促进科技成果转移转化

记者：甘肃科技教育资源丰富，如何将这种资源优势转化为经济发展的优势？

朱晓力（甘肃省科学技术厅党组成员、副厅长）：关键在于增强科技与经济的黏合度，其中，推动科技成果加速转移转化尤为重要。去年以来，针对科技成果转移转化不顺畅等难题，全省科技系统深入实施科技成果转移转化直通机制，甘肃省科学技术厅与甘肃省财政厅联合印发了《落实关于建立科技成果转移转化直通机制的实施意见奖励措施实施方案(试行)》,并首次举办全省科技成果转移转化现场会,对年度促成在甘落地的技术交易合同额达到标准的综合服务平台、服务机构,以及科技成果转移转化取得良好效益的企业进行奖励,下达 2 000 万元专项资金。

2019 年,甘肃省共登记各类技术交易合同 5 921 项,技术合同成交额 196.4 亿元,比 2018 年增长 8.6%,超额实现了预期目标。其中,成交额千万元以上的重大技术交易合同 358 项,总成交额为 147.36 亿元。总体来看,技术成果的附加值明显提高,重大科技成果交易平稳增长,技术交易对全省经济发展贡献有所增强。

记者:过去一年,在打通科技成果转移转化"最后一公里"的过程中,科技系统进行了怎样的探索?效果如何?

王晓光(甘肃省科学技术厅成果处处长):我们探索出了成果转移转化新模式,形成了以中国科学院兰州化学物理研究所为代表的"生产线循环转移+基础研究"、兰州大学为代表的"存量知识产权运营"、兰州理工大学为代表的"成果收益权创新混合所有制"、金川集团股份有限公司为代表的"利基市场+个性化产品+协同研发"等成果转移转化新模式,这些符合各自实际且行之有效的成果转移转化模式,给更多科研机构、高校等提供了可借鉴的范本。

去年,我们还将培育新型研发(转化)机构作为重点,力求打通产学研和资本的全链条通道,构建新型创新体系。目前,已认定兰州大学白银产业研究院等 11 家第一批新型研发机构,培育了 9 家。这些新型研发机构构建了政府、高校院所与企业之间的制度性通道,聚焦科技创新需求,主要从事科学研究、技术创新、研发服务和科技成果转移转化,集成科研、孵化、融资等功能,在共享创新资源、加速成果转化方面成效显著。

高位推进,兰白国家自创区建设提速

记者:过去一年,我们是如何打磨兰州白银国家自主创新示范区这块"国字号"招牌的?

葛建团(甘肃省科学技术厅副厅长):2019 年,甘肃省将兰白国家自创区建设作为"一把手"工程,举全省之力推进协同建设。一是持续优化创新政策供给,甘肃省委、省政府把政策先行先试作为推进自创区建设的根本保证,出台了支持自创区建设的40项具体措施。同时,兰州高新区出台了“1+4+7”政策体系,白银高新区构建起“3+2+10”创新驱动政策体系。兰州、白银高新区成功申报获批中央支持创新创业特色载体并获得资金支持7 700万元。这些举措极具含金量,为兰白自创区创新发展提供了有力的政策保障。二是支撑优势产业,围绕自创区战略定位,实现区划功能科学布局和产业错位协同发展,打造形成石油化工千亿元级和一批百亿元级产值的产业集群,并鼓励和支持创新要素向酒嘉、金武、天水、陇东等省内产业创新集群延伸扩散。三是加大招商引资力度,围绕十大生态产业发展,兰州高新区、白银高新区先后引进(签约)58个项目、总投资近515亿元。

记者:截至目前,兰白国家自创区建设取得了哪些成效?它的建设对全省科技创新发展发挥了怎样的作用?

马锟(甘肃省科学技术厅区域处处长):随着兰白国家自创区建设提速,区域经济效益不断提升。截至2019年底,自创区生产总值预计达到391亿元,比2017年增长近12%。从创新主体培育来看,自创区高新技术企业达到342家,比2017年增长27.7%。与此同时,产业落地步伐明显加快。2019年,兰州高新区成立了兰州肽谷研究院,建设应用型兰州肽谷生物医药国家重点实验室,与维昌国际集团建设中以(兰州)绿色产业园,以“一谷五园”建设为核心,先后与10家企业签约,签约总额超过136亿元;白银高新区推进重点项目41个,总投资226.63亿元,大数据产业中心项目、5万加仑芯片级光刻胶项目等,填补了白银地区产业空白。

多方施策,人才第一资源引领作用凸显

记者:人才是第一资源,2019年,我们在引进急需科技人才等方面采取了哪些措施?

巨有谦(甘肃省科学技术厅党组成员、副厅长):2019年,我们持续加强科技人才培育和培养,依托国家和甘肃省重大专项、重要工程和重点领域开展引才引智工作,精准对接十大生态产业发展需求,推动引进高端外国人才项目提质增效,科学技术部批准甘肃省外国专家项目计划11项,另有2个项目入选国家第九批“高层次计划”外专项目。2019年,甘肃省共引进生态保护、工程材料、现代农业、医药

卫生等领域各类高层次人才近200人次，涉及欧美等10多个国家和地区。

2019年也是甘肃省与“一带一路”沿线国家人才交流合作最活跃的一年，一批科研院所与“一带一路”沿线国家开展创新合作，推进发展中国家杰出青年科学家来华工作计划等合作交流项目落地。与新加坡易通机构开展合作，促成甘肃省生产力促进中心与新加坡易通机构签署了共建“新加坡-甘肃引才引智及人员培训平台建设框架合作协议”，双方在平台建设、互访交流、人员培训等方面开展合作。此外，甘肃省持续优化人才环境，加大人才服务保障力度，让更多人才留得住、用得好，去年共有7位外国专家获得甘肃省人民政府颁发的“敦煌奖”。

记者：科技人才在打赢脱贫攻坚战发挥了哪些作用？

王彬（甘肃省科学技术厅党组成员、副厅长）：过去一年，我们探索完善了科技特派员选派管理制度，推动建立微观领域利益共同体，选派科技特派员9 785名，通过“高位嫁接、重心下移”，解决农民生产经营中的科技难题，助力打赢脱贫攻坚战和推动乡村振兴。同时，积极争取国家在“三区”人才科技人员专项计划中持续加大对甘肃省倾斜支持力度，获得支持经费2 752万元，选派“三区”人才1 300人，培训本土科技人才234人，其中经费、选派人数与2018年相比，分别增加148万元、72人。

记者：在优化科技人才发展环境和科技人才培养方面，甘肃省取得了哪些成效？

傅小锋（甘肃省科学技术厅党组成员、副厅长）：2019年，我们开展了人才评价改革和清理“唯论文、唯职称、唯学历、唯奖项”专项行动，出台优化科研管理提升科研绩效若干措施，制订完善有利于创新的评价激励制度，赋予科研人员更大技术路线决策权，充分激发了科技人才创新创造活力。鼓励和引导全省科研人员积极开展基础科学研究，2019年甘肃省共获批国家自然基金立项652项、获得直接资助经费4亿多元。

改革赋能，企业主体地位不断强化

记者：企业在创新体系中居于主体地位，过去甘肃省出台了一系列政策支持企业进行科技创新，那么2019年，我们是如何用足政策红利、进一步强化企业创新主体地位的？

牛振明(甘肃省科学技术厅高新处处长):2019年,我们积极引导政策、资本、人才等创新资源向企业集聚,加大对科技型中小微企业研发支持,实施针对性强的梯度培育发展计划,为科技型小微企业发展提供平台,打造创新型企业群体。制定了《关于科技创新支撑十大绿色生态产业发展实施意见》,以企业为主体,聚焦十大生态产业发展的关键技术、共性技术和原创技术,组织省级科技重大专项17项,开发有利于促进生态产业发展的新技术、新产品和新工艺,提高了十大生态产业中的科技含量,推动全省发展质量变革、效率变革、动力变革。落实《甘肃省支持科技创新若干措施》,共下达奖补资金约2.8亿元,加快高新区、农业园区、科技企业孵化器等创新载体加速发展。2019年,全省净增高新技术企业157家,高新技术企业总数达到1 052家,同比增长17.5%。

持续引导科技型中小企业提高研发投入,科技型企业评价入库数达678家,较2018年增长10.8%,完成入库科技型企业研发费用加计扣除减免税收3.02亿元,有效激发了企业科技创新热情;认定西北矿冶研究院为甘肃省首家技术先进型服务企业,将享受15%的税率征收企业所得税优惠政策;推动研发费用加计扣除政策的落实,全省高新技术企业落实加计扣除税收减免14亿元。

记者:除政策红利外,我们还从哪些方面帮助企业提升自主创新能力?

张自强(甘肃省科学技术厅规划处处长):在技术服务方面,按照《甘肃省推进绿色生态产业发展规划》要求,编制印发了《甘肃省十大生态产业技术引进指南(2019年版)》和《甘肃省十大生态产业省内技术信息服务指南(2019年版)》,梳理了十大类83项技术,追踪研究国内外技术前沿动态309项,凝练出甘肃省技术需求323项,为十大生态产业相关企业提供技术信息服务。

为解决企业融资难问题,甘肃省科学技术厅与中国邮政储蓄银行甘肃省分行达成科技金融战略合作框架协议,开展面向科技创新与转化的金融服务,以促进科技成果转化和产业化为目标,3年内将为科技型企业投放200亿元信贷支持。2019年共兑付科技创新券约2 300万元,帮助科技型中小企业降低创新成本,促进科技创新供需有效对接。

为“三农”发展注入科技力量

——科技特派员制度在甘肃的实践与创新

秦 娜

2020年的春天，当农忙遇上疫情，天水市秦安县的科技特派员靳志强比以往更忙了。

桃树、苹果树怎么修剪？设施大棚如何管理……针对农户的诸多问题，靳志强通过电话、视频、现场示范等形式一一解答指导。只要靳志强在，果农们就安心。

今年是靳志强成为科技特派员的第十八个年头，也是科技特派员制度落地甘肃的第十八年。

18年来，这项发端于福建的科技特派员制度在陇原大地生根发芽，人才下沉、科技下乡、服务“三农”，常年活跃在基层一线的万名科技特派员，把科技带到田间地头，为全省脱贫攻坚和乡村振兴注入了科技力量。

人才下沉，建档立卡贫困村全覆盖

今年58岁的靳志强是秦安县兴国镇郑川村村民。1980年中学毕业后就开始跟着村里人种植果树，逐渐在实践中掌握了一套果树栽培技术。

2002年，甘肃省被科学技术部选定为首批科技特派员试点省份之一，科技特派员制度在天水和武威两市先行先试。同年，靳志强被秦安县科学技术局聘为法人科技特派员，成为甘肃省首批科技特派员之一。

之后的十几年里，靳志强的足迹遍布了秦安县17个乡(镇)，把实用技术送到了果农手中。他先后从150多个毛桃系、油桃系、蟠桃系桃新品种中，筛选出了40

多个适合在秦安乃至全省发展的桃新品种。

在甘肃省科技特派员队伍中，不仅有靳志强这样的“乡土专家”，也有大批专业人员，他们已成为全省脱贫攻坚战场上一支不可或缺的力量。

提起华池县农业技术推广中心主任、农业技术推广研究员谯显明，华池县的农户几乎无人不晓。

自从2003年当起科技特派员后，谯显明创新示范推广的全膜双垄沟播技术，年增产粮食约3万吨；他主持示范推广测土配方施肥技术，实现了农业增效、化肥零增长。通过新品种、新技术的引进与创新，华池县主要农作物良种覆盖率达到95%以上。

科技特派员制度实施以来，甘肃省一方面吸收“土专家”“田秀才”加入科技特派员队伍，另一方面选派农业科技人员下乡入村。通过“人才下沉”，改善了农业农村一线人才短缺的局面。

多年来，甘肃省不断完善科技特派员选派、支持、使用机制，多措并举放大政策叠加效应，逐渐形成了“横向到边、纵向到底、上下联动、协同推进”的科技特派员工作体系和长效机制。

截至目前，全省实现了科技特派员服务6 220个建档立卡贫困村全覆盖，累计培育示范户约1万户，累计建成示范基地150个。通过双向培训，培养了一大批具有科技文化素质的新型农民，以及种植大王、养殖能手和种养专业大户等乡土科技人才。

科技下乡，科技创新与农民“零距离”

“说给大家听，不如做给大家看。”这是高庆多年的工作秘诀。

高庆是临夏州东乡县自然资源局的林业高级工程师。2008年，作为科技特派员，他进驻唐汪镇张家村。

唐汪镇是唐汪大接杏的主产区，张家村更是有着悠久的杏树种植历史。可当地村民普遍缺乏种植技术，而且管理粗放，加之果树病虫害严重，造成苗木成活率低、品质差，产量极不稳定。村民的栽植积极性受到严重影响，甚至出现个别农民砍掉百年杏树当柴烧的现象。

起初，当高庆走家串户，准备指导农户科学种植杏树时，并不被大家接受。很多村民科技意识淡薄，不相信靠科技能救活老杏树。

“要想得到大家的信任，就必须让大家看到实实在在的效果。”于是，高庆挑选了两户杏树较多、单产效益不高的农户，指导他们把杏园改造成示范园。

一年下来，两户种植户都增加了五六千元的收入，这让其他农户都看到了希望。慢慢地，“要想富、种杏树”成为村民的共识。

从那以后，高庆大力推广唐汪大接杏、包核杏矮化密植技术，向农民普及成活率高、操作简单的舌接法苗木嫁接技术，彻底解决了使用传统嫁接法带来的成活率不高、挂果迟的难题。

在高庆多年的带动下，张家村已新栽唐汪大接杏等 13 000 株，建成两处百亩以上的示范点，大接杏栽植已初具规模。如今，产量高、品质优的小杏树成了村民青睐的“致富树”。

科技特派员一头连接科技创新，一头连接生产实践，通过面对面讲、手把手教，把先进农业科技成果和现代理念带给农民，把资金、技术、信息等创新要素注入农村，促进了科技创新和农民的“零距离”对接。

结合甘肃省“牛羊菜果薯药”优势特色产业，科技特派员通过示范推广农村先进实用技术、良种良法，适用农产品深加工技术、设施装备水平实现大幅提高，推动农业创新性发展。目前，甘肃省主要农作物耕种收综合机械化水平已达到 60%左右，农业科技进步贡献率达到 57%左右。

模式创新，科技成果加速向生产力转化

为了让科技特派员制度更加突出实效，甘肃省从省级层面到各地都对科技特派员的服务模式进行了诸多创新。

省级科技计划每年安排专项资金，支持科技特派员以“团队+项目”的形式进村入户，为农民提供技术服务，领办创办专业合作社和农业企业，推进农村科技创新创业。2016 年以来，省级科技计划共支持科技特派员相关项目 133 项，安排经费 2 525 万元。

各地通过设立科技专项等方式，支持科技特派员创新创业。嘉峪关市每年安

排科技特派员科技开发专项;金昌市实施的“双孢蘑菇覆土改良技术研究与示范”项目,建设示范菇大棚约 400 座,共约 9 万平方米,全年共产菇 800 吨,同比增产 160 吨;产值 560 万元,新增产值 128 万元。

在不断创新和完善工作运行机制和服务模式过程中,全省探索形成了“项目+科技特派员+企业(合作社)+农户”等多种模式,真正将科技创新的动能注入到田间地头,一大批农业企业成长壮大。

2014 年, 长期从事马铃薯种薯研究的定西市农业科学院高级园艺师罗有中,从科研单位走向渭源农村,成为一名科技特派员。

几年间,罗有中带领团队与 1 500 家骨干农户建立了对接联系,形成了“龙头企业+合作社+科技特派员+农户”的产业扶贫模式,培养农村致富带头人 215 名,引导建立马铃薯原种、一级良种等农产品订单种植基地 5 025 公顷,带动约 2 000 农户户均增收 5 000 元以上,实现了农民增收、企业增效的双赢。

不仅如此,各地方积极探索出技术资金入股型、科技项目有偿承包型等多种科技特派员服务模式,通过资金入股、技术参股、租赁经营及创办领办民营科技企业等多种形式,着力突破制约农村经济社会发展的关键技术。

全省科技特派员通过以点带面的服务方式,使分散单个的农业生产融入创新链、产业链中,提高了农业生产的科技水平,拓宽了小农户分散经营融入现代大生产的渠道。

服务企业,助力农业特色产业升级

在科技特派员制度落地甘肃之初,甘肃省就紧盯产业发展。围绕壮大特色优势产业,科技特派员把先进适用科技成果、试验示范、新型商业模式等引入到农业发展、农民增收致富的实践中,在特色种养、农产品精深加工等方面培育了一批兴农富民的乡村产业。

其间,经过多年的实践,通过向企业派驻科技特派员,帮助企业解决实际问题,提升企业创新能力,促进相关特色产业发展逐渐成为甘肃省科技特派员制度的一条重要经验。

位于兰州的甘肃爽口源生态科技股份有限公司, 是一家集百合种球繁育、百合种植、精深加工等于一体的民营企业。2014 年，兰州市七里河区农业产业化办公室高级农艺师高丽萍被派驻企业。

入驻企业后，高丽萍与公司科研团队强强联合。一方面推进优质种球繁育技术的研究与应用，使种球产业向规模化和标准化发展；另一方面通过标准化种植、田间管理、病虫害防治、采收与保鲜等技术的研究与应用，让广大农户通过对比及应用新技术，促进特色农业创新发展及产业升级。

服务企业期间，高丽萍主动下沉种植基地及生产一线，将企业已成熟的种球繁育技术、优质高产标准化栽培技术成功应用于百合种植生产中，实现了农户增产创收。

在此基础上，高丽萍和科研团队瞄准百合精深加工，创新百合产品研发。在原有即食净片鲜百合、百合干等百合系列产品的基础上，研发出百合胶原蛋白面部修复贴、百合功能性营养面等百合系列新产品，提高了兰州百合利用率和产品附加值，延伸了产业链，增强了市场竞争力。

“科技特派员发挥了技术专家的作用，促进了企业科技与产业、科技与市场、科技与基地、科技与经济紧密结合。”公司董事长吕斐斌说。

多年来，全省科技特派员充分发挥专业特长，积极培育壮大当地特色产业，形成了“百合之乡”“中药材之县”“马铃薯之都”等全省农业产业各具特色的新格局。

打造甘肃高质量发展重要平台

——兰州白银国家自主创新示范区建设纪实

秦　娜

2019 年 4 月 16 日，兰州白银国家自主创新示范区与张江高新区在上海签署了创新发展合作备忘录，双方将开展全方位深化合作。这次签约意味着兰州白银国家自主创新示范区建设进入提速提质的全新阶段。

2018 年 2 月 1 日，国务院批复同意兰州高新技术产业开发区、白银高新技术产业开发区建设国家自主创新示范区，兰白国家自主创新示范区由此成为西北首个获批建设的国家自主创新示范区。这一着眼于创新型国家建设的重大决策，为甘肃实现高质量发展带来了重大机遇。

一年多来，甘肃省始终将兰白国家自主创新示范区建设快马加鞭，积极构建工作体制机制，健全完善创新政策体系，深化科技体制改革。目前，兰白自创区内科技创新环境持续改善，自主创新能力不断提升，正在为甘肃创新驱动战略实施、绿色发展崛起注入新动能。

整体谋篇布局　持续高位推进

国务院在批复中明确要求，兰州白银国家自主创新示范区要积极探索欠发达地区通过科技创新实现跨越发展的新路径，努力把兰州、白银高新区建设成为科技体制改革试验区、产业品质跃升支撑区、人才资源集聚区、东西合作发展先行区、生态文明建设引领区。

按照这一要求，甘肃省第一时间成立了由省委书记、省长任“双组长”的兰州白银国家自主创新示范区建设工作领导小组，建立形成了“省统筹、市建设、区域协同、部门协作”的工作机制。此后，甘肃省委、省政府多次召开座谈会和推进会，研究重大问题，部署重大任务，形成了上下联动、共同推进的决策协调机制。与此同时，围绕“五区”定位，甘肃省编制出台了《兰州白银国家自主创新示范区建设实施方案》，明确了建设的阶段性任务目标以及考核指标。

国家自主示范区赋予兰白自创区最大的政策优势，就是自主创新和先行先试，研究制定实在管用的支持政策和创新举措，这是推动兰白自创区建设的有力保障。兰白自创区获批后，在省级层面，甘肃省编制起草《关于支持兰州白银国家自主创新示范区建设的若干意见》，进一步明确自主创新的重点领域、关键环节，明晰了推进建设的发展路径和支持措施。这些政策措施凸显了自主性、创新性和示范性，其中创新点就有百余处。

在市级层面，兰州市围绕孵化器建设等七个方面，出台了“1+4+7”方案和政策体系，提出聚焦重点平台，锁定重点区块，实施“五大”支撑性工程的建设思路；白银市围绕优化服务环境、专利资助等方面，构建形成了“3+2+10”创新驱动政策体系，同时建立了“一项目、一方案、一领导、一团队、一抓到底”的“五个一”项目落地服务机制，政务环境持续改善。

汇聚智慧力量　完善创新体系

兰白自创区依托的是“城市群”，在建设过程中，甘肃省打破了行政区划限制和条块分割，积极推进创新要素在城市之间、园区之间、城乡之间合理流动和高效组合，着力构建协同有序、资源共享、优势互补、科学高效的区域创新体系。

甘肃省成立了由中国科技发展战略研究院相关专家任组长的咨询组，学习借鉴北京中关村、上海张江等地的做法，在深化改革、集聚人才等方面进行大胆探索，以兰州白银为“龙头核心区”，引领兰州、白银两市传统产业转型升级和新兴产业发展壮大，从而带动全省加快培育新的产业爆发点和增长点，推进各领域新兴技术跨界创新。

与此同时，甘肃省积极争取国家支持，加快完善区域创新体系。目前，兰州、白银两个高新区分别获得 5 000 万元中央财政支持，用于打造特色载体推动中小企业创新创业升级；由科学技术部支持建设的“甘肃省自主创新试验示范创新服务中心”也正在酝酿中。

人才是第一资源，兰白自创区获批建设之初，甘肃省就通过搭建各类创新平台，广泛引进聚集人才。兰州高新区与上海张江自创区开展协同创新，通过“基金+孵化器+科技园区”模式，设立10亿元兰州久有创新发展(风险)投资基金，6家上海科技企业通过基金注入落户；新引进人才约1 800名，创新团队67个。白银高新区与腾讯公司等联手推动腾讯云大数据平台、3D打印之城等项目落地，通过打造新时代人才“联合舰队”，目前已“柔性”引进22名院士并全部建立了院士工作站，以及8个人才工作驻外联络站等平台，为兰白自创区建设汇聚智慧力量。

聚焦主导产业　打造产业集群

政策高地已经成形，创新体系逐步完善，而最终兰白自创区的发展要落在高新产业的发展上。

围绕全省培育壮大十大绿色生态产业，结合兰州、白银两个高新区的特色优势，甘肃省确定兰白国家自主创新示范区重点发展的主导产业方向，提出打造特色鲜明、技术领先、效益可观的产业集群。

目前，兰州高新区正在加快推进总投资100亿元的中农威特生物医药产业基地、西脉新材料产业园、百灵生物产业园等11个重点项目建设，获批工业和信息化部“生物医药-兰州高新区”特色示范基地，引进总投资134亿元的高新技术产业项目34个。同时，依托航天510研究所、真空设备、伯骊江3D打印等军工类科技企业优势，发展军民融合产业，建成了快速制造国家工程研究中心兰州创新基地，航天高新产业基地创新园、真空设备制造产业园军民融合项目正在稳步推进。此外，兰州高新区挂牌成立了稀土功能材料、生命科学技术、金属纳米材料、深圳市国创新能源研究院兰州分院4个产业研究院，组建兰州大学、兰州理工大学等4个科技创新工作站，科技创新与产业培育越来越紧密地结合起来。

按照总体布局，白银高新区重新定位了园区功能，明确了银东、银西、刘川、平川、会宁、正路六个产业园的主导产业，推动了产业集聚发展。在有色、化工、能源和新材料领域，将依托白银有色集团股份有限公司把有色金属新材料产量提升到

100 万吨,依托甘肃银光化学工业集团有限公司等企业,全面提升 TDI、合成氨等产品的产量，生物制药将形成 50 亿元的产业集群；同时依托稀土公司等企业,白银高新区将重点把稀土冶炼分离产品、碳纤维及复合制品、凹凸棒等产业做大做强。

最新统计数据表明，在兰州白银国家自主创新示范区建设带动下,2018 年全省累计登记省级科技成果 1 176 项,其中 245 项应用技术成果实现转化,共创造经济效益约 600 亿元,净利润超过 93 亿元;全省成交技术合同 5 072 项,成交额突破 180 亿元；科技对经济增长的贡献率达到 52.8%，综合科技创新水平指数达到 51.38%,综合科技进步水平排名全国第 18 位。

助飞中国航天梦

——记航天 510 研究所真空分部党支部

秦　娜

2013 年 12 月 14 日,“嫦娥三号”着陆月球,12 月 15 日 16 时 15 分,月尘测量仪首次开机进行月面环境月尘测量工作。44 分钟后,第一帧数据跳入现场研制人员眼中,大家一致判定:测量数据正常,数据解析正常,月尘测量仪工作状态正常。

每当回忆起这一精彩时刻,月尘测量仪的研发团队——中国航天科技集团有限公司第五研究院第 510 研究所(简称“航天 510 研究所”)真空低温技术与物理重点实验室真空分部的科研人员仍然激动无比。

近日,记者来到航天 510 研究所。在真空分部的实验室里,科研人员依旧忙着各种实验。对他们而言,月尘测量仪已经成为过去,他们助飞中国航天梦的脚步依然在前行。

创先争优　先锋引领

很难想象,这支航天科研团队的平均年龄只有 35 岁。在 40 多名科研人员中,有 18 名党员,他们在科研中起着模范作用。“说起我们所的真空分部,就不得不提他们的党支部。”航天 510 研究所党委副书记李凯说。近年来,真空分部党支部以“创新驱动”为指导,不断加强自身建设,充分发挥党组织和党员的先锋引领作用,带领团队卓有成效地完成了各项科研生产任务。同时,结合所里开展的“创先争优”活动,真空分部党支部号召大家学先进、比先进、赶先进,形成了比学赶超的良好氛围。

在党支部建设中,真空分部不断创新建设思路和方法,提出了“制度为先、组员为本、文化为魂”的三位一体班组建设工作整体框架。真空分部党支部书记杨生胜说,我们建立了班组培训制度,有效提升了年轻人的能力,在项目研发过程中,又落实了责任到人制度,采用图、表等多种方式,展示项目计划进展、技术状态等多要素的“可视化”信息,激发了研发人员的积极性。

多年来,真空分部在人才培养、专业技术研发等方面做出了突出贡献,赢得了诸多荣誉。去年底,真空分部党支部又收获了一枚沉甸甸的“奖牌”——“陇原先锋号”先进集体。

科技创新 屡结硕果

航天科技创新的最终目的在于将预研成果转化为实实在在的型号产品,真空分部党支部牢牢把握这一点, 在巩固原有的空间环境研究专业方向的基础上,积极拓展了多个“有效载荷”型号任务,形成了“预研带动型号、型号促进预研”的良性循环,大大提升了真空分部在空间环境领域的科研水平和竞争力。

杨生胜以月尘测量仪为例,向记者介绍说:“这个仪器的诞生就是科学预研的成果,虽然从确定上天到研发成功只用了两年多时间,但前期的基础性研究已经持续了很久。”原来,当初国内有很多家研究所争取这个项目,最终,航天 510 研究所真空分部凭借过硬的专业技术功底将这一任务拿下。

月尘测量仪是“嫦娥三号”携带的核心科学载荷之一,它的主要任务是对月尘进行准确采样和分析。作为新研载荷,它所涉及的关键技术多,难度大,研发团队面临的挑战和压力可想而知。在经历了与国内外同行专业合作受阻后,团队通过近两年的刻苦攻关,全面掌握了这项载荷的研制技术难点,获得了成功。

正是凭着对航天事业的一腔热情和刻苦钻研的工作作风,真空分部攻克了一个个技术难关,逐渐开拓了以空间环境效应监测载荷研发为主要目标的产品研制新局面。近年来,团队先后取得有重大影响的科研成果十余项,获得甘肃省科技进步二等奖 1 项以及多项专业领域的奖项。

精诚协作　人才辈出

说起真空分部这个团队,记者听到最多的就是“团结协作”。

“事实上,对科研工作来说,最重要的是团结协作。”杨生胜说。真空分部以党支部为核心,团结广大年轻职工,给机会、压担子,帮助年轻人快速成长为科研中坚力量。反过来,年轻人的成长也促进了党支部的发展,他们勇于挑战难题,让整个团队散发出更多的活力和朝气。

2010 年对于真空分部来说是一个重要的年份,这一年,杨生胜和分部副主任秦晓刚瞄准航天器长寿命、高可靠的新需求,于 5 月牵头组织论证团队,对“973”项目的申报发起了挑战。团队 8 名成员全部是党员,是一支名副其实的党员队伍。

重大项目的要求特别高,每年能达到申报要求的项目数量本就不多,最终能获得立项支持的更是凤毛麟角。因此,从准备申报之日起,整个团队主动放弃节假日,全身心投入其中。从选题方向,到文献调研,再到编写报告,大家群策群力。在经过了几轮修改后,专家反馈意见依旧不理想。眼看要到关键的项目评审阶段了,团队果断进行全封闭“冲刺”,经过近一个月的“苦熬”,项目报告“脱胎换骨”,最终得到了评审组的一致认可通过,并于 2012 年 2 月得到了正式立项批复,打破了航天 510 研究所此类项目空白的历史。

入所 10 年的郑阔海目前负责着陆系统无损探伤测量仪的研发项目, 该仪器研发成功后,将用于中国探月三期工程的返回任务。在他看来,团队能把这么重要的任务交给自己,是对年轻人的信任。这种互相信任的科研环境让他不管工作多辛苦,内心都有一种深深的满足感和成就感。“这个团队真的就像我们的家,总是让我感到温暖和踏实。”郑阔海说。

“牦牛妈妈”的科研人生

——记中国农业科学院兰州畜牧与兽药研究所副所长阎萍

秦　娜

中国农业科学院兰州畜牧与兽药研究所副所长阎萍研究员，被牧民亲切地称为“牦牛妈妈”。

1984 年大学毕业后，阎萍被分配到中国农业科学院兰州畜牧与兽药研究所，进入牦牛课题组，从此就开始了与牦牛打交道的“漫长人生”。30 多年来，她坚守青藏高原，攻克了一道道科研难关，先后育成了两个国家级牦牛新品种，对提高青藏高原牦牛生产性能、农牧民增产增收及区域牧业发展做出了突出贡献。

牦牛育种是一项周期漫长、极其耗费时间和精力的工作。在高寒草原开展牦牛育种技术研究，难度与艰辛更是难以想象。“过去在海拔 3 000~5 000 米的高寒牧区，牦牛饲养地通常都是交通不便，也没有公路，我们只能骑马或者徒步，和当地藏族群众一起抓绑牦牛，一起测定生产性能。”阎萍回忆道。几十年来，阎萍的足迹遍布青海、西藏、甘肃、四川、云南、新疆的牦牛产区。2004 年，在陆仲璘老师等前辈的科研积淀下成功培育出了含二分之一野牦牛基因的国家级畜禽新品种“大通牦牛”，填补了世界上牦牛没有培育品种及相关培育技术体系的空白。

2019 年，历经 20 多年的不懈攻关，阎萍带领团队再下一城，成功自主培育出国家级新品种“阿什旦牦牛”，为牦牛家庭增添了新成员，丰富了世界牦牛资源。这一成果突破了制约牦牛产业化发展的关键环节，为中国牦牛良种繁育奠定了理论基础，提供了技术支撑。同时，“阿什旦牦牛”的培育成功，引领了青藏高原牦牛品种生态差异化的育种方向，为培育世界独特生态区牦牛品种提供了成功典范，堪称中国大家畜育种里程碑式的重大成果，标志着中国牦牛育种水平达到国际领先水平。

阎萍介绍,“阿什旦牦牛”具有生长发育快、产肉性能高、抗逆性强、无角、遗传稳定等特性,改良后代生产性能提高15%~20%,适宜在青藏高原及毗邻地区推广应用,因此深受牧民群众欢迎,推广养殖后,增产增收效果十分显著。

“阿什旦牦牛”的成功培育并没有让阎萍放慢脚步。示范推广新品种新技术,以科技支撑高原民族地区牦牛产业发展,打造牦牛品种改良推广新模式,扩大养殖的良种良法覆盖率,示范带动牦牛产业转型升级、农牧民增收致富……阎萍一刻都不停,她希望让更多的牧民分享到科技发展的新成果。

新疆塔什库尔干塔吉克自治县有着约800千米的边境线,牧民生产生活离不开牦牛。近几年,阎萍团队联合深圳援疆喀什市前线指挥部共同实施“塔县牦牛遗传改良及产业扶贫”项目。在项目支持下,约有1 000头良种牦牛落户帕米尔高原,成功将“牦牛扶贫模式”从青藏高原推广到帕米尔高原。通过推广牦牛良种繁育技术和全产业链,牦牛已然成为帕米尔高原的“科技牛”“增收牛”。

科技创新激发活力

——甘肃省推进创新型甘肃建设综述

秦 娜

科技创新是引领发展的第一动力。对于甘肃这样一个西部欠发达省份来说，适应经济发展新常态，实现经济转型升级发展，根本出路在于科技创新。

2017年4月18日，中共甘肃省委书记林铎在兰州调研科技创新工作时强调，要牢固树立和践行新发展理念，坚持把创新驱动作为推动发展的主动力，采取有力举措，努力在破除体制机制障碍、推进产学研用融合上取得新突破新成效，加快科技创新步伐，引领和支撑全省经济社会发展。

当前，全省上下围绕凝聚创新共识、吃准创新导向、用足创新机遇、解决创新难题、补足创新短板、放大创新效应，开足马力，深入实施创新驱动全面发展战略，发挥科技创新的引领和支撑作用，为全面建成小康社会、建成幸福美好新甘肃、建成创新型省份提供强大动力。

高位推进“一把手”工程，放大兰白试验区示范引领作用

兰白科技创新改革试验区是国家在西部布局的第一个科技创新改革试验区，也是甘肃省落实国家创新驱动发展战略的重要抓手。两年多来，甘肃省始终把兰白试验区作为“一把手”工程高位推进，目前兰白试验区内创新体系逐步完善，优势产业加速聚集，科技金融创新发展，试验区建设取得了阶段性成效，科技创新龙头作用进一步凸显。在兰白试验区建设带动下，2016年甘肃省科技进步对经济增长的贡献率提高到51.3%，综合科技进步水平指数在全国排名第18位，比上年前

进1位。

无疑,牵好兰白试验区这个“牛鼻子”,充分发挥兰白试验区试验示范、带动引领的作用,对全省科技创新工作至关重要。怎么做?他山之石,可以攻玉。

2016年,投资5亿元的兰州高新区科技孵化大厦投入使用,引进了兰州高新区与上海张江自主创新示范区协同创新的战略平台。如今已从上海引进兰州康之元信息技术有限公司、上海龙颖投资管理有限公司等5家企业,后续还将有10家高科技企业入驻,创新孵化工作成果显著。

早在兰白试验区获批建设之初,甘肃省就与上海张江自主创新示范区达成了共建兰白试验区的框架协议,此后开展了多种形式的合作。其中,兰州高新区与上海张江自主创新示范区实施了“基金+孵化器+科技园区”的战略合作新模式,共建了兰州张江科技金融创新战略平台,基金规模已达10.1亿元。通过这一创新型金融孵化平台,重点导入张江科技金融运营平台的信息发布、信用评估和信用增进、投资撮合、市场渠道开拓、重大专项申报等功能,主要为区内孵化企业提供金融、科技等服务。

事实证明,关起门来搞创新是没有出路的,走协同创新之路才是捷径。一方面将东部地区科技创新发展的先进理念、管理经验植入并应用到兰白试验区建设中,避免走弯路;另一方面,通过搭建协同创新平台,实现了企业与金融等创新服务机构的有效对接,帮助企业解决融资难、融资贵等问题,加速了企业的孵化与成长。今后,甘肃省将继续通过建立技术转移机构、组建创新联合体等方式,不断拓展协同创新的广度和深度,加速兰白试验区建设。

发挥高校院所科研优势,推动产学研用一体化

兰州大学草地农业科技学院科研人员经过多年研究,从强抗旱植物“霸王草”等植物中获得了一批抗逆基因,并将其中一部分基因转入紫花苜蓿,获得了抗旱转基因紫花苜蓿,目前已进入田间试验阶段,将形成适应干旱、盐碱度高以及贫瘠土地的新品系,有助于提高中国西北盐碱荒地的利用率。

兰州大学草地农业科技学院院长、草地农业生态系统国家重点实验室副主任侯扶江介绍,学院成立30多年来,瞄准西北草业特点,重点围绕草类植物资源抗

逆种质创新与利用、栽培草地生态系统与食物安全、草业系统耦合与管理，构建了黄土高原粮-草-畜耦合的模式并推广应用，建立了高寒牧区草畜平衡优化方案及管理决策技术体系，为国家重大决策提供科技支撑的同时，也为中国乃至其他国家畜牧业发展发挥了重要作用。

2016 年，中国农业科学院兰州兽医研究所一项口蹄疫疫苗成果获得转让费 8 000 万元，创下研究所单笔成果转让费最高纪录，让人惊叹不已。

成立于 1957 年的中国农业科学院兰州兽医研究所是中国唯一的口蹄疫科学研究、诊断和咨询中心。截至目前，中国农业科学院兰州兽医研究所已累计研制用于口蹄疫等疫病的疫苗 34 种，诊断试剂近百种和兽药产品 7 个。目前，中国农业科学院兰州兽医研究所控股公司中农威特生物科技股份有限公司国内市场占有率达到 40%，2016 年产值达到 9 亿元。

在中国农业科学院兰州兽医研究所所长殷宏看来，中国农业科学院兰州兽医研究所在成果转化上的优异表现，主要得益于研究所立足在口蹄疫疫苗研制方面的独特优势，很早就建立起了科技成果转化平台，以及高效的科技创新机制。1995 年中国农业科学院兰州兽医研究所建成了当时国内第一个兽医生物制品 GMP 中试车间，2006 年又成立了中农威特生物科技股份有限公司，同时通过自主研发成果转化、合作研发转化和“定制”转化等多种方式，与中牧股份等国内知名企业展开全方位合作，真正实现了产学研用一体化。在科技创新方面，形成了基础研究、应用基础研究、科研成果转化的闭合科研圈，实现了成果从实验室到市场的无缝对接。2011 年以来，中国农业科学院兰州兽医研究所科研成果转化收入累计超过 10.7 亿元，又反哺于技术研发和人才引进，形成了研发转化的良性循环。

兰州大学草地农业科技学院和中国农业科学院兰州兽医研究所在基础研究和科技成果转化方面的成功只是甘肃省高校、科研院所科技创新发展的一个缩影。甘肃省拥有较为雄厚的科研力量，如何将这种科研优势转化为产业发展优势，是当前甘肃省科技创新亟待解决的问题。为此，甘肃省提出依托高校、科研院所，建成一批科技成果孵化和转化载体平台，打造产学研用一体的产业技术创新联盟。以兰州大学为例，已建成 4 个国家级孵化服务平台，并以学校技术成果为依托，组建了一批企业入驻到白银科技企业孵化器，促进了技术成果向现实生产力转化。

强化企业创新主体地位，促进高新技术产业发展

2017年5月9日，记者来到位于和平经济开发区的兰州金川科技园有限公司，800吨的HV储氢合金生产线正在进行投产前的最后调试，预计投产后年产值将达到2亿元。这一研发成果能在短短半年内从中试走向工业化，靠的是公司"研以致用、研以能用"的研发体系。

成立于2002年的兰州金川科技园有限公司是金川集团股份有限公司的全资子公司，公司以国家镍钴新材料工程技术中心为核心，以锂离子电池及电池材料、高纯金属、贵金属深加工产品、银深加工产品和资源利用等研发方向及产业化为主。公司尤其在金属钴及锂离子二次电池材料方面表现突出，已成为国内首屈一指的生产商。

兰州金川科技园有限公司副总经理陈文福介绍，公司每年投入3 000万元用于科技研发，实施项目约30个，年均开发新产品3个以上，当年实现成果转化2个以上。公司各个研究领域均形成从小试到中试，再到产业化的完整产业孵化平台，形成了从新产品研发、检测评价到工程化应用完整的技术开发体系，产销研一体化缩短了从研发到商品的过程，加速了新产品投产速度。以项目组形式开展研发，在给予研发人员充分自主性的同时，公司对项目进行目标导向、过程监管，保证了项目质量。公司加大科技奖励力度，特别是在全省率先对完成成果的核心技术人员进行股权激励，如2013年成立兰州金川贵金属新材料科技股份有限公司时，对贵金属无形资产成果的11名核心科技人员进行了股权奖励。

在陈文福看来，虽然公司科技创新发展取得了一定成绩，但今后发展仍需要更多的创新资源注入。就现在而言，企业在争取国家科研项目时仍较为困难，同时由于地处西部，面临着人才流失、人才引进困难的问题。

事实上，兰州金川科技园有限公司的问题，也是甘肃省许多科技型企业共同面临的问题。为此，今年甘肃省将着力构建以企业为主体的技术创新体系，促进创新链、产业链、资金链、人才链、政策链协同融合。例如，对确定的重大产业、重点企业给予持续的项目和资金支持，保证产业发展不断档；以大专项形式，将产业链上企业、科研机构联合起来，集中解决产业发展难题。

推动科技创新政策落实，全面破除体制机制障碍

要实现以科技创新为核心的全面创新，一方面要大力推动科技创新，不断提高自主创新能力，增加产业转型的技术供给；另一方面要依靠不断深化改革，完善市场环境，进行制度创新，促进科技创新和商业模式创新。因此，创新驱动发展要始终坚持“科技创新+体制机制创新”双轮驱动。

近两年，甘肃省出台了一系列支持科技创新的政策举措。2016年，《甘肃省支持科技创新若干措施》出台，着力破解制约科技创新发展的障碍和约束，通过奖励、股权激励等形式激发创新主体活力，加快科技成果转化；放开科研单位、企业用人自主权，放开科研人员经费使用权和设备采购权，给广大科研人员“松绑”。今年，甘肃省又出台了《甘肃省深化科技体制改革实施方案》，拉开了全面深化科技体制改革大幕。

好政策关键在落实。今年，甘肃省把落实科技创新政策作为一项重点工作进行推进。通过科技计划体系、研发组织体系、企业创新体系、评估评价模式、科技投入方式、成果转化机制、创新治理机制等方面的改革，改善成果转化侧的质量和结构，提高科技需求侧的活力和动力，减少技术研发侧的供给抑制。无疑，一场前所未有的科技领域改革将带来科技创新潜能的持续释放。

兰州市出台了《兰州市支持科技创新若干措施》，张掖市“双创”工作有声有色……在顶层设计的指引下，全省各地科技创新蓬勃发展。通过高标准谋划、高密度部署、高效率实施，特别是一系列科技创新政策举措的落地，创新型甘肃建设将取得新的成效。

以科技创新引领经济发展

——创新型甘肃建设取得新成效纪实

秦　娜

兰州空间技术物理研究所研制的电推进系统首次应用于“实践十三号”卫星，中国航天器由此进入电推进时代；645个项目获国家自然科学基金批准立项，直接资助经费约3亿元，立项总数创历史新高……

刚刚过去的2017年，甘肃省在科技创新领域取得了诸多成绩。作为实施创新驱动发展战略、推进自主创新和发展高新技术产业成效明显的省份，甘肃省受到国务院办公厅通报表扬。

党的十八大以来，甘肃省将创新摆在全省发展的核心位置，高度重视科技创新，加快推进以科技创新为核心的全面创新，创新型甘肃建设取得新成效。

数据显示，甘肃省综合科技进步水平由“十一五”末的全国第25位上升到第18位，跻身全国综合科技创新水平第二梯队。科技进步对经济增长贡献率由42.5%上升到51.3%，万人发明专利拥有量由0.45件增长到1.93件，技术市场合同年交易额由43亿元增长到150亿元，45项重大科技成果获得国家科学技术奖励。

全力冲刺兰白自创区　新旧动能加速转换

新年伊始，位于白银的银西生物医药园内，甘肃皓天原料药生产项目建设正在抓紧施工，今年一期工程投产后，企业年产值将达到3亿元。甘肃皓天生物制药有限公司的快速发展是兰白试验区内众多企业创新发展的缩影，更令人欣喜的是，依托兰白试验区建设机遇，目前白银市已聚集生物制药企业约50家，正在打造原料药生产基地，未来生物医药产业有望成为白银经济发展新的增长极。

2014年11月24日，甘肃省获批依托兰州新区、兰州高新区、白银高新区、兰州经济技术开发区开展兰白科技创新改革试验区建设试点，兰白试验区由此成为国家在西部布局的第一个科技创新改革试验区，也是甘肃省落实国家创新驱动发展战略、加快建设创新型甘肃的重要抓手。

三年多来，甘肃省坚持“科技创新+体制机制创新”双轮驱动，“创新驱动+改革试验”双拳发力，兰白试验区内创新体系日趋完善，优势产业加速聚集，科技金融创新发展，科技创新龙头作用进一步凸显。

通过创新实施“3510”工程，为兰白试验区建设找准了符合省情实际的“突破口”和“攻坚点”。与此同时，随着以开发100个以上新产品等为主要内容的“六个一百”技术创新工程的持续推进，兰白试验区在新产品开发、重大成果转化、高新技术企业培育等方面驶入“快车道”。几年来，兰白试验区新增科技型中小微企业1 076家，总数达到4 674家；试验区内高新技术企业数量达到359家，占全省58.7%；战略性新兴产业骨干企业达到43家，占全省55.8%。其中，兰州生物制品研究所有限责任公司等34户兰白地区骨干企业销售收入达到110亿元，同比增长26.8%。

技术创新让企业尝到了甜头，协同创新则成为兰白试验区创新发展的动力源泉。几年来，甘肃省与中国科学技术大学签署战略合作协议，与上海张江、北京大学等共建技术转移机构，与兄弟省份先进科技园区建立合作关系，吸引180个科技创新团队和研发机构进入试验区，带动成果转化能力明显提升。

兰白试验区建设离不开科技金融的创新发展。2015年，甘肃省发起设立了总额为23亿元的兰白试验区技术创新驱动基金，分设科技贷款增信基金、科技投资基金等5个板块。其中，科技投资基金和科技创新创业引导基金撬动11支子基金认缴总规模达50亿元，在对科技企业直接投资的同时，创出了“基金+银行+担保”的模式，累计对科技型企业贷款近44亿元。

截至目前，兰白试验区内万人发明专利拥有量达到7.0件，技术合同年成交额达到42.91亿元，科技进步贡献率达到54.5%。全省初步形成了以兰白试验区为龙头，以天水装备制造、陇东能源化工、金武新材料、酒嘉新能源等产业创新集群为支撑的创新驱动发展格局。

在兰白试验区建设取得初步成效的基础上，2016 年甘肃省提出建设兰白国家自主创新示范区的构想，并得到科学技术部的支持，目前申报工作已进入部际会签阶段。据了解，兰白国家自主创新示范区正式批复后，甘肃省将推进各类创新政策在区内全面落实，加快兰白基金投放进度，积极寻求与深圳自创区、天津自创区等自创区的合作，争取更多创新资源、产业资源和人才资源在兰白自创区落地落户。

科技体制改革进入深水区　创新潜能不断释放

2017 年 11 月，甘肃省化工研究院、甘肃省膜科学研究院等省属科研院所完成脱钩改制，转变为真正意义上的企业，这也成为甘肃省科技领域改革的一件大事。过去，有些院所依靠政府拨款生存，市场竞争力不强，多年来发展比较缓慢，现在通过改革重组、建立现代企业制度，科技创新能力不断提升。

近年来，甘肃省围绕创新驱动发展战略，深入推进科技体制改革，特别是系统推进了科技管理方式、科技奖励制度、知识产权、人才评价等重点领域改革，促进了科技与经济融通创新，激发了创新创业活力，为科技创新增添动力。

2016 年 10 月，被称为科技创新“黄金 30 条”的《甘肃省支持科技创新若干措施》正式发布，“剑指”制约科技创新发展的诸多障碍和约束，鼓励通过奖励、股权激励、后补助等多种形式激发创新主体活力，同时鼓励放开科研单位、企业用人自主权，给广大科研人员“松绑”；2017 年 4 月，甘肃省委、省政府出台《甘肃省深化科技体制改革实施方案》，开启了甘肃省新一轮科技体制改革大幕，着力推进科技治理体系和治理能力现代化，营造有利于创新驱动发展的市场和社会环境。

与此同时，在科技管理方面，甘肃省进一步放宽了省级财政资金使用权限，放宽了高校、科研院所基本建设项目的管理权限，激发了科研人员创新热情；启动运行以科技重大专项计划等为主要内容的“5+x”新计划体系，并实施了第三方机构承接科技项目管理工作。此外，通过加强技术市场管理、修订《甘肃省科学技术奖励办法实施细则》，进一步完善了科技创新评价激励机制。

通过改革，省级科技重大专项陆续取得实效。由天水华天电子集团股份有限公司承担的“超大晶圆功率器件封装技术研发及产业化”项目，研发了半导体超大晶圆功率器件封装全套工艺技术，目前产品已进入国际主流市场，并建成一条年封装能力 1.2 亿只的生产线；兰州金诺绿色能源动力科技有限责任公司实施的“新型内燃机车冷却系统技术开发”项目产业化后，实现销售收入约 1 300 万元。

党的十九大报告提出：深化科技体制改革，建立以企业为主体、市场为导向、产学研深度融合的技术创新体系，加强对中小企业创新的支持，促进科技成果转化。

为此，今年甘肃省仍将把科技体制改革作为科技创新工作的重点。发挥政府财政资金“四两拨千斤”的作用，通过发展投贷联动，促进科技创新与创业投资有机结合，引导更多社会资金投向科技创新。在科技计划与经费管理改革方面，有望实现全链条设计、一体化实施和规范化管理；在科技领域“放管服”改革方面，将实施以增加知识价值为导向的分配政策，激发广大科研人员的主动性和创造性。此外，《关于推进县域创新驱动发展的实施方案》等系列新政也都在酝酿当中。

加快科技成果转化 “双创”活力持续进发

2017 年，甘肃省凹凸棒石产业技术创新战略联盟、甘肃省道地药材产业技术创新联盟、甘肃省镍钴新材料产业技术创新战略联盟等多个创新联盟相继成立。这些由科研院所或企业牵头组建的产业创新联盟，致力于实现企业、院所、高校等之间的无缝对接，攻克一批对产业竞争力整体提升具有全局性、带动性的关键共性技术，实现集成创新。在强化企业创新主体地位的今天，这种融合创新已成为甘肃省加快科技成果转化的一条有效途径。

事实上，甘肃省科研基础雄厚，如何发挥科研优势，让科技成果加快向现实生产力转化，对于甘肃省创新发展至关重要。近两年，甘肃省启动实施了促进科技成果转移转化行动，建立健全科技成果转移转化体系，激发了创新主体科技成果转化积极性。几年来，与产业发展联系紧密的省级科技计划 60%以上的项目和资金用于重点支持科技成果转化。2017 年 12 月 1 日，新修订的《甘肃省技术市场条例》正式施行，新认定省级技术转移示范机构 35 家，以企业需求为导向、大学和科研机构为源头、技术转移和成果转化服务为纽带、产学研相结合的技术市场服务体系逐步形成。

在此基础上，甘肃省进一步加强了科技创新服务。一方面加快推进科研设施与仪器面向高校、科研院所、企业等社会用户的开放，实现了科研资源共享；另一方面,从 2016 年开始,面向科技型中小企业和创业团队发放科技创新券,用于"购买"科技服务,降低了企业和创新团队的科研成本,激发了创新创业热情,促进了成果转化。

在多方共同作用下,全省创新创业氛围渐浓。兰州市城关区入围全国第二批大众创业、万众创新示范基地,张掖市小微企业创业创新基地城市示范工作有声有色,科技企业孵化器、众创空间建设扎实推进,特别是"星创天地"的发展,带动科技特派员、农民工、大学生持久深入地在农业领域创新创业。

2018 年,为支持企业自主创新,促进科技成果转移转化,甘肃省还将加快科技型企业扩容提质,力争派驻科技特派员的创新型企业数量达到全省创新型企业数量的一半以上;依托甘肃省军工科研实力,将重点推进军民两用技术开发及重大军民结合项目实施,促进军民科技资源的双向流动和融合。

党的十九大报告关于加快建设创新型国家的论述为甘肃创新驱动发展提供了根本遵循和前进方向。新时期,甘肃省将以党的十九大精神为指导,在基础研究、应用基础研究、创新体系建设、创新文化倡导等方面重点着力,加快创新型甘肃建设步伐。

“资源枯竭”到“高新环保”的华丽转身

——甘肃森续环保能源设备有限公司的创新之路

秦　娜

从张掖到陇南，一项项农村污水处理项目的实施，有效改善了甘肃农村生活环境；从农村污水处理到医院污水处理，一次次业务的拓展让企业越做越强。

短短四年间，甘肃森续环保能源设备有限公司（简称“森续环保”）实现了从一家资源枯竭型的民营企业，向集产品研发、产销、运维等整体技术解决方案和技术咨询服务一体高新技术环保企业的华丽转身。企业的成功转型得到多方面的认可，不久前，森续环保获得由中国民营科技促进会颁发的“2019年度中国优秀民营科技企业”奖。

而这一切，秘诀就是科技创新。

转型——面对的艰难选择

思路决定出路。

看着如今在环保领域做得风生水起的森续环保，很多人可能不会想到，它的前身是一家从事矿产资源勘探开发的民营企业。早在2015年，日趋萎缩的市场环境和越来越吃紧的政策约束令企业看不到发展的希望，如何转型成了摆在森续环保决策者面前的一道“必答题”。

甘肃是脱贫攻坚战的主战场，能不能从中寻找发展空间呢？一个偶然的机会，企业将目光瞄准了农村人居环境改善，特别是农村生活污水治理领域。

转型，首先要转变的就是思想观念和思维方式。于是，公司请来清华大学的教授讲课、邀请中国科学院的院士来“会诊”。“那段时间,只要听说哪里有关于农村环境治理的讲座或者论坛,我们都要派人去学习。”甘肃森续环保能源设备有限公司董事长程海介绍。不仅如此,公司还专门派人到美国、英国、法国、日本等发达国家“取经”。就这样,通过“请进来”“走出去”,企业上下对于农村环境治理领域的发展趋势、现状等有了直观的了解,也更加坚定了沿这条路走下去的信心。

创新——高效处理农村污水

创新的路上唯有一路向前。

“从一开始,我们的目标就是研发具有自主知识产权和核心技术的产品,进而形成具有社会影响的自主品牌。”甘肃森续环保能源设备有限公司总经理张新利说。

为此,企业投入大量科研经费,先后与兰州大学、山西农业大学、清华大学等高校联建联创研发中心,陆续研发出 AO、MBR、MBBR、SBR 等污水处理技术和实用新型环保产品。同时,引进德国先进技术,研发出国内领先的城镇模块化污水处理一体化设备,成为甘肃省首家具有研发生产环保设备能力的民营企业。几年来,公司先后申请约 50 项专利,拥有 23 项污水处理专利技术,其中,3 项属国内首创,5 项填补了省内污水处理技术空白。

说起来容易,做起来却困难重重。“农村生活污水具有高度分散、污染面源广、程度深、处理难度大、成本高的特性,是国内外许多专家公认的世界难题,也是制约农村环境治理的最大障碍。”张新利介绍。为了攻克这一难题,公司集中科研骨干和专业技术团队联合攻关,并与中国科学院合作进行科学论证,还特别从日本引进专业技术人才,硬是攻破了一道道难题,把一个个“不可能”变成了“可能”。

张新利介绍,村镇污水处理一体化设备就是一个最好的例证。这套设备以标准化、模块化为设计理念,以规模化、自动化为生产标准,通过跨界整合先进技术,实现了分散式生活污水高效低耗处理。目前,这套设备不但广泛应用于省内各地的乡镇村社,还远销新疆、辽宁、云南等地,受到农民用户的普遍好评。

几年间,在科技创新的支撑下,企业一举摆脱困境,并已成长为省内为数不多的具有水污染防治、环境工程设计两项甲级资质,以及 ISO9001 质量认证、ISO14000 环境体系认证的环保企业。仅 2019 年,企业承接各类项目就多达百余项,业务领域还拓展到医院污水处理领域。

改革——持续激发内生动力

依靠科技创新,森续环保走上了转型升级的发展之路,而持续不断的改革,则激发出企业高质量发展的内生动力。

程海介绍,几年来,企业在多个领域出台并实施了一系列改革创新举措。在人事制度上,推行“能进能出、能上能下、能外能里”的制度,有效调动和激发职工创新创业的积极性和主动性;在薪酬制度上,建立和完善了能高能低、能多能少及多劳多得,按资本、资产、知识、贡献多元参股分红的利润分配机制,充分调动了研发人员持续攻关的积极性,有效破解了一些企业效率低下、成本过高的顽疾。

在运营方式上,企业引入PPP模式,与甘肃省建设投资(控股)集团有限公司合作,有效化解农村污水处理投资大、垫资多和回报周期长、利润低带来的投资风险。2019年,企业承接了张掖市甘州区农村污水处理PPP项目,涉及9个乡(镇)78个行政村,新建一体化污水处理设施76套,不仅是对企业科技实力的又一次证明,项目建成后还将解决甘州区农村污水污染问题,改善农村生活环境。

“随着乡村振兴战略的深入实施,我们企业的创新发展之路也会越走越宽。”对未来,程海充满信心。

植物专家的科研市场化之路

秦 娜

2014 年 10 月底，西北师范大学生命科学学院教授张继收到了从白银试验田里带来的玉米，与比对品相比，这些玉米棒更大、颗粒也更饱满，其中的奥妙在于使用了多功能植物生长剂为种子做“包衣”，充分保证了苗期，增加了产量。

多功能植物生长剂只是张继和她的团队众多科研成果中的一项。30 年来，张继致力于农副产品精深加工和特色植物资源开发利用的研究，先后完成国家级、省级重大课题约 40 项，其中 11 项达到国际先进水平；多项成果实现了产业化，产值数亿元；申请发明专利 80 项，授权 60 项，逐渐走出了一条以企业为主体、以市场为导向的科研之路。

初体验：神奇的植物

1984 年从西北师范大学生物系毕业后，张继被分配到学校植物研究所工作，主攻植物化学方向，重点研发植物中的有效成分。

工作伊始，张继跟随导师开展国家一级新药——氢溴酸高乌甲素的后期研发和临床试验。这是一种从野生植物高乌头中提取有效成分制成的镇痛药，具有不成瘾的优点，但其持效时间短成为困扰项目组的难题。为了解决这一问题，项目组从 1984 年到 1988 年，每年 6 月至 9 月都要集体去甘南，深入野外采集标本，研究乌头属类植物，试图用组培的方法培育出更好的原料，以提高有效成分的溶解性和吸收率。

在研制新药的过程中，张继逐渐对大学时期毫不了解的植物化学产生了浓厚兴趣。“刚开始我也很茫然，直到真正接触后，才发现植物原来这么神奇，在甘肃，很多植物在恶劣的环境下却生长得很好，吸引着我们去研究，这一行可干的事情太多了。”张继说。

从那以后，张继和她的团队长期坚持对甘肃野生的、资源量大的植物进行研究，为进一步开发利用打下了坚实的科研基础。

试水：“降脂灵”的成功

2000年，一个偶然的机会，张继去河西出差，在考察当地一些葡萄酒厂时发现，酿造葡萄酒会产生大量原料渣，这些原料渣大多被堆放在厂房里，既是一种浪费，又造成环境污染。当时，张继就在想能不能“变废为宝”呢？

回来后，张继和她的团队立刻行动起来，经研究，葡萄渣中含有丰富的不饱和脂肪酸，这一成分具有很好的降血脂功效。于是，张继带领团队，采用超临界萃取、分离、脱蜡纯化等一系列现代科学技术，研制出了“降脂灵”，并在后期临床试验中取得了不错的效果。2004年，这项专利以70万元的价格转让给一家本土企业。第二年，“葡萄酒工业废渣的开发应用”项目获得甘肃省科技进步二等奖。

“降脂灵”的转让，在当时引起了不小的轰动，可成功远没有想象得那么简单。在随后为企业服务的两年间，如何将实验室的成果放大到生产中，成了张继团队必须攻克的难关。“当时实验室能获得17%的葡萄渣有效利用率，可在实际生产中只能达到10%。”张继回忆说。过去认为最理想的参数，放在实际生产中并不一定成立，而要综合考虑企业成本等各方面因素。后来，经过不断调整工艺参数，企业生产逐渐步入正轨。

初次试水成功，让一直埋头于实验室的张继对于科技创新有了新的认识。“我们鼓励创新，但更强调创新的可操作性和可推广性，没有这个基础，专利再多也只能是‘沉睡的专利’。”

起航：实现农产品的高值利用

有了对甘肃特色植物的大量研究成果，又有了市场化的成功经验，张继开始将目光更多地投向企业和市场,向企业提供先进的技术和工艺,支撑企业转型升级,实现特色农产品的高值利用。

以百合产业为例,目前,张继团队正在与甘肃华泰天润贸易有限公司进行全面合作,做百合全产业链的“大文章”。由团队研发的真空充氮气包装,将鲜百合的储存期延长到90天,使过去最远只能销往东南亚的兰州百合,如今可以经海运销往欧美,大大降低了运输成本。这种包装的鲜百合在今年的春季广交会上,每千克卖到175美元,现场签下超过600万美元的订单。而普通鲜百合的均价为每千克40元,真空包装的均价也不过80元。张继介绍说,甘肃省作为全国百合种植主产区,目前种植面积约6.7万公顷,每公顷产量为2 010千克,如果这种包装得以推广,利润空间可想而知。

种植方面,百合生长周期长,通常要经过5年的孕育才能成熟。过去,农民采用传统的种植方式,既保证不了百合的品质,又无法抵御各种自然灾害带来的风险。目前,张继团队利用组培技术已成功培育出脱毒苗,通过标准化种植,将有效解决这些问题。同时,正在研发的低温冷干技术,一改过去简单的作坊式加工工艺,能够生产出品相更优良的百合干;对百合干渣有效成分的研究也在继续,实验表明其具有耐缺氧性,能够有效提高免疫力,将来可以开发相关产品,用张继的话说就是要把百合“吃光榨尽”。

如今,张继团队的科研成果正在陇原遍地开花——

在永昌,对生长在荒漠中的白刺进行全方位开发,叶做茶,果肉提取黄酮,种子提取不饱和脂肪酸和多糖,白刺的根还可以寄生锁阳和苁蓉,种植基地建成后将成为发展生态经济的样板。

在古浪,将葫芦巴也就是甘肃人常吃的“苦豆子”变成了宝,提取葫芦巴种子中的半乳甘露聚糖制成的保健品,具有调节血糖的作用。

在陇南,研发出果渣油提取工艺、开发油橄榄休闲食品,使油橄榄实现了高值利用。

在甘南,对蕨麻进行药理实验,发现其具有很好的抗辐射性,目前正在积极与企业对接进行开发……

目前,张继团队已与定西、白银、天水、陇南、金川集团股份有限公司等多个地区、企业签订了全面合作协议,合作项目约50项。张继说:“企业的难题就是我们的课题,社会的需求就是我们研究的方向。”

渐走渐红的“爱兰号”

——记甘肃省马铃薯种薯繁育专家周爱兰和她的爱兰种业

秦 娜

提起周爱兰,在定西马铃薯种薯行业里几乎无人不晓。

当年,她首开定西科技人员创办企业的先河,从平凡的科技工作者华丽转身为一名企业家,十几年起起伏伏,如今,昔日约20人的育种作坊已成长为全国知名的种薯供应商,每年带动优质马铃薯种植户10万户,推广脱毒种薯面积100.5万公顷,使户均收入增加1 000元以上。她选育出的“爱兰1号”更是越来越红,在山东、内蒙古等马铃薯主产区广泛种植。

2014年7月30日,记者走进甘肃爱兰马铃薯种业有限责任公司(简称“爱兰种业”),聆听周爱兰的种业之梦,感受科技创新的力量。

科技人员创办实体第一人

奔走在安定区香泉镇生产基地的原种种植大棚间,周爱兰一边用手机联系各种业务,一边叮嘱工人尽快分拣种薯。基地负责人李富仓开玩笑抱怨说:“你要求太严了!不准起虫,不准起病,不准有杂草……给你干活太累了!”周爱兰笑道:“把坏种子给农民,农民骂我们呢!”

作为爱兰种业的创办者与法人,周爱兰每天辗转于各个基地与实验室之间,用这种严苛的态度控制着种薯的质量。而这样的奔波,已经持续了14年。

1992年从甘肃农业大学毕业后,周爱兰被分配到通渭县农业技术推广站上班。彼时,马铃薯在定西还只是农民的口粮,品种单一、产量低,远未形成产业。

1996 年,“洋芋工程”作为重点惠农项目在定西上马,周爱兰被抽调到项目组,与众多科技人员一同为马铃薯的增产进行科技攻关。

转折始于 2000 年,这一年,国家开始试点推行科技特派员制度,鼓励科技人员深入农村一线创办实体,促进农业科技成果向经济成果转化。

一面是手中的稳定“铁饭碗”,一面是脚下未知的创业路。周爱兰毫不犹豫地选择了后者,利用参与马铃薯项目时积累的“实战”经验,注册创办了甘肃爱兰马铃薯种业有限责任公司,成为定西市科技人员下乡创办实体第一人,在当地引起了不小的轰动。

经多方筹资,周爱兰终于建起了实验室和基地,依靠推广脱毒种薯技术、扩繁优质马铃薯种薯,第一年公司就有了几万元的效益,这“第一桶金”带给周爱兰莫大的信心。

经过十余年的发展,爱兰种业从最初的 20 人发展到现在的 600 多人,实验基地从 46.9 公顷发展到 1.34 万公顷,遍布定西各县以及靖远、平凉等地。走出定西的爱兰种业逐渐成长为全国马铃薯种业先进企业, 扩繁的 10 个薯种品系因质量高、实用性强,行销中国各大马铃薯主产区。

周爱兰把自己的成功归结为政策机遇和个人努力,她说:“科技特派员创办实体,将科研与效益挂钩,调动了科技人员的积极性,加速了成果转化,老百姓也得到了实惠。”

令人骄傲的“爱兰号”

作为一名科技人员,就要追求科研成果;而对一名经营者来说,就要追求市场,周爱兰恰好将二者完美地结合在一起。短短十几年,她陆续选育出了“爱兰 1 号”和“爱兰 2 号”。如今,一提起这两个用自己名字命名的种薯,周爱兰满脸自豪。她说:“这种成就感是我以前从未体验过的。”

早在爱兰种业创办前,通过大量市场调研,周爱兰就将目光瞄准了沿海及东南亚的高端市场,这一准确定位成就了后来的“爱兰 1 号”。“爱兰 1 号”属于早熟型品种,形状好、“黄皮黄肉”,在满足沿海一带饮食和消费习惯的同时,又具有抗病、高产等特点,2006 年在山东一经推广,就受到农户的广泛欢迎,一时间供不应求。目前,“爱兰1号”除供应全国其他马铃薯主产区外,也在甘肃省陇南、白银、河西等地区大面积种植,平均增产量达到335千克/公顷,大幅度增加了农民收入。

受到“爱兰1号”成功的激励,爱兰种业很快就开始着手为甘肃农户与消费者“度身定制”更适应本土需求的“爱兰2号”。极早熟品种“爱兰2号”具有抗病、抗旱、高产的特点,从3年的试验种植情况来看,每公顷产量最高可达3 350千克,目前科技部门正在对其进行审定。“将来如果大面积种植,一定会为农民增产增收。”周爱兰充满了信心。

与许多农作物一样,马铃薯选育工作复杂、繁重。要在几十个甚至上百个品种中找到符合地区自然条件与市场需求的品种,需要长时间细致地观察和反复地实验。许多研究者甚至终其一生也无法选育出能够推广的良种,每次说到这些,周爱兰总谦虚地说:“我比较幸运。”

“幸运”的背后,是周爱兰对科研的热爱与重视。位于公司三楼的种源室堪称整个爱兰种业的“核心”,这里保存着上千种种源,每年从这里精挑细选的种源,将会进入专门的实验基地进行不间断的选育。就连公司楼下的花坛也被种上十几种种苗,周爱兰每天都要观察记录各种生长指标。据估算,爱兰种业每年的科研投入超过100万元,这在同类民营企业中并不多见。

规划中的现代化农场

在与国内外同行的交流合作中,周爱兰看到了现代农场的生产优势。在她眼里,目前爱兰种业拥有的几个大型种植基地还远够不上标准化、集约化和产业化的要求。为此,她赴欧洲等地进行参观学习,积累了许多现代化农场的生产和管理经验,发展现代农场也已提上爱兰种业的议事日程。

“发展现代农场后,爱兰种业的种薯生产将大有改观。”周爱兰说,她以“爱兰1号”为例,向记者介绍,做种薯要经过“试管苗—微型薯—原种——一级种”这一漫长过程,由于爱兰种业现在扩繁能力有限,不能满足当地农民对一级种的需求,很多农民手中的种子其实是由爱兰种业发往外地的微型薯繁育出来的。今后,如果爱兰种业建起现代化农场进行就地繁育,不但能提高原种的质量,还将大大降低农民的生产成本。

在周爱兰看来，未来，在人少地多的情况下，必须综合各种科技手段进行大规模生产，这种现代化农场模式也将成为农业发展的趋势。

关于爱兰种业的未来，周爱兰还有很多想法。她说："科技人员创办企业，就要发挥自身优势，要有科研产品，要时时创新，否则就会失去竞争力。"

今年，定西遭遇大旱，望着成片成片打蔫儿的种苗，周爱兰心急如焚，四处奔走安排灌溉。每每遇到这种情况，她也会抱怨做农业太累，永远有操不完的心，但所有人都知道，她爱农业，也离不开农业，她还将和她的团队奔走下去。

成功也许就在下一秒

秦 娜

【创客档案】王博，兰州大学资源与环境学院教授、博士生导师。2009年，他瞄准大气污染治理，多方筹资上百万元，历经5年艰苦攻关，成功研发出工业级云式空气净化技术，现已应用于工业领域的粉尘、烟气排放的一体化治理。

【创客语录】让创新成为一种思维方式、一种日常习惯。

【创客启示】做科研，搞创新，只要原理立得住，不管遇到多大困难都应该坚持下去，成功也许就在下一秒。

他是一名大学教授，原本可以守着三尺讲台轻松度日，可"不安分"的他却偏偏一头扎进了"雾霾"里，整天与各种粉尘打起了交道，誓做"粉尘克星"，他就是兰州大学教授王博。

短短5年，王博凭着一股百折不挠的劲儿，完成了工业级云式空气净化技术的研发与投产，这一技术创新的成功应用也为他赢得了业内同行的普遍认可。

从一次工业设计作业开始

2009年，从澳大利亚新南威尔士大学博士毕业的王博进入兰州大学资源与环境工程学院工作，此前一直攻读矿业工程专业的他似乎一时间找不到研究方向。

彼时，北京地区的雾霾天气已成日益蔓延之势。

王博经过研究发现，固定源排放以粒径小于2.5微米的细颗粒物（PM2.5）为主，以数量计可达到颗粒物总数的90%以上，而现有除尘装置的除尘效率虽然高达99%以上，但对细颗粒物的捕获率都很低。

经过一番考量，王博将目光锁定在大气污染治理上，希望能研发出一项有效收集细颗粒物的技术。

真正的研究开始于一次专业课作业。

2010 年,在一次专业课上,王博给大二学生布置了一项工业设计作业:制作一种收尘装置。

收上来的作业五花八门,有的学生提出用喷水的办法收尘,有的提出利用磁场力收尘,还有的提出利用电场力收尘……经过认真评估,王博挑选了 3 名优秀学生,参加了"大学生国家创新创业项目",并获得 1 万元的项目经费。

当时,由于学校试验条件有限,王博带着 3 名学生到西安进行了一个多月的试验。一开始试验进行得并不顺利,喷水收尘的效果并不理想。可在试验的过程中,王博和团队还是找到了一些规律,他们开始改变思路:试一试喷雾的效果。于是,王博又添置了一整套雾化设备,收尘效率明显提高。后来,学生团队以早期试验结果内容在《环境工程学报》上发表了论文,项目也就结束了。

学生们的创新项目虽然取得了成果,可对王博来说,喷雾收尘效果虽好,但还远远达不到收集量级,更别说收集更为细小的 PM2.5 了,研究似乎陷入了僵局。

三年时间上百次试验

试验暂停的日子里,王博也没闲着,他一直在琢磨其中的原理。最终,在其导师、中国科学院院士徐德龙的启发下,他有了新的收获。

首先,收集细颗粒物不能靠"堵"。王博介绍,PM2.5 之所以难收集,是因为颗粒运动的根本源于受力,粉尘随气流运动时是被流体曳力所牵引。随着颗粒粒径的减小,尤其是小于 20 微米的颗粒,所受到的流体曳力呈几何倍数急剧增长。传统收集方式通过增大能耗来提高收集力,但远远赶不上流体曳力的增长速度。

其次,既然细颗粒物太小堵不住,那唯一的办法就是让它"长大"再收集。王博向记者解释,构建相对湿度过饱和的环境,类似于云式形成条件,粉尘颗粒与饱和水蒸气充分混合,饱和水蒸气以粉尘颗粒为凝结核液化并附着在粉尘颗粒表面,使粉尘颗粒粒径不断增大。这不仅改善了粉尘颗粒的亲水性能,而且增大了粉尘的体积与重量,从而降低其流体曳力,使细粉尘颗粒的捕集效率大大提高。

"这两件事想明白以后,突然觉得路宽了。"王博说,我们要做的就是让"云彩"

发生在箱子里。

于是，王博改变了方案，又上路了。他更换了更细的雾化装置，又改进了收尘装置。但到后期，由于收尘装置越来越复杂，王博拿着自己设计的图纸在兰州找了很多加工厂，都没法加工。

就在王博一筹莫展的时候，他突然想到了3D打印。他翻遍了淘宝网上所有提供3D打印业务的店铺，反复对比，打印了好多次，有的没打成功，有的因为材质问题没用几天就坏了……一来二去，光3D打印就花了近10万元。最后，连研究生都打了退堂鼓，劝王博说："老师，您就别再折腾了。"

功夫不负有心人，没过多久3D打印终于成功了。

为了获得更强大的收尘动力，王博又先后尝试运用活塞、发动机等办法，可经过试验，又被他一次次地推翻。最后，随着一项固定件的成功，粉尘收集效果也有了重大突破。

就这样，经过3年上百次的试验，到2013年底，王博的新技术不但能成功收集粉尘，连烟尘都能收集了。由于应用了云形成的原理，王博将技术命名为云式空气净化技术，并申请了专利。

一片新天地就在前面

试验成功了，难题又来了。这项技术该怎么用，用在哪儿？

那段时间，王博不管走到哪儿，不管干什么，总是不忘"推销"自己的新技术。一次，他去福建龙净环保有限公司作学术报告，利用报告结束的几分钟"捎带"讲了讲这项新技术。没想到，龙净环保颇感兴趣。意外得到业内龙头企业的认可，让王博有豁然开朗之感。

很快，在龙净环保的帮助下，广东一家电厂希望用这一新技术提高煤粉转运站的收尘效率。

一到现场，王博就被震住了。偌大的转运站里，煤粉四处弥漫，能见度不过三四米，工人们全都戴着防尘口罩作业，相互看不见，交流只能靠喊。原来，电厂为了降尘，已经想尽办法，可由于粉尘含湿量太高，电除尘、滤袋除尘等传统方法、设备根本没办法发挥作用。

真正的挑战开始了。“要知道把迷你版的实验室设备,放大到两层楼高的‘大家伙’,存在太多不可控因素。”王博说。

管子爆掉、风机烧掉……整整两个多月,王博守在电厂应对各种突发状况。“问题多到当时都想‘跑路’了。”他回忆说。

从生产到试用再到安装投入使用,经过半年多的磨合,设备调试到最佳状态。通过对电厂的技术改造,煤粉转运站发生了最直观的改变:粉尘浓度大大降低,工作环境大为改善。

首次试水虽然没让王博赚到钱,还让他倒贴了不少,但令他欣慰的是收获了传统工业企业对新技术的信任,这也让他对这条路更加坚定。

2015 年 6 月,王博带着设备参加了上海重型矿山机械博览会,并进行了现场演示,这次公开亮相成为一个重要拐点。当时湖南一家催化剂厂正面临困境:一面是到 2017 年必须达到烟尘浓度小于 20 毫克/立方米的国家标准,一面是想了很多办法都无法达标。他们把希望寄托到了这项新技术上。

与煤粉不同的是,王博这次面对的更细、更难收集的催化剂粉尘。催化剂生产过程中产生的粉尘细到一擦到皮肤上就被吸收了,加之高温烟气、气体带有腐蚀性都给技术设备带来了新的考验。

为了确保万无一失,王博自费制作了中试设备。经过 3 个月的中试,终于达标排放。设备试运行成功后,企业将大批采购技术设备,改造全部生产线。

目前,王博的新技术已陆续成功应用于石化、电厂、选煤厂等工业领域。更令人期待的是,今后这项技术还有望广泛应用于城市收尘车、农村秸秆焚烧烟气污染处理等治污领域。

小小分子筛“催化”石油大产业

秦 娜

在中国石油兰州化工研究中心的实验室里,显微镜下,HRSY-4 分子筛呈现出各种漂亮的“姿态”。别小看这些直径还不到 1 微米的小小分子筛,它们可担负着“催化”石油大产业的重任。

几年来,随着“一种稀土超稳 Y 型分子筛及制备方法”的广泛应用,相关催化剂产品达到了国际先进水平,在满足中国汽油质量升级生产需求的同时,已累计为催化剂制造企业创造经济效益超过 2 亿元。目前,这项由中国石油兰州化工研究中心科研团队研发的专利技术获得了“2016 年度甘肃省专利奖一等奖”。

“当时为应对中国汽油质量升级,减少碳排放,课题组启动了这一项目。”中国石油兰州化工研究中心副主任、项目课题组组长张忠东介绍。催化剂是整个催化裂化工艺的关键技术,而分子筛是催化剂中的重要组分,要实现预期目标,其根本就是提高分子筛的性能。

经过多年攻关,课题组成功研发出“一种稀土超稳 Y 型分子筛及制备方法”,这一专利技术的创新点在于:通过化学和物理相结合的方法,使原材料 NaY 分子筛的分散性、热稳定性和结晶度等大幅提升,采用处理后的 NaY 分子筛制备的超稳分子筛也具有高分散、高结晶度以及高稳定等优异性能。“过去分子筛会出现团聚现象,活性组分发挥不出来,通过改良,提高了活性组分的效率,相当于以前需要‘很多人’干的事现在‘一个人’就能干。”中国石油兰州化工研究中心项目经理刘璞生解释说。

而从产品来看,这种分子筛的使用可以使高附加值产品汽油的收率较过去提高 1~3 个单位,同时有效改善了汽油辛烷值、降低了焦炭产率、提高了装置的灵活性及长周期运行能力。“辛烷值是表示汽油抗爆性的指标,也是汽油最重要的质量指标,比如我们常说的 93 号汽油就表示它的辛烷值不低于 93。”刘璞生说。

2011 年,这一专利技术实现了商业转化,有了一个新名字——HRSY-4 分子筛,并被广泛用于辛烷值催化剂和低焦炭产率催化剂的生产。目前,HRSY-4 分子筛已先后在国内 60 多套装置上使用,累计生产催化剂近 5 万吨,并出口至美国、新加坡、印度等国,得以在国外众多高端市场上应用,具有较强的国际竞争力。

在产生巨大经济效益的同时,这一专利技术的应用还解决了炼油厂生产和经营过程中出现的部分技术问题, 推动了中国石油催化裂化催化剂的技术进步,在油品质量升级和环境保护等方面产生了良好的社会效益。

创新驱动　再添活力

——甘肃省科技体制改革打出“组合拳”

秦　娜

扩大高校、科研院所自主权，推进科研领域“放管服”，完善科技创新评价激励机制……近年来，甘肃省围绕创新驱动发展战略，深入推进科技体制改革，特别是系统推进了科技管理方式、科技奖励制度、知识产权、人才评价等重点领域改革，促进了科技与经济融通创新，激发了创新创业活力，为科技创新增添了动力。

目前，全省科技体制改革主体框架已基本确立，正在形成政府有明确的创新导向、创新主体有内在的创新动力、全社会有宽容的创新氛围的良好格局。

2017 年 4 月，甘肃省委、省政府出台《甘肃省深化科技体制改革实施方案》，开启了甘肃省新一轮科技体制改革大幕。《甘肃省深化科技体制改革实施方案》从 9 个方面系统部署 33 项改革举措、127 条具体措施，通过改革推动以科技创新为核心的全面创新，推进科技治理体系和治理能力现代化，为实现发展驱动力的根本转换奠定了体制基础。

高校和科研院所是科技创新的主力军，为激发科研人员创新活力，甘肃省进一步扩大了高校和科研院所的自主权。通过制定出台相关政策，积极回应科研人员关切，放宽了省级财政科研项目资金使用权限，简化改进了高校、科研院所科研仪器设备采购的管理流程，放宽了高校、科研院所基本建设项目的管理权限；通过推进科研领域“放管服”改革，完善人才激励评价机制，实行以增加知识价值为导向的分配政策，逐渐构建体现智力劳动价值的薪酬体系和收入增长机制。

在科技计划管理改革领域，甘肃省也迈出了历史性步伐。目前，省级科技计划体系按照科技重大专项计划、重点研发计划、技术创新引导计划、创新基地和人才计划、知识产权计划以及专项基金等为主要内容的“5+x”新计划体系运行，明确了省级财政科技计划管理改革路线图，并配套出台了科技计划项目管理办法，分步骤、有重点地开展项目资金使用督查和绩效考核评估。同时，政府部门管理职能重心已转向“抓战略、抓规划、抓政策、抓服务”，正在试点第三方机构承接科技项目管理工作。

通过一系列改革，进一步强化了企业的创新主体地位，有效促进了科技成果转移转化。以省级科技重大专项为例，由天水华天电子集团股份有限公司承担的“超大晶圆功率器件封装技术研发及产业化”项目，研发了半导体超大晶圆功率器件封装全套工艺技术，目前产品已进入国际主流市场，并建成一条年封装能力 1.2 亿只的生产线。此外，“新型内燃机车冷却系统技术开发”等项目加速实现产业化。与此同时，甘肃省科研院所改革也在稳步推进。通过制定出台《省属科研院所科技创新能力建设实施办法》，有效激发了省属科研院所发展内生动力，提高了科研院所科技创新能力。去年 11 月，甘肃省化工研究院、甘肃省膜科学研究院等省属科研院所完成脱钩改制，转变为真正意义上的企业。过去，部分院所依靠政府拨款生存，市场竞争力不强，多年来发展比较缓慢，如今通过改革重组、建立现代企业制度，激活了科研院所的发展潜力。

2016 年 10 月，被称为科技创新“黄金 30 条”的《甘肃省支持科技创新若干措施》正式发布，成为甘肃省科技体制改革的一件大事。《甘肃省支持科技创新若干措施》“剑指”制约科技创新发展的诸多障碍和约束，鼓励通过奖励、股权激励、后补助等多种形式激发创新主体活力，同时鼓励放开科研单位、企业用人自主权，给广大科研人员“松绑”。好政策关键在落实，《甘肃省支持科技创新若干措施》颁布实施以来，甘肃省各地(州、市)、各有关部门出台了配套政策，基本形成了多维立体的创新政策体系。在多部门联动协同发力和财政全力保障下，创新政策红利凸显。据统计，2017 年共补助项目 422 项、下达奖补资金 8 786 万元。科技创新政策的有效落地，使全社会形成了更为浓厚的创新氛围和势头，为经济社会发展提供了有力的科技支撑。

专家“吆喝” 企业“淘宝”

——兰州科技大市场推进科技成果转移转化的一次探索

秦 娜

“这项当归育苗技术在低海拔地区适用吗？”

“现在甘肃省藜麦的加工生产技术是否成熟？”

……

2019年4月30日上午，一场特殊的路演在兰州科技大市场举行。来自甘肃省农业科学院和兰州大学的15位农业领域专家集中登台，向省内多家农业企业推介团队的最新科研成果。

台上，科研人员卖力“吆喝”新品种、新技术，从成果特性到产量预测，再到投资回报……内容丰富、数据翔实；台下，企业家听得仔细、看得认真，时不时就感兴趣的问题提问交流。

“这么大规模集中推介我们的科研成果还是第一次。”甘肃省农业科学院副院长贺春贵介绍，这次推介的近20项科研成果都是甘肃省农业科学院近几年的代表性成果，不仅有谷子品种“陇谷13号”、饲草高粱品种“陇草1号”、藜麦品种“陇藜1号”等新品种，还有“当归熟地育苗技术”“苹果多元化加工技术”等实用新技术。

贺春贵说，通过路演这种方式，专家和企业面对面、实打实地交流，既让专家进一步明确企业的需求，从而调整研究方向，使科研与生产、市场更紧密地结合起来，同时企业也可以全面了解科研院所的科技成果，找到适合企业生产经营的技术、品种、产品等，进行交易或合作开发，实现共赢。

路演结束后，甘肃省农业科学院分别与甘肃华丰草牧业有限公司、甘肃同德农业科技集团有限责任公司等企业签署了相关技术服务协议，“陇草1号”“陇藜1号”等科研成果找到了好“婆家”。

专程从环县赶来的甘肃荟荣草业有限公司总经理吴恩平收获满满，公司与甘肃省农业科学院签署了“黄土高原人工放牧基地建模”技术服务协议。过去两年，通过与甘肃省农业科学院合作，企业运用新技术在环县试验示范种植牧草670公顷，丰富了草品种，提高了生产量，今年还要合作扩大种植面积。

“我今天来还想再淘淘宝。”尝到科技甜头的吴恩平想看看有什么新的商机。在他看来，通过这种集中推介，不但给企业普及了前沿农业科学知识、展示了最新科研成果，更重要的是为企业和科研院所搭建了沟通的桥梁。

“过去，一边是企业苦于找不到急需的成果技术，一边是科研院所有许多好成果‘养在深闺无人识’。去年，为破解这些难题，甘肃省全面启动了科技成果转移转化直通机制。”兰州科技大市场管理有限责任公司董事长于民介绍。作为技术与市场的“媒人”，科技大市场一直在探索科技成果转移转化新模式和新路径，举办农业领域科技成果专场推介会就是一种全新尝试，通过这种方式，推动了产学研结合，促进科技成果向现实生产力转化的效果看得见、摸得着。

据悉，今年围绕推进科技成果转移转化直通机制，兰州科技大市场将创新服务模式，通过举办各类科学技术专场推介会，进一步集聚高端创新要素，畅通供需渠道，促进科技成果转移转化。

共赴一场"科学之约"

——中国科学院兰州分院第十五届公众科学日活动走笔

秦　娜

走进中国科学院兰州分院，参观"大国重器"，聆听科学报告，做有趣的科学实验……2019 年 5 月 18 日，一年一度的中国科学院公众科学日活动开幕，中国科学院近代物理研究所、中国科学院兰州化学物理研究所、中国科学院西北研究院面向公众开放，组织了科普讲座、趣味实验等丰富多彩的系列科普活动。较之往年，今年的活动体验性、参与性更强，吸引了大批公众赶赴这场"科学之约"。

走进中国科学院近代物理研究所，最引人注目的莫过于一面大型展板，原来这是一张"巨型"元素周期表拼图。展板前，很多小朋友在家长的帮助下，把各个化学元素拼图按顺序拼到合适的位置，在游戏中了解学习了化学知识。

"今年是元素周期表诞生 150 周年，我们以此为主题设计了这款'探秘自然密码，嗨玩微观世界'元素大挪移互动活动。"中国科学院近代物理研究所科技处科普主管高静一介绍，参观重离子加速器、科普展览、科普报告、科普阅读、科普实验秀等活动受到公众普遍欢迎。其中，《世界上的元素来自哪里》《一次虚拟的黑洞之旅》等科普报告都与时下最热门的科学话题有关，场场爆满。

除传统活动外，中国科学院近代物理研究所此次还推出了"科学明日之子"等"新花样"。记者看到，在中国科学院近代物理研究所的一处草坪上，专门搭建了演讲区，小朋友可以把现场学到的科学知识以演讲报告的形式展示给大家，当一回"科学小明星"。"今年的活动形式更加新颖，开放预告发出后，共接到了 5 000 人次的预约报名，仅今天早上就有 2 000 多人参观。"高静一说。

在中国科学院兰州化学物理研究所，一大早，中国科学院院士刘维民就走上科普讲台,为前来参观的中学生作了一场题为“摩擦润滑中的科学与技术”的科普报告,接地气的演讲让在场学生意犹未尽,演讲结束后,大家争相举手提问。据介绍,此次中国科学院兰州化学物理研究所将互动实验作为科学日活动的“主打牌”,设计了“摩擦起电”“面不改色”“碘钟实验”“魔术蛋糕”等6组简单有趣的反应实验及3D打印秀。活动现场,小小的实验区始终被围得满满当当,小朋友们在科研人员的指导下有模有样地做实验,或惊叹、或欢呼……一个个乐在其中。

今年,为了让不能来现场参与体验的科学爱好者也能感受到科技的魅力,中国科学院近代物理研究所、中国科学院兰州化学物理研究所还参加了中国科学院组织的线上活动,通过直播的方式向网友呈现了精彩的科学日活动。

在中国科学院西北研究院参观的人群中,有一队“小黄帽”引起了人们的注意,他们是来自武汉外国语学校的地理研学团队,这已经是这所学校连续第四年参加中国科学院西北研究院的科学日活动了。带队的地理老师柯婷告诉记者,这项活动已经成为学校的传统,通过实地参观,一方面让同学们感受一线科研人员的科研状态,激发大家对科学的热情;另一方面,平时在地理学习中,很多知识都涉及到中国科学院西北研究院的科研成果,这样面对面的交流也让孩子们有了更深刻的印象。

“中国科学院西北研究院的科学家讲的有关石油的话题我非常感兴趣,这种参观活动让我开阔了眼界,学到了很多以前不了解的知识。”来自康乐一中的高一学生线威强,一大早就和老师同学赶到兰州,第一次参加公众科学日的线威强感到收获满满。

“科技强国,科普惠民”,一天的活动紧紧围绕这一主题。正如中国科学院院士赖远明在讲解中勉励青少年所说:“希望你们对科学产生兴趣,将来投身科研事业,让我们国家的科技变得更强,因为科技强则国家强、少年强则国家强。”

亩产超过两吨　不怕干旱低温

——甘肃省农科院“马铃薯绿色增产增效技术”助力寒旱农业发展

秦　娜

“今年信心大得很！”进入2019年5月，定西市铂源农产品农民专业合作社负责人田永霞的马铃薯种植也进入收尾阶段。在定西市安定区葛家岔黑营村播种现场，3台新型立旋深松机在地里来回深耕、施肥、覆膜。田永霞跟着忙前忙后，干劲十足，给她带来信心的是甘肃省农业科学院旱地农业研究所张绪成研究员团队研发的“旱作马铃薯绿色增产增效技术”。

田永霞的合作社成立于2013年，起初只做马铃薯收购。2015年，她流转了13.4公顷土地，“小试牛刀”种起了马铃薯。去年一次偶然的机会，得知附近乡上正在开展“马铃薯绿色增产增效技术”培训，一向对科技信息很灵敏的田永霞第一时间赶去观摩学习。后来，抱着试试看的想法，她在流转地里选了6.7公顷用新技术试种。让她没想到的是，当年马铃薯平均每公顷产量超过134千克，产量较上年翻了一番。尝到科技甜头的田永霞，今年一口气流转了134公顷土地，而且全部采用新技术种植。

“这套技术的核心就是立式深旋耕作技术。”张绪成介绍。在播种现场，记者看到由深旋机松过的土地，深度达到40厘米，较普通旋耕方式深20多厘米，而且土壤也更疏松。“通过深旋，土壤性状发生了改变，土壤的孔隙度更高，从而提高了土壤的温度，使土壤温度波动保持在一定范围内，同时降低了土壤的萎蔫系数，土壤的‘锁水’能力由此提高，最终实现土壤水分的高效利用。”张绪成解释，由于土壤疏松，作物根系的发育也更发达，有效促进作物生长，提高了抵御低温和干旱的能力。

从2015年开始，张绪成团队依托承担的国家科技支撑计划和甘肃省科技重大专项进行科技攻关，重点研发了立式深旋耕作技术，并配套立式深旋机和化肥追施深施机械，形成了以“立式深旋耕作技术、垄上微沟栽培技术、化肥减氮增钾追施和深施的养分管理技术”为主的旱作马铃薯绿色增产增效技术体系，大大提高了马铃薯水肥利用率。

“去年我们的马铃薯不但丰产，而且个头大、品相好，非常抢手。”田永霞说。“通过 4 年的试验和中试示范推广，目前这项技术能够使马铃薯稳定增产 40%以上，同时商品率提高 20%。”张绪成介绍。去年在定西及会宁的示范区，平均每公顷增收达到 87.1 元，即便在马铃薯价格低迷期，也能实现每公顷增收 46.9 元以上。今年，依托甘肃省财政项目，科研团队在定西、天水及会宁等地推广种植达到 6700 公顷，预计增收上亿元，将有效带动当地贫困户和合作社脱贫增收。

这一技术对党参等块茎类作物同样有效。目前，科研团队已将这套技术成功应用于党参等中药材种植中，通过改善土壤质量、优化栽培技术，能够有效减少病虫害，提高党参的品质和产量。

“技术提高了作物抵御干旱和寒冷的能力，能够有效解决目前甘肃省发展寒旱农业在种植方面的瓶颈问题。”张绪成介绍。试验表明，在越干旱、低温的情况下这套技术表现越好，发挥的作用也更突出，这套技术在西北黄土高原寒旱区广泛推广后，将带动马铃薯和道地中药材产业绿色发展。

据悉，目前张绪成团队正在探索替代地膜的绿色覆盖技术，未来将通过绿色覆盖技术、立式深旋耕作技术、秸秆还田技术等技术集成，让土壤更健康，最终实现马铃薯从绿色生产到有机生产。

航天510研究所引力参考传感器首次在轨应用发挥关键作用

秦 娜

2019年9月21日下午，中国科学院举行新闻发布会，将空间科学(二期)战略性先导科技专项首发星——微重力技术试验卫星正式命名为"太极一号"，并展示了该卫星成功验证空间微重力条件下超高精度控制和测量技术的初步成果。其中，作为"太极一号"卫星的核心测量设备，由中国航天科技集团有限公司第五研究院第510研究所(简称"航天510研究所")研制的引力参考传感器首次在轨应用并发挥关键作用，标志着中国在世界最前沿的航天高精尖领域开始发力争先。

此次，航天510研究所研制的引力参考传感器在"太极一号"卫星开展微重力测量、激光干涉测量、无拖曳控制等试验中发挥了重要作用，不仅实现了对极微弱卫星平台扰动的精确测量，也为卫星的超高精度控制技术验证成功奠定了坚实基础。

据了解，航天510研究所从事空间微重力测量已有近40年历史。自2000年起，航天510研究所科研团队开始挑战高精度静电悬浮加速度测量技术，该技术也被称为最精密的空间测量技术之一。在近20年的科研成果基础上，科研团队用短短一年时间，为微重力技术试验卫星研制了最核心的测量设备——引力参考传感器。科研人员介绍，这一项目是静电悬浮加速度测量技术的首次在轨应用，它可以监测到卫星平台受到任何最微小的扰动，包括来自太阳光照的微弱压力及来自太空里极其稀薄气体的阻力，甚至是来自地球对卫星的反向辐照压力。

此外，该项技术也是未来空间引力波探测、超高精度惯性导航、全球气候及重力环境研究等重大和前沿空间科学研究和工程应用领域的关键技术。

8月31日，微重力技术实验卫星在酒泉卫星发射中心成功发射。截至目前，卫星状态正常，各项测试结果正常，第一阶段在轨测试任务顺利完成，并取得一系列成果。意味着中国空间引力波探测成功迈出了第一步，为中国在空间引力波探测领域率先取得突破奠定了基础。

甘肃一号工程：力推科技成果落地转化

杜　英

“创新体制解决协同问题，创新机制解决动力问题，突破科技成果转化的瓶颈约束。”甘肃省人民政府省长刘伟平日前主持召开省长办公会，专题研究深化科技体制机制改革，推动科技成果转化的问题。本次会议被认为是2014年的甘肃一号工程。

甘肃是国家早期的重工业基地，形成了重离子物理、石油化工、冰川冻土、荒漠防治、高原气象、草业科学、真空物理、地质勘探等标志学科领域。但与快速增长的科技成果和知识产权相比，转化效率和辐射效应不充分，始终是经济工作痼疾。科技成果就地实现产业规模的不足一成，产学研耦合度只有20%。

“现行体制机制对成果转化的关注程度不够，域外吸引政策和企业巨大需求构成成果外流的强大推力，创新链、产业链和资金链不配套制约转化效率，技术转移机构和职业人才短缺影响转化深度，部门间的创新资源碎片化成为转化政策阻抗。”省长办公会议深刻分析了成果转化的主要瓶颈。会议认为，科技成果转化是促进产业结构转型升级增效和经济社会持续健康发展的必由之路。对于当前产业规模程度低、资源统筹能力低、协同创新实效低的“三低”问题。要坚持问题导向，关注体制机制障碍，开门集纳意见。重点从建立产学研协同创新机制、整合规划和资源两方面着手，完善科技成果转化促进机制，推动企业成为科技成果转化主体，深化以科技成果转化为主导的科技管理体系改革，倒逼自主创新成果落地转化。

“实施积极的科技管理政策和稳健的创新决策制度，抓住市场脉搏配置创新资源，释放科技创新红利。”会议指出。尽快建立统一协调的政府工作体系，改革部门分割的管理体制，整合科技创新资源，加大成果转化投入，强力推进科技成果产业化。尽快完善科技成果转化的促进机制，制定操作层面的改革政策，充分发挥市场作用，做好人才服务保障，健全创新评价机制，建设创新中介平台，引导科研机构围绕优势产业需求开展科技创新,推动企业成为科技成果转化主体。把成果转化、产出效益、贡献额度作为评价科技创新成效的重要指标,紧盯重点实验室等国家创新机构成熟的科研成果,逐项成果、逐个企业实施对接。强化创新要素在现代市场体系建设中的导向作用,培育新的经济增长点。

"在科教资源集中的区域建设试验区,形成经济发展的核心驱动力,打造面向未来的创新战略平台,面向形成西部新的产业创新集群。"会议要求。全力推进"兰白科技创新改革试验区"建设工作,先行先试差别化的发展战略,针对欠发达地区特点,在试验区探索更加优惠的财税金融、股权激励、土地产业、商业模式、人才创业等方面的政策,集聚创新资源,依靠科技创新发展绿色经济,建设丝绸之路经济带"黄金段"的重要支点,探索西部欠发达地区深化科技体制改革、促进科技成果转化的经验与路径。

"科技体制改革怎么破题?如何发挥国家科研机构的作用?如何推动科技成果落地转化?这是甘肃应对发展形势、实现目标任务、加快小康社会建设进程必须做好的大事。"刘伟平说。要坚持以科技实绩论英雄,促进科技与产业、企业、市场的对接,推动科技成果资本化、产业化,打通从科技成果到生产工艺的"最后一公里",切实将科技盆景转化成创新风景,将科技势能转换为发展动能。

甘肃专利申请受理量首破万件

杜　英

2013 年，甘肃省专利申请受理量 10 976 件，首次突破万件大关，同比增长 33%，居全国第 24 位。这是记者 2014 年 2 月 15 日在甘肃省知识产权局得到的讯息。

在数量增长的同时，甘肃专利创造质量也有提升。专利授权 4 737 件，增长 36%，其中发明专利授权和 PCT 国际专利受理都呈两位数的增长。万人口发明专利拥有量 1.06 件，提前两年完成“十二五”目标。

政策体系、工作体系和支撑能力建设实施有效，兰州和天水进入国家企业知识产权托管工作试点城市行列，星火机床、酒泉钢铁等 27 家企业成为首批国家知识产权示范企业和优势企业。组织“护航”专项行动，维权能力得到提升，排查各类商品约 1 万件，处理侵权和假冒专利案件 147 件。建设数据服务和在线分析一体化的信息平台，专利电子申请率 82%，同时强化宣传培训，探索遗传资源和传统知识保护、专利预警与风险规避等新型业务，制订《知识产权战略实施推进计划》，建立陕甘知识产权协调管理机制，社会影响力进一步提升。

“知识产权制度是现代市场体系的重要内容、现代产权制度的必然要求、创新资源优化配置的基础手段，必须深刻把握全面深化改革进程面临的新要求。”甘肃省知识产权局局长朱晓力说。今后一个时期，按照量质并举和资源集成的原则，实施发明专利倍增计划，实施优势企业贯标工程，实施专利技术孵化转移，实施维权援助知识保护，实施服务品牌培育制度，推进知识产权与经济科技发展的深度融合。

甘肃依靠科技创新化解产能过剩

杜　英

“通过5年努力,使钢铁、水泥、电解铝、平板玻璃等行业产能利用率达到合理水平。”这是2014年2月28日记者从甘肃省工业和信息化委员会得到的消息。

“推进重点行业企业兼并重组,推进落后产能退出和产能置换,推进一批重大循环经济产业链培育延伸,推进企业集约集群化发展。”甘肃省工业和信息化委员会主任李平认为。将科技创新作为化解产能过剩的主线,促进技术研发、成果转化和产业化的有机结合,是甘肃必然的发展路径。

据介绍,2014年,总投资5 804亿元的1 000个重点企业技术装备和主导产品升级改造项目、827个战略性新兴产业重点项目已经得到布局。同时,实施“六个一百”企业技术创新培育工程,即:培育100家科技创新型企业,依托企业建设100个工程技术研究中心、实验室和协同创新中心,引进和培育100个科技创新创业团队,重点资助100个重大科技成果转化项目,研发100个国家级科技新产品,贴息补助支持100亿元科技贷款,提升企业自主创新能力。

“实施有色冶金、煤炭及煤化工、装备制造、医药等产业板块的兼并重组,跨区域引导钢铁、电解铝、石化、平板玻璃等产能置换和集中布局,推动钢结构、绿色建材、新型铝材、精细化工等产品的广泛应用,积极化解过剩产能。”据李平介绍,甘肃将培育5个主营业务收入千亿级、20个百亿级、100个十亿级、500个过亿级的企业集团和优势企业集群梯队。

国内首个水性材料科技产业园落户兰州新区

杜　英

2014年3月17日,兰州科天水性科技产业园建设在兰州新区正式开工,产业园占地804公顷,总投资80亿元。

兰州科天水性科技产业园是国内首个水性材料科技产业园,坐落在兰州新区北部石油化工产业规划区。产业园将以研发、孵化、产业化的方式,建设年产20万吨水性涂料和聚氨酯保温板、8 000万米水性合成革、20万吨水性树脂、100万吨功能性吸水树脂等建筑新材料生产线,并设立“科天健康家居体验馆”。项目建投达产后,水性树脂和涂料产品市场份额占西北地区的10%,实现总产值255亿元。同时带动有机化工、新材料等多个项目,创建西部水性高分子材料产业链和创新链。

该产业园是合肥科天化工有限公司的产业转移项目,科天化工是专业从事绿色环保高分子材料的高新技术企业,解决了合成革水性化发展的诸多重大关键问题和技术难题,率先研发水性聚氨酯合成革贝斯工艺技术,升级了建筑材料绿色环保发展产业技术路线。

甘肃研制成功最大吨位电力智能化牵引机

——将为特高压和智能电网建设提供解决方案

杜　英

甘肃省电力公司成功研制出的SAQ-420智能化牵引机,2014年3月27日在兰州高新区装备制造业园放线试验成功。“作为世界最大吨位等级的电力施工架线用牵引设备,标志着复杂条件下特高压和智能电网大截面导线施工工艺提升到新的水平。”工程负责人刘文邦说。

据了解,该型牵引机最大牵引力42吨,最大牵引速度5千米/小时,能为1 250平方毫米或1 520平方毫米导线展放提供解决方案。采用RC微处理器,通过对安全情景的模拟预设,提供全面的恒速控制、无级变速和自动保护能力,实现整体智能控制。设计了具有自动记忆功能的导线夹紧装置和尾绳摆线装置,大幅度提高了电网工程施工效率和安全性能,降低劳动强度和导线损耗。“与目前广泛使用的38吨位牵引机比较,牵引吨位、控制技术、设计工艺达到先进水平。”国家电力科学研究院蒋平海认为。

该型牵引机外观设计有较大幅度的创新, 配套大型运输车辆的拖挂式底盘,可最大限度降低整机尺寸,移动运输更加灵活便捷。彩色显示器由多页面显示压缩到两个页面,重要参数提供仪表显示及文字显示两种方式,显示面积和屏幕分辨率有所改善,操作简捷舒适,实现参数实时记载和故障及时自检。与两台智能化张力机配套使用,可同时进行四条线缆的展放。

“牵引力达到420千牛,能充分满足目前大截面导线的施工条件。”据刘文邦介绍,SAQ-420智能化牵引机一相导线线路展放只需工作两次, 节约成本30%以上,对于国家“西电东送”工程的实施有积极作用。

甘肃首家科技银行开业

——量身定制多种融资创新产品

杜 英

2014年3月31日，兰州科技银行正式开业。这家专业银行由甘肃省科技发展投资有限责任公司、兰州市科学技术局、兰州银行、古德瑞通担保公司四方共建。作为甘肃首家创新风险资金托管银行，授信10亿元额度为科技型中小企业发展提供科技贷款，并对补偿额不超过40%的企业给予风险补偿。

“兰州科技银行的成立，标志着甘肃科技金融市场逐步走向成熟，创业风险投资呈现利好信号。”合作签约仪式上，甘肃省科学技术厅厅长李文卿表示，以资金链打通创新链，构建金融服务业态和新型商业模式，为科技型中小企业发展持续提供资金支持，是助力产业转型升级、发展资本市场和实施创新驱动战略的必然选择。

兰州科技银行按照“政府+创投+基金+担保+证券”模式，“量身定制”多种融资创新产品，覆盖孵化、加速、成熟、扩张的创新链条，满足不同创新阶段的特色融资需求。

“建设科技银行等投融资平台，带动金融机构和社会资金参与的举措，有益于财政资金使用的体制机制创新。”兰州市人民政府副市长戈银生认为，科技银行拓宽了适合科技规律的多元化融资渠道，改进了政策协调和组织实施机制，将为城市管理服务模式创新发挥积极作用。

业内人士表示，兰州科技银行是西部金融体制机制创新的新事物。推出的以创新链金融为主的融资品牌具有很强的针对性，知识产权质押、银投合作、联保联投、电子商务等科技金融产品有望成为成果转化的动力。

中国青少年机器人甘肃赛区将开赛

杜 英

第 14 届中国青少年机器人甘肃赛区竞赛将于 2014 年 4 月 12 日在酒泉市开赛,赛期 3 天。同时,举办 29 届青少年科技创新大赛、科技辅导员论坛、科技大篷车巡展等科普活动。这是记者 3 月 31 日从甘肃省科学技术协会得到的消息。

本届机器人竞赛以“快乐成长”为主题。全省共有 66 支参赛队、126 位教练员和 587 名代表参赛。分为机器人综合技能、机器人创意、机器人足球等 5 类竞赛项目,按高中、初中、小学分组展开。根据竞赛成绩,组建全国竞赛甘肃代表队。竞赛期间,还将组织机器人舞蹈、乐队、举重表演活动,激发青少年探索学习信息技术的兴趣,推进校园素质教育。

同期举行的科技创新大赛共有 17 支代表队参赛,展示、表演科普作品 1 124 件。大赛将选取优秀作品参加全国青少年科技创新大赛、“明天小小科学家”奖励活动。

据介绍,甘肃青少年科技活动居于西北前列,在十三届全国机器人竞赛中,取得 20 个奖项,其中金奖 1 项、银奖 4 项。在近八届的全国青少年科技创新大赛中,共获得约 300 个奖项。

兰州铁路局保障宁夏春耕物资

杜　英

2014 年一季度,兰州铁路局发出专列 7 946 车,装卸种子、化肥等农用物资 50 万吨,支持宁夏春耕生产。解决部分 60 吨货车首先抢运,调剂 70 吨。

“解决部分 60 吨货车首先抢运,调剂 70 吨棚车补货装车。”听到兰州铁路局总调度中心的消息,宁夏金牛集团负责人眉头舒展了。这家企业供应着全区的复混肥料,年铁路发送量 16 万吨。针对 70 吨棚车和库房紧张的情况,兰州铁路局及时调整运输计划。既满足了春耕生产需求,加快车辆使用效率,也集成了车辆转运资源。

为了做好宁夏涉农物资运输,兰州铁路局在今年初就组织 3 个货源调查组,深入同心、固原、中宁、吴忠、银川等春耕农用物资集散地,与基层政府和农协组织联系沟通,开展货源调查,有序组织发运。同时,开通绿色通道,实现快速装卸、快速发运、集中到达。严格落实装卸作业标准化,合理调整装卸机械和力量,保证 24 小时作业周期。货场管理人员加强卸车技术状态检查,对湿痕包装或受潮板结的货物编制记录、单独码放,简化交付程序。为了提高服务质量,货运营业室选派客服人员,定期对客户进行回访,专门编制常发货物和常发到站运价,确保运输受理服务质量。

甘肃新一轮科技体制改革正式启动

杜 英

作为西部科技资源相对集中的甘肃,在科技体制改革中将有一系列动作。“改革的重点就是实现产学研协同创新机制和科技资源整合。”在2014年4月24日的启动会议上,甘肃省科学技术厅厅长李文卿表示,要着力创新科技成果推广和科技项目形成的组织模式,解决科技资源“碎片化”问题,消除科技创新“孤岛现象”。要联合产业部门组织重大项目,建立重大科技项目省、市、县共投共享制度。

据介绍,甘肃科技体制改革“路线图”将围绕9条路径主动展开。即:加强科技体改组织领导,优化科技计划项目管理体系,完善科技创新成果评价机制,调整科研资金管理运行机制,构建中小企业创新公共服务平台,强化科技创新激励机制,健全技术转移转化服务平台,提升区域创新能力,建立长效监督工作机制,包括20项具体任务。“密集出台一批政策措施,释放改革红利,营造良好的法制环境,提高全社会科技贡献率和创新自觉性。”李文卿说。

一季度以来,甘肃省大幅度调整科技计划,主体计划类别缩减为6个,其中创新能力建设和重大专项占到经费预算的64%,主体计划项目单项资助强度原则上不低于10万元。同时,合理控制项目数量,实施科技计划项目库管理,建立科技计划报告制度,探索财政经费后补助,改革科技成果验收和政府资金补助办法,建立健全项目公示和责任倒查机制,加强项目实施和资金管理使用的监管,复建兰州科技大市场……一系列动作,释放出明显的改革信号,操作模式轮廓逐渐清晰。

按照甘肃省委统一部署,甘肃省科学技术厅组建了深化科技体制改革领导小组,针对突出问题,分设科技成果转化与评价、科技资源优化配置、协同创新机制、综合协调4个专项改革小组,负责科技体制改革的总体设计、统筹协调、整体推进、督促落实,统筹协调行业、区域间科技体制改革问题。

专利质押贷款需打造“利益链”

杜　英

“2013年,全国知识产权质押贷款规模已经达到250亿元,甘肃还在千万元水平上徘徊。”“商业银行的顾虑是法律风险、估值风险、经营风险和处置风险。”“目前质押贷款还是偏重企业经营业绩，实质是信用贷款，专利权仅是补充内容。”2014年4月26日,记者就知识产权质押问题分别采访了有关人士。

“实际很简单,价值评估和政策保障就是突破口。”甘肃省知识产权事务中心张景玲认为,国内已经有成熟的评估机构和操作模式,关键是地方政府要有强有力的政策扶持,比如风险基金投入和贴息贷款担保。

记者注意到,甘肃省在2012年2月就出台《专利权质押融资指导意见》,并在同年建立了重大经济活动专利预警机制,规范了质押专利的审查办法、申办流程、资金监控及债务清偿等内容。“2012年质押额最高,达到6 000万元,总体进展并不乐观。”甘肃省知识产权局局长朱晓力说。

对国家民生科技计划项目“三维数字社会服务管理系统”授信放贷,是兰州银行的成功案例。该行代理业务部负责人介绍了经验,一看企业销售前景,二看评估结果,三看质押登记。但这位负责人同时也对中小企业成果落地转化能力、评估信息的对称性表示了疑虑。

“商业银行担忧质押贷款带来的各种风险,是症结所在。”中国技术交易所的滕波给出了破解之道。他认为,对法律风险和估值风险,在质押贷款前期要做一个专利价值分析,帮助金融机构更好地辨别专利稳定性、技术先进性、企业主营业务相关性和市场控制性;对于处置风险可以通过市场化的手段规避,需要地方政府引进灵活的市场化机制,在贷款前做专利价值的处置可行性分析,确认变现可能性,提高银行对知识产权质押贷款的积极性。“中国技术交易所拥有自己的评估公司、担保公司和基金管理公司,作为中间缓冲手段,可以把银行的风险转嫁80%~90%。”

采访中,记者了解到多家商业银行对专利权质押业务都处于等待状态,并没有实质性开展这项业务。由于缺乏中介服务机构,技术不了解导致信息不对称,希望政府部门搭建信息共享平台;由于缺乏政策引导,评估值小导致贷款额不高,如招商银行规定质押融资额度不得高于35%;由于缺乏风险分担机制,风险承担量大导致业务推广面低,应当由政府建立风险分担机制。“希望政府部门提供值得信赖的企业合作名录和潜力专利名单,增加质押专利可信度。”中国农业银行甘肃分行有关人士称。

“2012年甘肃专利权质押贷款只占新型融资担保方式产生贷款额的7.7%,放贷额度范围都在100万~200万元,实施效果并不理想。”中国人民银行兰州中心支行有关负责人坦言。他建议,政府推动培育技术融资市场,在质押初期实行贴息贷款。同时,采取基金和科技企业联保机制建立担保机构,利用组合形式降低银行风险。“借鉴商务风险基金管理办法,组建知识产权风险担保基金公司。大力宣传有关的政策措施,积极推进专利质押工作。”甘肃省人民政府金融办、甘肃省银监局的有关人士都表示了支持意愿。

“通过系统培训、岗位培养、机构培育,强化本土评估队伍建设。”朱晓力说,尽快与风险投资公司合作,建立基金“风险池”,共同打造专利质押贷款的“利益链”。

甘肃源岗农林开发公司:生物菌绿化技术“扮靓”黄土高原

杜　英

2014年5月,兰州市区周围原来袒露着黄土的陡坡上,一畦畦嫩芽已然露头。这些坡面吐绿,靠的正是“土生土长”的微生物菌群。“达到国内领先水平,具有典型的推广价值。”对于甘肃源岗农林开发公司研制的这项为黄土高原带来绿色希望的技术,验收组给予了很高的评价。

由于长年的水土流失,兰州黄河两岸、高速公路两侧沟壑纵横,小于60°的湿陷性黄土斜坡达到13万平方米,需绿化或补种面积160万平方米左右。在生态环境脆弱的中国西部地区,类似于兰州的情况并非个例。“西部中小城市及小城镇周边,需绿化或补种的总面积在1 600万平方米左右。”技术负责人秦伟志说。

“多年形成的大白坡不会自然绿,如果把相当长时期才能恢复的当地微生物菌群,一次性投入到需要绿化的地方,短期就会见到绿化效果。”在甘肃源岗农林开发公司,秦伟志和他的博士团队为生物菌绿化法付出了十多年的艰辛努力。

“想在什么地方建立植被、改良土壤,就用什么地方的土著微生物提高土壤有效养分,模拟当地生态状况较好时期的土壤结构。我们在恢复玛曲沙化土地时,利用当地微生物和建植技术模拟出几万年形成的草甸层,自然繁殖恢复了当地植被。”秦伟志建立了生物菌群实验室,在西北地区开展土壤微生物采集、优化、保存工作,成功分离并保存有益土壤微生物菌种39个,并纳入国家菌种库,这些微生物如今正源源不断地在土壤中分泌植物营养成分。

中国治理水土流失大多选用水利改良法、化学改良法、挖土填土法、压沙改良法、种植耐碱盐植物改造土壤,利用机械、化学和乔木方法固沙,耗费大量人力物力,治理周期长,改造速度慢。秦伟志团队利用西北高寒环境的微生物菌、可降解纤维素吸水树脂、麦草秸秆等农业废弃物和辅助物质制成基础材料，用喷播机喷洒在山坡上，人工均匀撒种，就可以在沙土表面既能形成固沙封土，还有利于植物生长的覆盖层。“1台喷播机每天能绿化2 000平方米的土地，每平方米的治理成本控制在10元以内。”秦伟志说。

从2006年起，秦伟志团队就参与到兰州市白塔山、金城关等地的绿化美化中，累积“喷”绿了12万平方米，设计区域绿化覆盖率达到90%。几年来，该团队的生物菌绿化法已经取得很大的进展，初步解决了玛曲牧区土壤贫瘠、有机质含量较低、土壤结构破坏、沙化土壤保水能力较差的问题，为科学治理黄河上游水源补给沙化区提供了技术参考及工程示范，至今已获得发明专利6件，实用新型专利4件，1项省级重大专项，26.67万公顷的荒漠化土地植被修复。

创造神奇的“针刀”

杜　英

“能下地走动了！”被类风湿关节炎折磨了大半辈子的李奔东，操着浓重的地方口音告诉记者，是两次“手术”给他的生活带来了变化；31岁的高述智有着同样的惊喜，强直性脊椎炎使得他“蹲不下，躺不平”，住院3天后就能串病房，与病友聊天了。创造医学神奇的正是小小的针刀，临床称“针刀松解术”。

2014年5月，甘肃省中医院风湿骨病科治疗室里，主任医师王海东向记者演示了神奇的针刀疗法。“刺入人体特定穴位或病变部位，会避开血管和神经。”王海东边操作边讲解，“实质是闭合性松解术，1根银针、11个点位、5分钟时间，就可以完成一台椎间盘突出手术。创口非常小，患者基本没有痛苦。”外形颇像针灸针的小针刀，针尖带有不到1厘米宽的刃口，巧妙地整合了针灸针和手术刀两种器械的优势，能轻松进入病变部位，进行切割、剥离、松解。达到粘变组织分离，疏通理气、消炎镇痉的功能。

“2007年的营业额只有50万元，2013年达到1 700万元，一切神奇都源于针刀松解术。”王海东介绍，甘肃省中医院风湿骨病科是全国14个针刀医学临床基地之一，经过近10年的发展，已经从一个不起眼的学科一跃成为医院的领军学科之一。项目实施一年多来，王海东团队摸索出了关节炎、颈椎病、肩周炎和网球肘等9种常见风湿骨病的松解治疗规程，制订蜡疗技术推广、中药涂擦技术规范文本。目前这项技术被列为2012年甘肃省科技惠民项目，已在5家基层医院落地开花，培训医师2 400人次。由于疗效显著、价格低廉，深受项目地区群众欢迎。

更节约，更透明

李 峰

根据甘肃省科学技术厅的有关规定，2013 年甘肃省科技项目申报全部通过网上进行，不再接受纸质文本申报。

无纸化申报，节约了成本。申报科技项目的申报文本，每项少则数十页，多则上百页，还得备份几本。以前，每当申报科技项目时，甘肃省科学技术厅很多办公室里，文本堆得高高的，工作人员在纸堆里干活。如今，这些办公室不见了纸堆，几台电脑就解决了问题。当下倡导节约，甘肃省科学技术厅的这种做法，无疑为政府部门的类似工作提供了有益借鉴。

无纸化申报，使工作更简单。查信息时，只需鼠标一点，不需挪动纸堆。申报人员也不用再跑路到甘肃省科学技术厅机关送文本，有问题也可以在网上直接交流。甘肃省科学技术厅各处室之间的工作流程也加快了，什么时间谁做了什么工作，电脑记录明明白白，防止了推诿和责任不清。

无纸化申报，使服务更透明。以往，申报项目时，能阅读纸质文本的人数是有限的。掌握信息和发言权的人，说一个项目好就好，说不好就不好，别人无法查证，形成了一些漏洞。如今，谁申报的是什么项目，内容如何、水平咋样，网上一查，小葱拌豆腐一清二白。阳光下，漏洞消失了。对于掌握资源分配权的政府部门来说，网上申报不仅防止了漏洞，而且能够消除公众的误解。

在科技力量的推动下，甘肃省科技项目的申报变得更节约、更简单、更透明。而其他的很多政府服务内容，也可以如此，也应该如此。

科技特派员王学礼养羊记

李　峰

王学礼爱养羊。几年前,作为张家川回族自治县的科技特派员,王学礼来到上磨乡的一个良种羊繁育场,专门养羊。

场里约有 300 只种羊,全是从外面引进的。王学礼到场里不久,发现经费很少,羊的草料也快没了。

这些羊,引进时最贵的一只花了 1.4 万元,最便宜的一只 2 000 元。如果在当地市场卖,只能卖几百元的肉羊价。

王学礼说:“提着冰倒不出水来,有苦难言。”

有一天,羊已经饿了一顿了。王学礼说:“羊少了一顿草,立马精神就不行了。”心焦的王学礼给了一农民 80 元,那位农民指着山上的苜蓿地,让王学礼自己上山割苜蓿。

天下着大雨,山陡路滑。王学礼和 4 个工人上山冒雨割了苜蓿,背下山后回头望望陡峭的山路,头皮一阵阵发麻。然后,他们又把苜蓿装上手推车,在大雨中拉了 6 千米,回到场里,总算把当天的草料解决了。

可接下来怎么办?王学礼找了几位亲友,借了 3.6 万元,又维持了一段时间。幸亏过了不长时间,王学礼申请的科研项目成功了,拨下来的经费解了燃眉之急。

王学礼说:“养羊搞科研,苦是苦,可乐趣也很大。”他说,羊其实和人一样,有喜有悲。如果一只羊躬着腰、竖着毛,不爱和其他羊一起待,就说明这只羊精神不好,有可能生病,要赶紧仔细观察治疗。

母羊生羔时,如果能看见羊羔露出一个头、两个蹄蹄,那就不用管了。如果只看见露出一个头、一个蹄蹄或一个头,那就赶紧要手工帮忙。否则羔羊会被挤死。

王学礼说:“羊容易在晚上发病。”有一次,王学礼晚上没住在场里。突然工人打电话说一只羊生病了。王学礼骑上摩托车就往场里赶,雪大路滑,王学礼摔倒在一个坡上。他扔下摩托车,爬起来继续向场里跑。因为这只羊如果30分钟内得不到帮助,就会死去。王学礼及时赶到了场里,使这只羊活了下来。

靠着王学礼,这些种羊活了下来。靠着这些种羊,王学礼杂交改良出适合当地的品种羊并向全县推广。近几年,王学礼和同事每年在张家川回族自治县推广改良1.6万只品种羊,目前张家川回族自治县肉羊良种率已达到80%以上。改良后的羊每只比土种羊多卖400元，基本上把张家川回族自治县的设施养羊问题解决了。

王学礼还和养殖户们成了亲戚一样的关系。他的手机存着约400个养殖户的电话号码,平时总响个不停。他的包里,最近装着一叠惠农小额贷款申请表,见到适合条件的养殖户就给一份。今年45岁的王学礼说:“这是我复印了以后给养殖户的,亲戚自然是能帮就帮一把。”

“会师杯”甘肃省青少年科技创新大赛落幕

李 峰

记者从甘肃省科学技术协会获悉，2013 年 4 月 26 日，“会师杯”第 28 届甘肃省青少年科技创新大赛暨第 13 届中国青少年机器人(甘肃赛区)竞赛在会宁县落幕。

甘肃省人民政府副省长张广智 4 月 24 日在会宁县宣布该项活动开幕。

甘肃省青少年科技创新大赛，是省内最高层次的科技竞赛活动，已成为全省中小学各类科技活动优秀成果集中展示的重要形式。

本届大赛由甘肃省科学技术协会、甘肃省教育厅、甘肃省科学技术厅等 8 家单位主办，以“创新·体验·成长——魅力白银红色会宁”为主题，共有 74 支代表队参赛，参赛选手达 1 091 名，是历届以来参赛人数最多、范围最广、规模最高的一次大赛。经过几天的竞赛、项目评比、优秀作品展示和科技辅导员论坛等活动，创新大赛评选出一等奖 178 项，青少年机器人竞赛评选出一等奖 184 项，其中的优秀作品将分别参加今年 7 月和 8 月举行的全国比赛。

申请量增幅较大　求突破仍需努力

——探析甘肃专利申请

李　峰

根据国家知识产权局公布的最新统计数据,2012 年甘肃专利申请受理 8 261 件,同比增长 56.3%,高于同期全国 27.1%的平均增长水平。

这是甘肃省专利申请受理量的又一次大幅跃升。从 1985 年开始,甘肃省用了 20 年时间，到 2005 年突破年专利申请受理 1 000 件,2008 年突破 2 000 件,2011 年突破 5 000 件。而 2012 年,一年就突破了 8 000 件。

做　法

2012 年,甘肃省知识产权战略实施进入了新阶段。《甘肃省专利条例》《甘肃省专利权质押融资指导意见》等法规及政策相继颁布出台。特别是《甘肃省专利条例》的颁布实施,对专利的创造、应用、保护、管理和服务等以法规的形式予以明确。《甘肃省专利条例》还明确了各级政府在推动专利事业发展中的责任和义务,界定了发明人及设计人的权利和利益,对推动专利事业发展具有重要意义。

加强了知识产权保护。甘肃省定期开展打击侵犯知识产权和制售假冒伪劣商品专项行动,据统计,全省在专项行动中,去年检查各类商品共计约 1.5 万件,处理专利侵权案件 24 起。

提升了知识产权服务能力。兰州专利代办处去年共受理专利申请 14 069 件，除完成全省 8 261 件专利申请受理任务外，还承担了省外 5 808 件专利申请的受理工作。兰州代办处专利申请受理量已超过了南宁、贵阳、昆明、长春等代办处。专利代理机构的代理量与电子申请率显著提高。甘肃省知识产权局制定了《扶持和激励专利代理机构开展电子申请暂行办法》，大力推进专利代理量及电子申请率的提升。专利代理机构电子申请率从2012年1月份的67.0%，增长至12月份的96.9%，增幅明显。国家知识产权局甘肃专利信息服务中心获批成立，该中心是国家知识产权局在西北地区首批设立的两家地方专利信息服务中心之一，主要业务包括专利查新检索、专利法律状态认定、专题专利数据库开发等。同时，甘肃省知识产权局完成了“中外专利数据库服务平台”的数据更新和“在线专利信息分析系统”的软件升级工作，极大地方便了社会公众对专利信息的检索和利用。

甘肃省还全面开展知识产权试点示范工作。以确立企业市场主体地位、促进自主创新为目标，通过市场导向、政策引导、项目带动、典型示范等方式来推进企业知识产权运用能力的提高。甘肃锦世化工有限公司在试点期间，申请专利21件，专利实施率保持在70%，专利产品产值占总产值的比例达到50%以上。甘肃酒泉奥凯种子机械有限公司在试点期间投入专利方面的费用达到560万元，有力地促进了企业的技术研发。兰州海默科技股份有限公司围绕企业核心技术加大创新，积极向国外申请PCT专利3件，以专利技术拓展海外市场，试点期间实现营业利润同比增长16.69%、利润总额同比增长9.65%。

成　效

2012年，甘肃省的专利申请受理量在全国各省（自治区、直辖市）中排名第25位。发明专利占申请受理量的比重为39.5%，在全国各省（自治区、直辖市）中排名第9位。这些数据表明，甘肃省专利申请不仅在“量”上继续保持快速增长，“质”也继续稳居全国前列，取得了双提升。

从市（州）专利申请情况来看，2012年甘肃省14个市（州）的专利申请量均有不同程度增加，且均完成任务，这是2008年甘肃省开始为市（州）制订任务以来的首次。庆阳、酒泉、武威任务完成比例位居全省前3位，武威、庆阳、酒泉同比增幅居全省前3位，兰州、庆阳、酒泉增长绝对值位居全省前3位。值得一提的是，庆阳市成为继兰州市之后又一个年专利申请受理量突破1 000件大关的市（州）。酒泉也不遑多让，连续数年保持高速增长，申请受理量从2008年的51件，增长至2012

年的961件。兰州市则在专利申请受理量占全省比重40%这样的高基数基础上，实现了42%的增幅，增长绝对值稳居全省第一位。

从企业专利申请情况来看，2012年金川集团股份有限公司(230件)、白银有色集团股份有限公司(135件)、酒泉钢铁集团有限责任公司(76件)继续位居全省前10名之列，显示出国有大型企业在甘肃省企业专利申请中占有的重要地位。尤其是金川集团股份有限公司，继续数年稳居全省企业之首。

从科研单位专利申请情况来看，2012年科研单位专利申请与上年态势相同，即中央在甘单位占绝对主导地位。中国科学院兰州化学物理研究所(88件)继续稳居首位，甘肃电力科学研究院(24件)则成为省属科研单位首位。

从大专院校专利申请情况来看，2012年大专院校专利申请受理量前5位与2011年相同。从2010年超越兰州理工大学以来，兰州大学连续3年稳居大专院校首位，且与其后院校的差距逐渐拉大。陇东学院(75件)首次进入前10名，位居第6名，成为2012年大专院校专利申请的一大亮点。

重 点

甘肃省专利申请受理量增长很快，但同时也要清醒地认识到，甘肃省知识产权的发展水平尚不能满足经济社会发展的需要，还存在知识产权意识薄弱，知识产权创造潜力还未充分发挥，企业知识产权主体地位还未真正确立，知识产权运用水平不高等突出问题。为此，甘肃省确定了专利工作今后要突破的几项重点。

首先，完善知识产权激励机制。目前，全省专利能实现经济价值的仅占一成左右，推动专利技术转化运用十分紧迫。今年甘肃省人民政府将研究出台《甘肃专利奖奖励办法》，对甘肃省经济发展做出突出贡献的重大发明活动、产生显著效益的专利权人予以奖励，并加大对企业专利的奖励力度。甘肃省将鼓励企业、高校和院所建立知识产权激励机制，建立信息沟通渠道，促进企业、大学、科研院所之间的知识流动和产权转移，实现知识产权资源的有效利用和优化组合。利用开展全省知识产权转化示范工程，推动甘肃省一批重点专利技术成果的运用。利用《甘肃省专利权质押融资指导意见》，通过资本市场直接融资，解决中小微企业和高新技术企业融资难问题。

其次,突出企业创新主体地位。2012 年,甘肃省规模以上工业企业中开展研发活动的不到 30%,大多数企业没有自主知识产权的产品和技术。2011 年,全国企业研发经费支出占主营业务收入比是 0.96%,甘肃省仅为 0.46%,不到全国的一半。企业的创新主体地位未得到充分体现,制约了企业做大做强。甘肃省将落实各项政策,强化企业的知识产权主体地位。一是支持甘肃省实力较强的企业通过原始创新、集成创新和消化吸收再创新,形成自主知识产权。"十二五"时期,重点培育 100 家具有较强市场竞争优势和产业创新优势的专利试点企业。二是引导企业增加知识产权投入,在重点领域的关键技术和重要产品上实现局部突破,推动企业形成一批自主知识产权和知名品牌。到 2015 年,基本形成以企业为主体、市场为导向、产学研相结合的知识产权创新体系,规模以上工业企业都有稳定的研发活动和专利产出,企业发明专利申请和授权量实现翻番。三是强化企业知识产权发展战略和规划管理,加强对石化、有色、钢铁等国有大中型企业知识产权工作的指导,将企业知识产权指标纳入企业整体发展规划中,提高企业知识产权的综合能力。通过共同努力,力争"十二五"期间,全省年专利申请量和授权量分别达到 1 万件和 5 000 件,每万人发明专利拥有量达到 1 件。

还有,强化知识产权保护力度。2012 年全省处理专利侵权案件比 2011 年增长 62.5%,知识产权侵权行为时有发生。因此,甘肃省将开展跨年度打击侵犯知识产权专项行动,重点打击在农机、药品等方面的侵权行为。继续实施执法重心下移和基层执法队伍培训工作,提高对知识产权侵权行为的判定和处理能力,努力维护良好的市场环境。

为甘肃科技破“圈”叫好

李 峰

很多科技项目的运行过程实际上是个“圈”。研究院所或高校的科技人员，选择一个课题，然后向科技行政管理部门申报项目。经过专家评审等一系列程序后，如果该项目获得批准，科技人员就会获得一笔经费，然后发几篇论文，得几个专利，再评个职称。

这个封闭的“圈”运行结束后，科技人员有了钱，有了职称，万事大吉，皆大欢喜。至于论文有用没有，专利有效益没有，不作为考虑的主要问题。

“圈内人”利用“圈”的排他性，享受“圈”带来的利益。对于这个“圈”，长期以来“圈外人”不知道，“圈内人”知道但不讲。

然而，从现在开始，甘肃科技行业出台了一系列政策，要打破这个“圈”了。

申报科技项目，必须产学研用相结合。也就是说，今后申报科技项目，没有企业的参与，就没有申报的资格。这条严格的标准，将把很多自娱自乐的“圈内人”排除在外。

评价科技项目，必须以对经济社会的贡献程度来衡量。在评科技进步奖时，必须以企业为主体，由企业来申请，经济效益不再是估摸个数字就能过关，而要实实在在的经济指标。在评科技项目成效时，不再是看发了几篇论文，而是看技术在实际中的运用情况。在评科技带头人时，不再看资历或威望，而是看取得了多少科技成果，培养了多少科技人才，获得了多少社会效益和经济效益。

甘肃科技破“圈”的铁锤已经举起，砸下去必然会伤到一部分“圈内人”的利益。但是正如甘肃省科学技术厅负责人所说，其实砸破了“圈”，逼得“圈内人”走到“圈”外，“圈内人”才能取得更大地发展，获得更多的利益。

科技可以抗经济风险

李　峰

天水星火机床有限责任公司董事长、甘肃省科技功臣李维谦说过让人印象深刻的话——“如果全国机床行业90%的企业倒闭，只剩10%的企业存活，那么天水星火机床有限责任公司肯定在10%以内，因为我们靠的是科技。”

天水星火机床有限责任公司曾经马上就要破产，李维谦咬牙带人研发科技，累得直流鼻血，在最艰难的时候终于取得了科研突破，企业走出破产边缘，并占领了部分类型机床50%以上的国内市场，效益大好，如今又购买了欧洲几个国家的机床企业，以求获取这些企业的科技。李维谦根据自身经历，得出科技可以抗风险的结论，自然有着坚实的实践基础。

近来，国内股市剧烈波动，银行流动性暴露弱点，为不合理产业结构下的经济发展敲了一记警钟。这记警钟看似与甘肃离得远，与发达地区离得近。其实不然，甘肃的产业结构弱点更加明显，实体经济中的科技含量更少，应对风险的能力更差。只不过甘肃经济总量小，对市场灵敏的民营企业少，打的“喷嚏”不大而已。如果此类情况今后再发生，时间延续再长一点，体弱的甘肃将有可能受到更加严重的损失。

未雨绸缪，应对风险的出路在哪里？一个极其重要的办法，就是尽早、尽可能增强甘肃实体经济中的科技含量，走上天水星火机床有限责任公司证明可行的道路。现代化的铁船，会比落后的小木船抗风险能力强得多。

兰州通过全国科技进步考核

李 峰

2013年7月1日,科学技术部组织的全国科技进步考核组对兰州市进行了国家级科技进步市考核。经过评审,考核组同意兰州市通过国家级科技进步市考核,并推荐兰州市参加国家级科技进步先进市评选。

此次考核内容涵盖科技、经济、社会各个方面,共设32项考核指标,其中定性指标14项,定量指标18项,有3项指标为一票否决指标。考核组认为,兰州市委、市政府对科技进步工作高度重视,科技政策制定和落实水平较高,人才工作取得显著成效,科技投入水平较高,科技促进主导产业发展的作用比较明显,企业技术创新和产学研合作活跃。考核组建议兰州市加强兰州高新区在科技创新和科技企业孵化方面的工作,抓住兰州国家级新区建设机遇,加大科技投入,整合科技资源,突出企业创新主体地位,充分发挥科技对经济社会发展的支撑作用。

白银通过国家级科技进步市考核

李 峰

2013 年 7 月 5 日,受科学技术部委托,全国科技进步考核组对白银市进行了考核。考核组同意白银市通过国家级科技进步市考核,并推荐白银市参加国家级科技进步先进市评选。

考核组认为,白银市委、市政府对科技进步工作高度重视,切实加强对科技工作的领导,科技政策制定和落实水平高,人才工作取得显著成效,科技投入水平较高,科技促进全市主导产业发展的作用显著,企业技术创新和产学研合作活跃;白银市大力推进农业科技和民生科技,高度重视加强科技创新服务体系和科技管理机构建设,取得很好成效;在推动资源型城市转型、搭建科技创新平台、改善民生、用现代新技术新工艺改造传统产业、用科技促进产业结构优化升级等方面起到了示范作用。

考核组建议白银市抓住兰白核心经济区发展机遇, 加强创新型城市建设,加大科技投入,整合科技资源,进一步推动白银高新区发展,突出企业创新主体地位,充分发挥科技对经济社会发展的支撑作用。

全省科技成果管理人员培训会在兰举办

李 峰

2013年7月，甘肃省科学技术厅在兰州举办了“2013年全省科技成果管理人员培训会”。

这次培训旨在适应甘肃省科技成果管理和科技奖励工作改革的需要，以提高甘肃省科技成果管理与评价、科技成果转化和科技奖励管理工作水平和效率。

在培训会上，国家奖励办公室成果管理处负责人姚昆仑博士就国家科技奖励制度的历史沿革、理论政策，国家科技奖励的推荐、评审实务；国家科技成果管理改革相关问题、科技成果评价试点工作、科技成果登记与统计工作、科技成果转化基地建设和《“十二五”科学和技术发展规划》中关于科技成果转化部署等内容作了解读，并现场答疑。

甘肃省直有关部门、各市(州)科学技术局负责人，部分高校、企业、科研院所负责人约200人参加了培训。

多些“创造”，少些制造

李 峰

资本跟着技术走，带来的是“创造”；资本跟着生产走，带来的是制造。

“创造”产生的效益比较好。乔布斯创立苹果电脑公司时，仅筹集了 1 250 美元。有一位叫马库拉的人，看好苹果公司的技术，投了 9.1 万美元。4 年后，马库拉的收益超过 2 亿美元，投资增值了约 2 200 倍。

制造产生的效益很一般。有的企业家称：“一流企业卖标准，二流企业卖产品，三流企业卖苦力。”制造就是卖产品、卖苦力，想挣大钱不容易，这已经成为企业界的共识。

“创造”做起来比较难。兰州重离子治癌技术发明了好几年，人人觉得前景好，资本就是不跟来，建设就是比较慢。

制造做起来很容易，找个场地，雇些工人，拉来机器，开张大吉。

两相比较，我们应该鼓励多些“创造”，少些制造。

要鼓励“创造”，就要在政策上倾斜。给炒菜的大师傅和洗菜的小伙计发一样的工资，当然大师傅也愿意去洗菜，不用受烟熏火燎，不琢磨油盐酱醋，反正待遇是一样的。给小伙计发 1 500 元，给大师傅发 3 000 元，当然人人都想做大师傅。

要鼓励“创造”，就要容许失败。有一些技术在市场中不实用或者使用不划算，因此失败。这是正常的，是“创造”过程中所必须付出的代价，要接受这种现象的发生，并且继续推动“创造”。因为好技术未必有好市场，但是好市场一定需要好技术。

甘肃省科学技术厅成立防汛抢险专家组

李 峰

甘肃省科学技术厅日前成立防汛抢险专家组,为全省防洪减灾工作提供科技支撑。2013年入汛以来,甘肃省部分地区发生了洪涝和地质灾害,造成了较严重的损失。根据水文、气象部门对今年的雨情、水情分析预测,近期局部地区仍有发生洪涝灾害和山洪地质灾害的可能性。

为此,甘肃省科学技术厅成立防汛抢险专家组,根据各地各单位灾害预警防治的需求,开展对灾害监测、风险管理、灾害防御、应急处置、应急救助和灾后恢复重建的研究开发。专家组由甘肃省气象、地质灾害、水文、交通等领域的12位专家学者组成,兰州大学教授孟兴民任组长。

土坯房倒塌是人员伤亡主因

李 峰

在岷县、漳县6.6级地震重灾区，几乎看不到一间完整的土坯房。

2013年7月22日和23日，甘肃省科学技术厅组织的地震抢险救灾专家组在灾区现场考察后，认为这次地震人员伤亡的主要原因是土坯房等房屋倒塌。

重灾区岷县梅川镇永星村房屋类型主要有三种：土坯房、土木结构房、砖混结构房。地震发生后，土坯房全部倒塌，人员伤亡绝大部分由土坯房倒塌造成。土木结构房屋部分墙体坍塌。砖混结构房屋几乎没有倒塌。

甘肃省科学院地质自然灾害防治研究所所长王得楷研究员认为，一些不利因素也加重了土坯房倒塌的程度。前段时间岷县一带连续降雨，降水量大，浸泡了房基。再加上这里的土质是黄土，遇水易陷，因此使土坯房更易倒塌。

记者发现，这次地震还出现了一个现象，就是遇难人员以老人和孩子为主。原因在于，地震发生在7时45分，此时青壮年村民大都下地干活了，老人大多待在家里。而且正值假期，孩子大多还在睡觉。

此外，兰州大学教授孟兴民分析，这次地震位于断裂带上，这个断裂带历史上发生过50次以上的5级地震。而且这次地震的一个特点，就是房屋明显沿着地质构造的走向而坍塌，灾害点分布与地质构造走向也大致相同。

岷县漳县地震灾情呈现五个特点

李 峰

2013 年 7 月 24 日，甘肃省地震局局长王兰民研究员说，根据中国地震局甘肃岷县、漳县 6.6 级地震现场工作队的调查研究，初步认为本次地震灾情有五个特点。

第一个特点是地震震级大、波及范围广。此次地震造成定西市岷县、漳县大量人员伤亡，还波及定西市其他县(区)以及天水市、陇南市、甘南州等地部分县。第二个特点是自然灾害多发，造成震害叠加。此次地震后不到 1 小时，灾区又发生 5.6 级强余震，造成震区破坏叠加，震害加重。加之震区近期普降暴雨，强降雨造成地表土体松弛、强度降低，震后多发滑坡、崩塌、液化、滚石和塌陷等次生地质灾害，阻塞道路交通，为抗震救灾工作加大难度。第三个特点是灾区地势复杂，加重地震灾害。震区地处山区，地形起伏，山坡陡峭，表层黄土覆盖较厚，很多民房坐落在河谷、陡坡或山顶，边坡效应放大地震波，加重了这部分民房的破坏程度。第四个特点是震区农居老旧，震后受损严重。由于震区经济落后，农村地区民居以土木、砖木结构房屋为主，抗震性能普遍较差。此类房屋在地震中破坏严重，岷县震中附近农居破坏尤其严重，而且距震中较远的县，农村民居也出现了垮塌现象。第五个特点是汶川大地震灾后恢复重建房屋经受住了强震考验。震区部分地区属于汶川大地震恢复重建区，此次地震震区内的灾后恢复重建学校房屋建筑物破坏轻微，岷县、漳县等县城按照抗震设防要求建设的框架和砖混房屋，经受住了此次地震检验，地震中基本没有损坏。

特色决定成败

李　峰

甘肃省的富民强县行动取得成效的一个重要经验,就是它支持的县(区)产业都是当地的特色产业。比如,在富民强县行动中,静宁县的苹果产业获得了不错的发展。这是因为,静宁县的苹果产业原本就是当地的特色产业。

一般来说,特色产业是历史、地理、人文等多方面因素形成的,是符合自然和社会规律的。静宁县的气候适宜种植苹果树,土壤适合种植苹果树,群众也有种植苹果树的传统。于是,在富民强县行动中,用科技来解决苹果种植和加工中的关键技术难题,推广后,苹果产业就获得了大发展。

如果反其道而行之,在静宁县发展葡萄产业,估计得不到这样的好成效。所以,发展地方经济时,立足于当地的特色产业,通过努力再上一层楼,是顺势而为的好办法,是尊重自然和社会规律的好态度。

不幸的是,有时我们往往把这个简单的道理忘记了。有一个地方的桃园很美,人们喜欢去桃园休闲消费。但是当地农民见去的游客多,就把大量桃树砍了,建成了漂亮的休闲房屋。当地农民可能认为房子修得漂亮了,来的人会更多,消费能更上档次,挣的钱更多。可是,事与愿违,砍了桃树后,去的人少了。当地农民不仅白投了资,多费了力,还少挣了钱。这是因为,当地农民忘记了,那里的"特色产业"是桃树,而不是漂亮的房子。

所以,特色决定成败。发展当地经济,一定要立足于当地特色产业,通过科技创新提升特色产业的含金量,做大做强,才能取得好效益。而不能朝秦暮楚,看见外面的光伏产业兴起,于是赶时髦发展光伏产业;看见外面的房地产业兴起,于是也搞起房地产业。须知,跟在后面的人,永远望见的是别人的背影,吃到的是别人的剩饭。

甘肃省科学技术厅专家组提出灾后重建建议

李　峰

2013 年 7 月 25 日,甘肃省科学技术厅地震抢险救灾专家组对岷县、漳县 6.6 级地震次生地质灾害防治和灾后重建等提出了技术建议。

受甘肃省人民政府应急办公室委托,甘肃省科学技术厅组建了由相关领域专家组成的地震抢险救灾专家组,从 7 月 22 日至 25 日,在灾区对本次地震灾害受灾范围、特点、次生地质灾害危险性和危害性等开展了全面调查,对次生地质灾害防治和灾后重建等提出了技术建议。

专家组建议,现在迫切需要在本次地震灾区开展次生地质灾害监测与预警体系建设,建成全省一流、国内领先的灾害统一监测预警体系,防止不同灾种监测平台的重复建设,使监测平台发挥应有的作用。

专家组建议,灾后重建应在"就地重建、安全重建、重建安全"原则下,首先尽早在重建安置点的选择上下功夫。其次,灾后重建要与当地制定的城镇化规划相衔接,让灾区群众一步迈入城镇化是最理想的结果。再次,在重建资金安排上应划拨一定的防灾基础设施建设专项资金。最后,在建筑物结构的设计使用上应有一定的创新和超前意识。

老曹:痛并快乐着

李　峰

2013年9月,甘肃省科学技术情报研究所项目比以往多、成果比以往好,形势可谓喜人。可是,所长曹方在发愁。

走进老曹的办公室,老曹正在唉声叹气:“别的单位愁钱,我这儿愁人。”其实,甘肃省科学技术情报研究所人才并不少。说起来可能没人信,以前,这个所连一个硕士也没有;如今,博士和硕士人员达到44%,国务院特贴、领军人才、优秀专家、“333”人才等高层次人才占职工总数30%以上。而且全所职工平均年龄35岁,潜力巨大。

老曹愁人,是因为需要干的活儿太多。要为决策层提供信息分析,对省内经济社会发展的难点、焦点、热点进行跟踪。要为创新主体提供信息保障,拿出有价值、有意义的科学技术参考内容。

老曹在引进人才上不遗余力,前不久一口气招进来3名博士生,近三年连续送出去十几人攻读硕士和博士,对只有82名职工的研究所来说,相当令人惊讶,堪称用人“大方”之极。

可同样令人惊讶的是,老曹用人又“用”到了极致。在老曹唉声叹气的时候,跑进办公室的小程一件事接一件事说个不停。原来, 老曹给小程安排的职责有:秘书、人事、职称、学会、党务。这要是在别的单位,至少得3~5人承担。

在替小程抱屈的时候,小程本人却一副理所当然的样子。原来,还有更“惨”的。所里的两个司机,除了平时开车,一位司机要负责收水电费、修理跑冒滴漏的管道和马桶、办公楼保安、保洁,另一位司机要负责家属院保安、食堂、消防。

这样下来,全所的专业技术人员竟然占到总人数的94%以上。说起这些,老曹眼一瞪:“好钢用在刀刃上,省下的钱和岗位要用来搞业务。”

也难怪,甘肃省科学技术情报研究所的活儿越来越多,职工收入越来越高,老曹的“愁”越来越多。用他的话来说,就叫“痛并快乐着”。

企业应成为科技创新的主体

李 峰

甘肃省科学技术厅的夏宏伟在科技行业已经工作多年，也参与了“六个一百”工程的部分调研工作。他认为，“六个一百”工程会大大加快甘肃省企业成为科技创新主体的步伐。

夏宏伟觉得，不论去年召开的全国科技创新大会、全省科技创新大会和今年召开的全省企业技术创新工作会议，还是先后出台的《甘肃省委、省政府关于深化科技体制改革加快区域创新体系建设的意见》和《甘肃省政府关于强化企业技术创新主体地位全面提升企业创新能力的实施意见》，其核心就是让企业成为科技创新的主体。实施“六个一百”工程正是推动企业成为科技创新主体的重要举措。

他认为，“六个一百”工程中提出的培育100家科技创新型企业和依托企业建设100个工程技术研究中心、实验室、协同创新中心，是为了引导一般性企业开展研发活动。当企业人士看到政府在资助科技创新型企业，就有可能带领企业向这方面发展。而且，100家科技创新型企业壮大后，将会促进甘肃省循环经济的发展，促进华夏文明传承创新区的建设，对全省整体经济转型跨越发展起到重要作用。

引进和培育的100个科技创新创业团队，主要还是布局在企业中。以前，科技创新团队主要集中在高校、科研院所中，容易使科技与经济“两张皮”。如今，科技创新创业团队主要集中在企业里，自然会使企业成为科技创新主体。

夏宏伟说，“六个一百”工程中提出的资助100个重大科技成果项目、培育100个国家级科技新产品，可以引导解决科技成果有效转化的问题。这些科技成果和科技新产品，应该都是比较尖端或独有的东西，应该都与甘肃省支柱产业或优势产业相关，会对甘肃省经济发展起到积极作用。

“六个一百”工程中提出的提供贴息补助支持100亿元科技贷款，正好抓住了目前甘肃省科技型企业的要害。从实际状况来说，甘肃省科技型企业最缺的就是资金，因为银行贷款条件的限制，科技型企业贷款普遍存在难度。有了这个办法，将会大大促进科技型企业的成长。

政府在行动　企业需跟上

李　峰

实施“六个一百”工程的目的是让企业成为科技创新的主体。

为什么要让企业成为科技创新的主体？因为企业与市场联系最紧密，最能够把技术转化为经济效益。

可是在甘肃省，且不论小型企业，就是规模以上企业，大部分也没有科技研发活动。坦白地说，目前甘肃省大部分企业还没有成为科技创新的主体。这又是为什么？

每个人都知道，锻炼可以强身健体。可是当身体机能还算正常时，懒惰使然，或者时间紧张，就不锻炼了。这是大多数人的状况。纵然大多数人非常明白锻炼的重要性。

每个规模稍大点的企业都知道，科技成果可以带来丰厚利润。可是当企业还能运转时，还能发出工资时，还能有点利润时，不愿冒风险，或者不愿费心找人才，就不搞研发了。这是目前甘肃省大多数企业的状况。纵使大多数企业非常明白科技创新的重要性。

这是目前甘肃省经济发展水平、市场盈利状况、社会成熟程度以及人员素质等多方面因素形成的局面。

该怎么办呢？需要政府强有力的手来引导。甘肃省科学技术厅改变科技经费投入导向，就是为了引导企业搞研发。甘肃省科学技术厅引进科技人才，甚至与国外科技机构联系，甚至提出“不求所有、但求所用”，甚至搞得有点像“猎头公司”，就是为了给省内企业提供科技人才。

孩子懒得锻炼身体，家长就需要逼着孩子去锻炼。政府虽然不是企业的“家长”，但职责的性质天然决定着政府比企业站得更高，对未来看得更清。所以，政府可以有所作为。幸运的是，在甘肃省，政府确实有所作为，开始实施“六个一百”工程,引导企业去研发,这是政府负责任的表现。

当然,政府不能“逼”企业,而要一方面用资源引导,一方面为其创造条件。希望企业,尤其是规模以上企业,不管民营或国有,都能认识到政府的苦心,看清未来经济发展的方向,看清未来市场竞争的残酷性,真正搞起研发来,真正成为科技创新的主体。

甘肃省科学技术厅：反“四风”带来新变化

李 峰

经常联系甘肃省科学技术厅的人，能够明显感到厅里有了新变化。这些变化，源于党的群众路线教育实践活动带来的效果。

教育实践活动开展以来，甘肃省科学技术厅在兰州、平凉、武威分别召开服务对象座谈会，在扶贫点正宁县董庄镇、古浪县新堡乡、康县长坝镇分别召开座谈会等征求意见建议。厅长李文卿前往北京，上门征询科学技术部的意见，并分别征求薛群基、程国栋、赖远明院士的意见。厅党组成员带队，分五个调研组在全省 14 个市(州)和部分县(区)、科研院所、科技企业进行调研，征询意见。截至目前，甘肃省科学技术厅归纳出意见建议 78 条，涉及“四风”方面的问题 28 条。经过自我对照、自我查摆，梳理了 9 条领导班子“四风”方面的问题。

为即知即改存在的问题，甘肃省科学技术厅重新规范了工作程序，改进了厅党组部署落实重大决策制度。精简全省性会议、文件简报，细化了机关财务管理办法、科技计划项目经费管理办法。强力推进阳光行政，建立廉政风险防控方案。今年有一名机关干部因公出境事前进行了公示，并且决定今后若有人因公出境，一律公示。科技计划管理改革也已启动，目前这个“牵一发而动全身”的改革正在强力推行中。

这些整改措施，得到了基层干部群众的欢迎。酒泉市科学技术局干部张世俊说，以前甘肃省科学技术厅来检查指导工作，我们顾情面，讲究接待规格，有时还要准备点土特产，自从教育实践活动开展以来，甘肃省科学技术厅的人轻车简行，力戒繁文缛节，为我们基层科技干部树立了标杆。甘肃省建材科研设计院院长邵继新说：“在征求意见阶段，我曾反映甘肃省科学技术厅项目申报系统拥挤，没想到不久便得到了回应，而且现在已经开始升级。这种立说立行的落实方式，说明甘肃省科学技术厅真正把心思用在干事上，把功夫下到察实情、出实招、见实效上。"甘肃蓝科石化高新装备股份有限公司负责人张晋说，以前调研多为事先安排，来了之后也就泛泛地听听、转转、看看。现在甘肃省科学技术厅的人来到企业，事先不用安排，不但了解了困难，还帮我们解决问题，说明教育实践活动真能起到大作用。

藜麦在甘肃省试种成功

李 峰

2013 年 11 月,记者从甘肃省农业科学院获悉,该院畜草与绿色农业研究所杨发荣研究员将藜麦首次引进甘肃省试种,已在省内不同生态区域试种成功,填补了省内种植食用藜科作物的空白。

根据试验过程,藜麦在宁县旱作区、永靖县半干旱区以及康乐县高寒阴湿地区分别于 4 月下旬至 5 月上旬开始播种,生育期为 110 天至 130 天,株高 2.1 米至 2.3 米,在各试种区域内均能正常成熟,每公顷产量 100.5 千克至 134 千克。

藜麦原产于南美洲安第斯山脉,有 7 000 年种植历史,古代印加人称之为"粮食之母"。美国国家航空航天局和联合国粮农组织研究认为,藜麦的营养价值在动物界和植物界具有不可替代性,是唯一含有完全蛋白质的植物性食物。也就是说,藜麦可满足人类全部基本营养物质需求, 也是所知唯一的 7 000 年纯自然繁育至今没有人为干扰遗传的稀有安全农作物物种。近年来的研究还表明,藜麦的降糖指数为 35(大米 90、燕麦 42),是糖尿病患者碳水化合物摄入的首选粮食作物之一。近 10 年来,藜麦开始风靡欧美等发达国家,已成为一种健康时尚食品。目前,藜麦的国际市场销售额已达到百亿美元规模。2011 年 7 月 2 日,联合国粮食及农业组织第 37 届大会通过决议,宣布 2013 年为"国际藜麦年"。

藜麦是目前全球比较稀缺的粮食作物之一,也极有可能成为受到市场欢迎的食品。目前,对藜麦的研究还不能确保在所有生态地区高产种植。发达国家科研人员正在试图改良藜麦,使其适应更广泛的种植范围和达到更高的产量。但可以确定的是,高海拔地区因生长期无高温、昼夜温差大,有利于藜麦蛋白质积累,是优质藜麦的适宜种植区。所以,甘肃省很多地区从理论上适宜种植藜麦。

此次甘肃省科技人员成功引进藜麦, 将有可能使新的藜麦产业在甘肃诞生,使藜麦食品走进陇原人的日常生活中,并带来较好的经济效益。

兰州新区科技创新城一期工程开工

李　峰

2013 年 11 月 1 日上午,兰州新区科技创新城一期工程开工。

甘肃省人民政府与科学技术部签署的新一轮部省会商议定书，明确省部共同推进兰州新区科技创新城建设任务。为了做好这项工作,甘肃省人民政府批准设立甘肃省科技发展投资有限责任公司,首次注册资本金 2.2 亿元,并同意由该公司出资 1 亿元,吸纳社会资金组建兰州新区科技创新城发展有限公司。其目的是以兰州新区科技创新城为抓手,重点打造科技创新服务平台、科技孵化服务平台、科技金融结合服务平台、技术转移聚集平台、科技合作交流平台,构建区域科技创新体系。重点围绕电子信息、生物医药、新材料、新能源、文化创意、生态环保、现代服务业等产业培育科技型中小企业,使兰州新区科技创新城成为全省科技体制机制改革创新的先行区、科技成果转化的主阵地、经济结构调整的主引擎、战略性新兴产业的增长极。

兰州新区科技创新城一期工程规划面积 402 公顷,计划投资 30 亿元,建筑面积 60 万平方米。二期工程规划面积 994.95 公顷,商业配套开发面积 502.5 公顷。兰州新区科技创新城建成后,将成为全省乃至西部地区的科技创新高地,成为适宜创新创业的城市产业综合体。

今天开工奠基的海默科技产业园,是兰州新区科技创新城一期工程的重要组成部分。该产业园规划面积 140.03 公顷,建筑面积 10 万平方米,项目投资 3 亿元,计划建设期 3 年。建成后,将对促进中国高端油气装备工业发展起到重要作用。

武威获批建设国家农业科技园区

李 峰

记者从甘肃省科学技术厅获悉,甘肃武威农业科技园区日前顺利通过了科技部组织的现场考察和专家论证,被科学技术部、农业部、水利部、国家林业和草原局、中国科学院和中国农业银行等机构批准为国家农业科技园区。

目前,甘肃武威国家农业科技园区酿酒葡萄种植面积占全国酿酒葡萄种植面积的12%,葡萄酒年生产加工能力达到8.6万吨;建成蔬菜日光温室9.715万公顷,设施瓜菜年产量在70万吨以上;畜禽饲养量达到1 570万头(只),畜牧业占农业增加值的比重达到34%;现有工业企业95家,以淀粉、肉类、蔬菜加工业为主的食品工业体系初步形成。

甘肃武威国家农业科技园区规划建设面积107.2万公顷,其中核心区面积3.35万公顷、示范区面积36.85万公顷、辐射区面积67万公顷。核心区将建设"一园五区",即高效农业科技创新园、葡萄酒产业区、高效设施农牧区、特色林果区、农产品加工区和信息物流区。甘肃武威国家农业科技园区力争到2015年建成绿洲现代农业科技示范基地、院地农业科技合作与农业科技成果转化基地、城乡融合发展与农业科技创新创业基地、农村人才培养基地。

据介绍,加上定西、天水国家农业科技园区,甘肃省的国家农业科技园区数量目前达到3家。

改革贵在坚持

李　峰

镇原县上肖乡一个村打造一个主导产业的小改革,一年多来带来了不小的变化。回头来看,这场小改革获得成效的关键在于坚持。

当新事物不为部分村民接受时,科技人员一直在坚持。农业科技专家宋尚有为苹果套上了纸袋子,前脚走,后脚果农就把纸袋子扔了。但是宋尚有一直没有放弃对果农推广新技术。果农后来也看到了别人套袋的好处,又给苹果套上了纸袋子。这次事情发生后,凡是专家希望做的事,果农都不打折扣地干了。宋尚有的坚持,为苹果专业村的成功起到了关键的作用。

当变革中没条件做大事时,科技人员从小事一点一滴做起。打造路岭村的育肥牛产业时,没钱引进很多牛,没钱做高水平的育肥牛技术,但是科技人员没有放弃,从种植饲草做起。科技人员引进甜高粱,结果产量出人意料的高,引起了村里的轰动,极大地调动了村民养牛的积极性。科技人员对小事的坚持,为育肥牛专业村的发展奠定了良好的基础。

正是坚持,才使这场小改革获得了初步成功。从这场小改革中还可以看出,在坚持中也要注意几个方面。

要顺势而为。可以在苹果专业村里坚持推广新的苹果种植技术,也可以坚持推广新的苹果加工技术,但是不能坚持推广养羊技术。改革,是建立在现有的基础之上的,一个产业、一个生产方式、甚至一个社会现象,都是长期演变形成的,要在这个基础之上求得进步。否则,坚持就是建空中楼阁。

要有方向。改革的前提是确定什么是对的,什么是不对的。当人们吃不饱时,生产的番茄越大越好,应该努力培育个头大、产量高的番茄品种。当人们讲究生活质量时,小番茄比大番茄更适合人们的需要,应该努力培育味道好、形状好的小番茄。否则,坚持就是南辕北辙。

要灵活。改革的坚持与灵活并不矛盾。果农把苹果上套的纸袋子扔掉了,如果倔强地再去给果农套上,不仅果农还会扔掉,甚至果农会反感,会与科技人员发生矛盾。这时要灵活,要等着果农自己看到别人套袋的好处,结果果农不仅重新套袋,而且今后科技人员说什么,他就会干什么。所以,一定要讲究艺术地坚持,否则,坚持就会成为固执。

一村一个产业　解决发展难题

——甘肃省农业科技人员在镇原县上肖乡的探索与感受

李　峰

一年多来,甘肃省农业科技人员以镇原县上肖乡几个村为试点,探索以科技为支撑,一个村集中发展一个主导产业,一个主导产业一段时间内集中解决一个难题,取得了初步的成效。

南李村贮苹果

与往年一样,镇原县上肖乡南李村的村民今年收获了很多苹果。与往年不同,农民贮藏苹果的场所今年从地下搬到了地上。

说是地上,其实就是村口新修的冷藏库。冷藏库浑身上下闪着金属光泽,在周围土黄色的农居包围中很显眼,在初冬的寒风中还有些冷飕飕的感觉。

不过,村民看冷藏库的眼光是热切的,因为这个冷藏库让苹果价格更高、让贮藏更方便。

冷藏库是甘肃省农业科学院今年为村子修的。这个村是甘肃省农业科学扶贫联系村之一,农业科技人员对这个村知根知底,因此省上的农业科技人员确定把这个村打造成苹果专业村,今年主要解决贮藏难题。

村支书李万德说,苹果丰收时太便宜,放一段时间就能卖个好价钱。可放到家里,要么冻坏了,要么放干了。前两年的办法是,家家挖个 3 米多深的土窖放苹果。每次把苹果提下去、提上来,麻烦得很,人也吃力。雇人的工价很高,一个小工每天要 100 元,还要管三顿饭。

李万德说:“今年新建了这个冷藏库,美得很。苹果搬运方便,放进去不冻不干。如果温度不合适,不用烧火升温、不用开门降温,冷藏库自动会调节。”

李万德估计,托冷藏库的福,今年摘的苹果放到明年春节,每千克至少能卖 10 元。

在修建冷藏库的同时,甘肃省农业科学院科技人员在村子里推广了“果园整形修剪+疏花疏果+垄膜沟草+穴施肥水”模式的苹果园,今年每公顷平均收入能达到 1.005 万元以上,较上年至少增收 2 010 元。科技人员还在村里推广了“苹果+旱作农业”技术,这项技术使全村人均增收约 740 元,可不是个小数字。

路岭村育肥牛

甘肃省农业科学院今年把上肖乡路岭村作为育肥牛专业村来打造。甘肃省农业科学院科技人员在村里今年干的最得意的一件事,就是从国外引进的专门喂牛的甜高粱试种成功了。

村民苟益成养了 22 头牛,以往为饲料没少发愁。牛爱吃苜蓿,苟益成就种了些苜蓿。但是每公顷苜蓿一年只能收 2.01 吨鲜草,喂不了多长时间就吃完了。苟益成说:“没苜蓿了就胡喂,凑合着育够 8 个月把牛卖出去就行了。”

今年甘肃省农业科学院的科技人员“威逼利诱”苟益成种了几亩专门喂牛的甜高粱。没想到第一茬每公顷甜高粱就收了 8.04 吨鲜草,今年两茬下来,每公顷甜高粱总共能收 13.4 吨鲜草。苟益成说:“我的个乖乖,那个秆秆长得比两个人还高,以后种甜高粱肯定够牛吃了。我目前已经谈好了流转 22.78 公顷土地,准备明年用机械来种甜高粱。全村凡是养牛的人都要跟着种甜高粱了。”

其实,甘肃省农业科学院的科技人员也吃了一惊。当时引进美国的这种甜高粱时,科技人员希望每公顷能收 5.36~6.7 吨鲜草,没想到这里的土地很适合甜高粱生长,产量比预期的多了 1 倍。

如今,甘肃省农业科学院的科技人员趁热打铁,正在村里试用育牛良种引进与冻配、防疫与饲喂技术等,还推进“双垄沟播玉米+全膜覆盖甜高粱+育肥牛”的小型循环农业模式。显然,尝到甜头的苟益成和村民们积极性空前高涨。

宋专家谈感受

甘肃省农业科学院研究员宋尚有策划、参与了一年多来上肖乡每个村集中发展一个主导产业、一个主导产业一段时间内集中解决一个难题的行动。他说,一叶知秋,从这几个村今年的发展,可以看出甘肃省基层农业科技和农村正在发生很大的变化。

宋尚有认为,目前全省基层农业科技在发展中形成了新机制。以往农业科技战线中,人各为战,你种麦、他养羊,大路朝天,各走一边。不管科技人员,还是农民,都是这样的"游击队员"。如今,在全省基层农业科技与扶贫工作结合的过程中,农业科技出现了省、市、县、乡四级联动机制。一个村子发展什么产业,基本上大家都心里有底,能够确定下来。在确定的基础上,四级的力量都能集中起来朝一个方向使劲。

宋尚有认为,全省基层农业科技推广速度快了。这是源于农民与科技打交道增多,耳濡目染,潜移默化,量变向质变转变,农民能越来越快地接受新事物了。在上肖乡,宋尚有以前曾经为一农户出钱把苹果套上了纸袋子,目的是让苹果果形好、防虫咬。结果宋尚有前脚走,那家农户的老两口后脚就把纸袋子一个一个取掉了。老两口还向其他人抱怨,说宋专家害得他们差点累死,忙了整整 3 天才把袋子取完。后来,老两口发现别人家套袋子的苹果长得比自家的好,又费工夫挨个把纸袋子重新套上了。这个教训成为村里人的笑谈。如今村子里的农户,只要是专家说的话,不打折扣就照做了。

宋尚有认为,农村各项事业发展速度快了。今年宋尚有到路岭村去了好几次,次次都有新变化。尤其是 10 月份,宋尚有到路岭村时,发现农户几乎家家都在修房子,村里道路也从砂石路变成了柏油路。

农科院出大招

有了镇原县上肖乡几个村成功范例的鼓舞,甘肃省农业科学院进一步在全省范围内推进雄心勃勃的“三百”增产增收科技行动计划。这个规模不小的行动计划，要通过选派100名副高职称以上科技人员及其团队、进驻全省100个村（企业）、应用100项成果、培训1万名技术人员，依托全省18个农村综合试验站、12个现代农业产业体系试验站和9个岗位专家研究基地，全面推广60个主导品种、30项技术、10个新产品。

截至目前，甘肃省农业科学院已在全省不同生态区域建立了10个重点示范村、70个综合推进村和10个院企合作新产品试制示范点。累计发放良种约150吨，推广先进适用技术约100项，示范面积3.685万公顷，辐射带动67万公顷。“三百”行动正在与全省扶贫行动越来越紧密地结合起来，发挥着越来越重要的作用。

“杂交胡麻之父”:不像专家像农民

李　峰

说起来,不知道的人会吃一惊:“世界杂交胡麻之父”在甘肃。

“世界杂交胡麻之父”就是国家胡麻产业技术体系首席科学家、甘肃省农业科学院研究员党占海。

虽然荣誉高、贡献大,但是党占海不像专家像农民。脸庞黝黑,不知道是遗传的原因还是胡麻田里待得太久的原因。握手时,粗糙的手一用力把人硌得疼。交流时,半天说不出话。看上去,这就是一位陇原大地上随处可以见到的普通老农民。

可是这个老农民不简单。他和胡麻打了30多年交道,干了很多事。

胡麻是西北、华北高寒贫困地区的主要油料作物。中国是世界第二大胡麻生产国,甘肃省是全国胡麻生产第一大省,面积约占全国的三分之一,产量占全国40%以上。

和很多老农民一样,党占海爱农田、爱胡麻。

这个爱胡麻的人挽救过胡麻产业。20世纪80年代中期,中国胡麻产业遇到过一次灾难。全国胡麻主产区枯萎病大面积流行,这是一种灭绝性的灾害。棘手的是,胡麻枯萎病当时没有有效的药剂防治。唯一的有效途径是种植天生能抗枯萎病的胡麻新品种。可培育一个胡麻新品种需要十几年,怎么办?权威党报发出“救救胡麻”的呼吁。恰好,年轻的党占海和同事育成了“高抗枯萎病丰产稳产的陇亚7号”胡麻新品种。经过324次抗病试验示范,证明这个胡麻新品种能有效地抵抗枯萎病。新品种在全国胡麻主产区迅速推广种植,成为20世纪90年代国内种植面积最大的胡麻品种,为挽救、恢复和发展中国胡麻生产起到了至关重要的作用。

这个爱胡麻的人培育出世界上第一个杂交胡麻品种。

杂交种可以大幅度提高作物的产量。但是胡麻与水稻一样,雌雄同花,自花授粉。要想胡麻能杂交,就必须找到一种特殊的胡麻,它的雄花不育,而雌花可育。这样才可能把其他品种胡麻的花粉授给它,产生杂交种。中国科学家袁隆平就是首先发现了这样的水稻,世界上于是有了杂交稻。

自从袁隆平培育出来杂交稻,杂交胡麻被列为胡麻育种者的创新攻关目标,有人认为可能,有人认为不可能。美国人曾想找到这种特殊的胡麻,攻关无果后放弃了。

党占海要试试。但胡麻育种,需要在地里逐株逐花观察寻找,俨然大海里捞针。

他持续在田间地头搞杂交育种,但是进展不大。有一次,党占海灵机一动,想到了采用一种人工诱变的办法,把多个胡麻品种处理后,种到地里。艰辛付出终于有了回报。在一个春末夏初的时节,9时许,党占海在地里观察时,突然发现了梦想中的特殊胡麻。党占海又喜又怕。除了高兴外,他害怕万一这种胡麻是昙花一现怎么办?不能遗传怎么办?党占海开始每天小心翼翼地一朵花一朵花给这种特殊的胡麻授粉。

第二年,党占海重复进行了诱导试验。同样的诱变办法,同样的试验结果,发现了同样特殊的胡麻。党占海说:“我是一个幸运的人。”

有了这种特殊的胡麻,经过后续的研发,党占海终于选育成功世界首批胡麻杂交种,其中一个杂交种增产高达27.4%,为胡麻产业带来了前所未有的发展前景。

爱胡麻的党占海说:“胡麻就是我的娃。我不是像农民,我就是个农民。”

地震扰动区重大滑坡泥石流等防范与生态修复项目推进会召开

李　峰

2013年12月初,由甘肃省科学技术厅和四川省科学技术厅共同组织,在兰州召开了国家科技支撑计划“地震扰动区重大滑坡泥石流等地质灾害防范与生态修复”项目推进会。

会议邀请多名生态领域专家组成专家咨询组,对项目各课题的实施情况和经费使用情况进行了研讨,并对下一步研发示范工作进行了部署。

“地震扰动区重大滑坡泥石流等地质灾害防范与生态修复”项目,是科学技术部支持汶川大地震四川、甘肃灾区的重要载体,也是地震灾区生产重建和生态恢复的重要技术支撑,是甘肃省、四川省共同组织实施的公共安全领域的国家重点科技项目。该项目包括9个课题,由中国科学院成都山地灾害与环境研究所、兰州大学、中国地质科学院地质力学研究所等高校和科研机构联合组织实施。

该项目针对中国地震扰动区滑坡泥石流等重大地质灾害频发的严峻形势,选择四川西部和甘肃南部滑坡泥石流灾害严重地区开展研究,并通过对该地区滑坡泥石流等重大地质灾害危险危害性评价,明确灾害高危区,对已确定的6个综合示范区(点),开展滑坡泥石流等地质灾害风险评估、监测预警、防治与生态修复等技术研究和综合示范,建立滑坡泥石流多元监测的综合预警预报体系和小流域滑坡泥石流灾害综合风险评估的指标体系和技术方法。通过该项目课题实施,甘肃和四川两省加强了科技合作与交流,已初步形成了灾后滑坡泥石流防治的成套关键技术及应用指南,取得阶段性成果。

在项目课题实施的两年中,科技人员积极主动为地方发生的地震滑坡等地质灾害及次生灾害提供技术支撑。甘肃课题组在岷县、漳县6.6级地震中,积极主动提供科学抢险救灾、灾后重建建议及科技咨询服务,为地方综合预警预报体系的建设及灾后重建提供了技术支持。